麒麟

人間煙火

桔子樹◎著

內容簡介：

願得一心人，白首不相離。

我們聽過很多的歌。看過很多的風景。愛過很多的人，也失過很多次的戀。我們流過很多淚。發過很多誓！許下很多願！終於，過上了真實卻平淡，平淡卻溫暖，溫暖而美好的婚姻生活！我們在愛中學會長大，學會理解，包容，珍惜。

這就是我們的人間煙火！

曾經，苗苑以為結婚是愛情的塵埃落定。她找到了心中丈夫的範本：正直有力，永遠都能保護她，只愛她。而她只要乖乖地做個快樂的小女人，相夫教子，這就是最完美的人生。後來，她才明白，原來結婚只是新的開始——失敗的婚禮，糟糕的婆婆，懷不上的孩子，艱難的世道……

可是，她依然無比地慶幸：真好，至少我們還相愛！

這是人間的煙火色，一個男人的成熟與堅持。

這是一個小女人的成長史，看生活如何給人以智慧與力量。

因為愛，因為對愛的期待、感受與付出，讓那麼柔弱的女孩成長為像陳默那樣堅硬的男人最溫柔的牽掛與依靠。

她讓方進覺得他嫂子是世界上最剽悍的女人。

原來寬容是對彼此的救贖，愛情最美麗的關係是伴侶。

當愛與責任融合，那就是我們的溫暖且美好的婚姻生活，我們的人間煙火。

目錄

第一章

婚禮，不僅僅是請客吃飯

1

據說，如果剝去所有華麗的繁複的動人的外衣，結婚這項大工程歸根到底就只剩下兩件事：請客，吃飯。

苗苑想，千山萬水走過，我們終於要在一起開始新生活，也不枉我追你一場！

陳默想，折騰這麼久，終於可以蓋章畫押簽收回家了。

於是，對於婚禮，這兩人有共同的強烈期待！而陳默與苗苑的這樁婚事比較麻煩，因為他們要請三頓：陳默家，苗苑老家，還有陳默的兄弟們。兄弟們已經請完了，鑑於陳媽韋若祺對苗苑的強烈無視與不滿，陳默也不知道他老媽還要緩多久才覺得自己已經足夠下臺階，於是這三頓中唯一需要由自己控制進度的也只剩下了一項。在婚禮設計這個問題上，苗苑是全世界最庸俗的人，她嚮往著那些最庸俗的東西——細膩的白紗，像山一樣的多層蛋糕，很多很多親友，很多很多的祝福。

這是她人生最大的盛事，她理所當然地認為自己應該得到尊重和嬌寵，好在陳默對這些繁瑣的禮節全無所謂，她說什麼他都說好，因為心情舒暢的緣故，陳默平靜的神情在苗苑看來都像是笑容，她便覺得自己已經成了全世界最幸福的新娘，因為她有個全世界最疼她的老公。

如果不算上那位可怕的婆婆，她的婚姻簡直近乎完美，而現在也沒有關係，因為缺陷也是一種美，假如一個人的心情足夠好或者自信心足夠強大，他就能欣賞這種美。

很顯然，苗苑是前一種。

苗苑的老家城市規模不大，於是半個小城都好像沾親帶點故，酒席單子列出來排開將近二十桌，陳默看著頭疼，他家裡人丁單薄，親戚極少，感覺要認識二百多號親朋好友簡直就像天方夜譚。

苗苑在自己家的地頭上佔山為王，兄弟姐妹們都被調派出來，苗江和何月笛兩邊都是大家族，有足夠多的人讓她去折騰，陳默恍然有如淹沒在人民戰爭的汪洋大海中，七大姑八大姨三表姐四表弟……一個個熱情洋溢的衝過來，他拿出特種兵的瞬間記憶功能都沒能徹底理清那混亂的關係。

晚上他向陸臻報告進度時說起此事，陸臻鄭重地關照他千萬別不耐煩，陳默一疊聲地答應了。其實出乎所有人意料的，他是真的沒有不耐煩，婚禮於他到底是一件新鮮的任務，他調動了他所有的耐力與興趣去參與，那種心情與千里追擊，精心佈局，奪命一槍……並沒有本質上的分別。

陳默的兄弟不多，他自己請假走了，成輝要頂班，下面的連排長們也難調出人手，最後還是原傑有義氣，自己請了年假陪他過去，同時做為男方唯一的陪客毫無懸念地當了回伴郎。方進收到消息在電話裡很哀怨很傷心，強烈要求看照片，看到照片又嫌人長得難看，他總覺那人是代他去站的，原傑完全沒有帥到可以代表自己，陳默不得已安撫了方進良久。

婚禮上男方家裡沒來人，女方的親戚們自然也有心生疑惑的，不過那些疑問全都被何月笛以家中獨子，父親身體不好、行動不便為由敷衍了過去。其實何月笛倒寧願陳默老媽別直接跟著過來，她對此人有心結，見面時臉色註定不會好看，陳默那個媽看著也不是省油的燈，萬一她們兩個老的鬧得不好看，小城市消息流傳得快，一轉眼整個小城都知道，那才叫不可開交。倆親家相對成陌路雖然糟糕，不過總是要好過當面撕破臉。

因為陳默是孤身前來，小城裡古早流傳下來的那些繁瑣的禮節也全沒了用武之地，苗苑的表姐妹們便頗有些不甘心，開門費狠狠地敲了陳默一筆，敲得苗苑心裡直滴血，她心想，妳們這是在搶我的錢啊……

結婚那天陳默沒穿西服，穿的是武警的禮服，前一天專門拿去漿洗過，筆挺的深綠色呢料，金黃色綬帶，軍靴黑亮，筆直地站在門外，那個肩寬腿長型正，活脫脫一個前三軍儀仗隊的模範。

苗苑的表姐妹躲在門後不肯開門，笑嘻嘻地說著一堆堆的難題，陳默從來沒有與人糾纏言辭的能力，原傑迫不得已只能挺身而出，不幸被人調戲得極慘。苗苑從樓上的窗子裡偷偷往下看，只覺得那畫面歡樂又喜慶，而她的男人，天下第一的帥。

最後陳默同志豪邁地用重金砸門，女孩子們歡笑著把人迎進去，陶迪抱著苗苑從閨房裡出來，陳默頓時錯愕。他對此人第一印象就不好，總覺得是個跟他搶老婆的，雖然前一天晚上苗苑詳細地向陳默解釋過流程，可是陳默條件反射之下還是直接下手搶人。陶迪眼睛一眨的工夫，手裡就是一空，他哭喪著臉笑道：「哎，心急也不是這麼急的吧！你自己抱下樓還是要付我錢的，我是你大舅爺！」陳默衝著他笑笑，輕而易舉地抱著苗苑下樓去。

這是最熱鬧的婚禮，最雜亂也最平凡的，司儀有些惡搞，大廳裡人聲鼎沸，來來回回有很多小孩子在竄來竄去，苗苑穿著大紅色的旗袍帶著陳默跟著家人逐桌敬酒。她有些不開心，覺得這場面辦得太不唯美，可是回頭想想又覺得不應該有什麼不開心，畢竟該做的都做了。

反倒是陳默覺得還好，原本他就是把婚禮當成一樁艱鉅的任務來看待，沒有過高的期待，也就不會有失望。他握著苗苑的手問累了吧？苗苑搖搖頭，臉上紅紅的，因為喝了酒，更因為心情太激動。

人說春宵一刻值千金，洞房花燭夜，於是苗苑由衷感慨如果在花燭之後還有能力洞房，那得是怎樣剽悍的體力？不過也對，古時的新娘是不用這樣滿場飛的，她們只需要坐在屋裡等著陌生的男人來挑蓋頭。

可是……苗苑專心看著陳默，那樣多可怕？丈夫，一丈之內才是夫。會親密無間地守在一起過一輩子的人，總是要自己挑的才好，總是要自己喜歡的才好。天底下的男人多了去，再好再帥又怎麼樣？不是自己的，只有這個人是她從無到有，慢慢地在心裡刻下的。

他是自己的。所以，即使有缺陷，即使還有很多很多的不美滿，苗苑都覺得幸福。總聽說婚姻瑣碎得可怕，總要有一點愛情在，才足以消磨那些細小卻無窮盡的棱角。

陳默的工作很忙，苗苑也不閒，一共請到五天婚假飛來飛去的就把事給辦了，沫沫戲稱，你們這叫結飛婚。陳默在回程的飛機上看苗苑神色凝重不像平常時的歡喜愉悅，就疑心她還是在糾結婚禮的場面問題，於是打定主意在西安這場一定要辦得夠大夠威，女人一輩子就風光這一次，他很樂意讓她得個心滿意足。只是韋若祺那邊依舊還在端著架子找臺階下，陳默提議過幾個飯店都讓她給拒了，也就暫時收了手，他也知道太后不是真的看不中那些飯店，她只是需要顯示她的權威與控制力，好在媽就是媽，媽總有一天會消氣會妥協，陳默不著急，他可以慢慢等。

事實證明任何人想跟陳默拼耐力，結局都是悲慘的，韋太后撐了幾天也漸漸無奈了，證都領了婚總是要結，而且遲不如早，那不是苗苑的面子問題，那是她兒子的面子問題。結果陳默那天回家吃完飯，韋若祺交給他幾頁紙，說：「賓客名單，拿回去寫帖子！」

陳默粗粗一掃就看到密密麻麻的人名，皺眉：「多少人？」

「差不多四百個，四十三桌，不過你們的人我沒算，自己加上去。」

「這麼多！？」連陳默都驚了。

「才四十桌你還嫌多？已經排很省了，我處裡的人都只算一個不帶家屬。」韋若祺掰頭指頭給陳默算：「我和陳正平的兒子要結婚，省委得來人吧？市委得來人吧？我處裡得請吧？你爸廳裡得請吧？」

「我爸不是退了嗎？」

「胡說八道！」韋若祺頓時變了臉色：「你爸現在是操勞成疾在家休養，退什麼退？人還沒走呢，茶就涼啦？」

陳默知道有些壺不開提不得，反正能結婚就好，在他看來五十桌和五桌都是一樣的請。原本他估摸著西安這邊的婚禮就算是把隊裡的正副排長都請上，無論如何也都湊不出十桌人，現在這樣正好，苗苑可以得到一個她夢想中的盛大婚禮，她應該也是會開心的。

當天晚上，陳默把韋若祺給他的那三張大紙拿給苗苑看，苗苑震驚得嘴巴張成個O型合也合不上，最後她非常嚴肅的對陳默說：「陳默同志，我覺得我們應該求助專業人士！」

陳默點點頭，放手讓她去搞，苗苑歡心鼓舞。她還年輕，她還喜歡幻想生活中的鮮花與光彩，她還沒學習怎樣做一個小主婦，為一日三餐一個家庭的運轉精打細算。她還有一擲千金，花萬般精力換一時風光的豪情，用盛大的婚禮來紀念她女孩生涯的最後一點矜貴！

苗苑找了專業的婚慶公司，大到選婚紗，小到一盆擺花，所有的這些美美的事她都幹得興致勃勃，很忙碌，但是快樂滿足。蘇沫聽說苗苑婚禮的規範震驚不已，柔腸百結的說了一句：「有錢燒的！」

苗苑衝著她嘿嘿笑，全然不在意。她親自設計了獨家喜餅，加了櫻桃玫瑰醬烤製的牛油小餅乾，用訂製的模具切出箭穿雙心的圖樣，一包兩個，全部由她親手烤出親手包裝。

從頭到尾陳默唯一耗時費力的工作就是抽空了個晚上陪苗苑一起簽寫請帖，苗苑轉著手腕感慨的說：「我現在覺得當一個作家一定挺不容易的，簽名多累啊！」

陳默轉頭看向她，輕輕微笑，在滿桌大紅喜貼的映襯下，苗苑潤澤的臉龐閃著動人的光彩，那麼快樂如此滿足，這讓陳默感到自豪。

元旦的日子太緊，大酒店訂不到席位，婚禮最後確定為元旦之後那個週末。於是請帖散出，流程排好，萬事俱備，只欠東風。

婚禮前一天晚上苗苑緊張的怎麼都睡不著，她給自己敷了兩個保濕面膜、一個美白面膜，她半夜三更把家裡的燈全都打開，穿上婚紗照鏡子找感覺。苗苑訂的珍珠色禮服有精緻漂亮的胸口褶皺，裙擺是如雲的塔夫綢（註1），暖玉色的綢緞襯著光潔的皮膚，那一瞬間的苗苑看起來就像一個真正的公主。

她蹲在床邊仰起臉看著陳默：「我漂亮嗎？」

陳默伸手蹭蹭她的臉頰說：「很漂亮！」苗苑笑得眉眼彎彎，低下頭，把臉埋到陳默掌心。

屋外是漆黑的午夜，而房間裡燈火通明，陳默的視線掠過苗苑後頸彎曲的弧度一直落到背上，那是一條異常柔軟的弧線，乖順而貼服，像某種溫柔的鳥，靜靜的憩息在他懷中。

如果這就是婚姻的話，陳默想，那是挺好的。所以人們才都要結婚嗎？果然，所有人都說要做的事情，總是有道理的。

註1：塔夫綢：用優質桑蠶絲經過脫膠的熟絲以平紋組織織成的絹類絲織物。名稱來源於英文taffeta一詞，含有平紋絲織物之意。

2

有時候，陳默真心覺得婚禮就像一場戰爭，你看，你首先得搞清楚時間地點人員和裝備，你還要制訂計畫，你要做預算，你甚至還得演習，否則，你就很可能會把這場大仗打得一敗塗地。

婚禮當天各條戰線都忙得人仰馬翻，苗苑在西安沒有親戚，父母提前一天趕來訂了一個賓館房間當娘家。陳默一大早開著車把苗苑送到苗江他們那邊，回頭直接去婚慶公司拿婚車。婚慶的工作人員得意洋洋的向他介紹主婚車，賓士S系豪華型，雍容華貴氣度不凡，伴郎原傑聽得啊一聲，大發感慨說咱也沾光貴族了。

陳默不喜歡西裝，苗同學制服控，所以這次婚禮陳默和原傑仍然穿得是武警禮服。婚慶公司的小姑娘工作負責，禮服雖然剛剛洗過，還是要求燙一遍再上身，務必要做到棱線筆直，腰背直挺，據說是難得來兩個帥的，不能浪費。

原傑被哄得眉開眼笑。

衣服還沒換好，綁花車的小夥子就急匆匆的拎著粉紅色玫瑰花球跑過來問陳默：「你車隊幾輛車？」婚慶公司只負責主婚車與一輛攝影的跟車，車隊裡別的撐門面的車得自己湊，但是他們可以幫忙裝飾。

然而陳默說：「我不知道！」

小夥子急了：「你自己車隊幾輛車你不知道？」

陳默說：「我媽找的，我真不知道！」

小夥子抓狂，隨手把花球扔給旁邊一人，衝著他吼道：「出來幫忙！」

「伯母真厲害！」原傑喜孜孜的：「不過呢，我覺得隊長你也是要搞一搞的，怎麼說在嫂子家那場，車隊裡也有三輛奧迪呢！」陳默笑了笑不置可否。

其實原傑不知道搞一搞現在搞成了什麼情況，等他換好衣服出門當場就傻了，迎面的大街上一長溜的高檔車，賓士、寶馬或者奧迪，而且一水兒（註2）的新車，一水兒的黑。綁花車的小夥子領著兩人忙得滿頭大汗，到最後鮮花都不夠了，只能用粉色紗帶纏幾道算數。

「怎麼會這樣……」原傑傻眼，他數了數一共有三輛賓士五輛寶馬八輛奧迪。

陳默搖頭，他是真不知道。

有幾個比較機靈的司機過來打招呼，原傑忙不迭的給人散菸。

這兩人穿著一樣的制服又分不出個你我，原傑夠熱情，結果司機們都把他當陳默。陳默就在旁邊站著也不解釋，原傑剛想分辯，轉眼看他家隊長平直的嘴角，心裡也認了：得，免得您開口把人都得罪了！還是小的我來招呼吧！

原傑身上的菸不夠，臨時從婚慶公司借了幾條出來分，司機們都忙著推，說哎呀呀，客氣了客氣了。我們老闆說了，陳局長的公子結婚那是喜事啊，能來捧個場那是樂呵（註3）……

陳公子？原傑的嘴角抽了抽，偷摸摸的問陳默：「你爹是幹嘛的啊？」

陳默淡淡的說：「省國稅局，副局吧，應該是。」原傑瞬間又傻了一次，我的娘，我們怎麼都不知道？

像這種撐場面的事幹得多了司機們也都有經驗，當下也不用人招呼，就按照車型好壞給排出了隊形。

註2：一水兒：全部。
註3：樂呵：高興事。

婚慶公司的負責人興致勃勃的對陳默說：「你現在這樣不行啊，主婚車才賓士S500，你車隊裡也有一輛S500，這拉不開檔次分不了主次不行的，要不然我們這裡還有加長林肯，你要不要考慮一下？」

陳默上上下下掃了他幾眼，然後說我不要。負責人忽然發現雖然對方這態度也算是客氣的，他卻已經沒有了繼續勸下去的勇氣。

時間不等人，按規矩十點得上門接人，十二點要能開席，最後那幾輛車連門上的蝴蝶結都沒來得及好好弄，車隊就浩浩蕩蕩發動了。

陳默看著後視鏡裡長排的車燈閃爍，門開門關，發動發步，這麼長的車隊，一個紅綠燈都過不完。原傑興奮的小聲說，「哇靠，好壯觀！」

陳默有些無奈的笑了，其實他知道他媽什麼心思，老爸的身體現在這麼差，再說不退也是退了，既成事實認不認命都是如此。下坡路已經在走，而且只下不會再上了，所以最後一次風光的機會，也就不用那麼忍著注意什麼影響了。

捫心自問陳默倒也沒什麼反感不反感的，只是多少覺得有點無聊，但究其根源，婚禮這玩意兒本身都挺無聊的，人們總是生活在一堆無聊的聲名、面子、人際瑣事中，所以只要苗苑開心就好，只要他媽能開心就好，陳默都無所謂。

沒了苗苑的那些七表姐八表妹，單單一個伴娘王朝陽敲竹槓的功力簡直不堪一擊。她跟原傑面對面說不了三句話臉就開始紅，陶迪開玩笑說我們有內奸，我們這裡出了「無間道」，索性把伴娘送給伴郎算了！

王朝陽紅透了臉惱羞成怒，結果伴娘與女方大舅哥追成一團窩裡鬥。好在苗媽媽何月迪一向開通，從來不

在乎什麼規矩不規矩，看熱鬧還看得很開心。而苗老爹苗江看到愛女嬌美、愛婿英挺，早就樂得滿臉見牙不見眼：「好好好……活活活，帶走吧，帶走吧！」

那叫一個豪爽一個大方，惹得小苗苗一陣嬌嗔：「爹，你就這麼想趕我走嗎？」

陳默眼見時間快來不及了，開了內間的門抱上新娘子直接就走，王朝陽幡然醒悟：「哎呀呀！開門費啊！見鬼了，那門不是鎖的麼，陳默你怎麼開的？」

王朝陽腳踩八公分高跟鞋跑得跌跌撞撞，無論如何都追不上抱著一個人還大步流星的陳默，倒是在電梯口差點絆一跤，一頭栽進原傑懷裡。陶迪樂得一臉的壞笑，一手勾上一個，說你倆今天就跟著把事給辦了吧！

苗苑心花怒放的抱著陳默的脖子看身後一路人仰馬翻，她在想我真是個不合格的新娘子，其實最大的無間道是我啊是我！

一切都很亂，亂七八糟糊裡糊塗的卻也歡樂，苗苑出了賓館大樓看到眼前剽悍的車隊被著實震撼了，她偷偷扯著陳默說怎麼辦？我們好像沒有準備他們的飯。陳默笑笑說沒關係，他們送完就散了，不用管飯。

苗苑坐在車裡費勁的往後看，可惜那麼長那麼壯觀的車隊全讓後面那輛攝影的車給擋了，怎麼都看不清，苗苑憤憤然：「你看，整這麼大有什麼用，自己都看不到，全讓路人看去了！」

陳默有些想笑。

當他們趕到酒店時已是過了十一點，苗苑匆匆補了點妝就被拉到大門口迎賓。接近零度的天氣，穿著單薄的露肩禮服與皮草小披肩居然也不覺得冷，苗苑的小臉紅撲撲的，那是興奮的血液，循環旺盛。

專業的司儀已經趕到場，穿著黑色的小禮服，舉止優雅。她很認真的向陳默與苗苑介紹一步步的儀式進程，如何進門，怎麼交換戒指，怎麼倒香檳山，怎麼喝交杯酒……

陳默皺眉說：「我不會喝酒，一點也不行。」

司儀微微一愣，笑了說：「沒關係，我們給你準備白開水。」

苗苑只覺得緊張，而且越來越緊張，幾乎要透不過氣來，她甚至懷疑是不是今天的裙子束得太緊了，她就像《亂世佳人》的郝思嘉那樣，她要窒息了！然而，就在她窒息的噩夢中，她看到了自己真正的噩夢——韋若祺！

自從年前一別，苗苑和韋若祺就沒再碰過面，在苗苑的腦海中還深深的印刻著那個穿黑色羊毛大衣，連肩膀的輪廓都有如刀削的剽悍女人，她用鄙視的眼神盯住她，慢條斯理的說出最刻薄的話。

她說：「我這麼好這麼出色的兒子，妳憑什麼嫁給他？」

苗苑陡然感到後背一涼，幾乎條件反射的直起了腰背。韋若祺今日盛裝穿得隆重，暗紅軟緞蒙綃的中式對襟長外套，袖口與領邊滾著精細的黑色水貂毛，下身穿黑色闊腿毛呢長褲，貼頸一串淨色珍珠項鍊，頭髮盤得一絲不亂。她本來就高，鞋跟更高，站在那兒簡直比一般的男人還要高，倒是陳正平大病初癒，也不知在大衣裡塞了多少件毛衣，才勉強撐出點原來的架子。

何月笛冷眼旁觀臉上聲色不動，心裡卻感慨：還好咱也是有準備的，在上海這五千塊的大衣沒白買，要不然還真拼不住。

苗苑看著韋若祺一步步走近緊張的手心裡全是汗，直到韋太后旁邊的男人對她開口說話，她還在犯愣：

「呃，你是哪位？」

兩秒鐘之後她猛然醒悟，這位大叔，是陳默他爹啊！

陳正平見苗苑愣神，一時間也五味雜陳，畢竟無論自己的身體怎麼不好不適合出門，無論對這場婚事多麼的不看好不樂見其成，當父親的在婚禮當天才見自己的兒媳婦第一面總是有點說不過去的。不過事已至此漂亮話總是要說兩句：婚事趕得太急，唉陳默這孩子我們也沒教好，云云……有耳朵的都能聽出來就是敷衍，但苗苑還是感動了，自然，有韋若祺這樣的婆婆墊底，陳正平的確是好人一個。

司儀見雙方家長到齊，連忙開始介紹她的親情互動環節，小倆口如何如何老倆口怎樣怎樣正說得繪聲繪色。韋若祺忽然皺眉說：「都不要，俗氣，站在臺上讓人當戲看！」

司儀頓時傻眼。陳正平剛想打圓場說何必呢，入鄉隨俗，應該走的形式總是要走一走，何月笛已經慢條斯理的開了腔：「大姐說得也是，我也最煩這種鬧騰，不過想想呢為了閨女豁出老臉來也就算了，現在妳說不要那最好，清清靜靜的也莊重。」

司儀是老江湖，馬上就看出來這兩邊家長彼此不好對付，立即笑呵呵的說：「也好也好，我們還有別的方案。」這種場面看得多了她已經不放在心上，這年頭有多少如花美眷就有多少斷壁殘垣，一場百年好合暗地裡刀光劍影無數。

苗苑全身心都在防範韋若祺，司儀的話沒聽到幾句上心，然而不一會兒，洶湧而來的賓客們像流水一樣把他們包圍。來人多半是陳正平與韋若祺的朋友同事，象徵性的和陳默握過手，象徵性誇過苗苑漂亮之後，不約而同的湧向了陳正平夫婦，一時間各種官腔客套打不停，那場面看起來不像陳默與苗苑要結婚，倒像是陳正平他們在辦銀婚紀念。

苗苑對這樣的場面有些不知所措，而陳默卻忽然恍然大悟，明白了他母親今天反常的美麗。

原本，他以為按韋若祺的性子，既然這個媳婦她那麼瞧不上，這場婚事她那麼不滿意，她能過來列個席就已經是天大的妥協與恩情。可是剛才看到她盛裝出場……那個瞬間他有過感動，陳默以為那是來自母親的誠意，沒想到……原來不是的。

她不過是需要這個舞臺來亮相而已！其實，在那份四百人的大名單遞過來的時候他就應該能看透的，居然沒有，陳默對自己有些失望。

四百多個賓客寫帖子就寫了半宿，現在看到人更是覺得多，苗苑連眼睛都花了，滿目茫然臉笑得僵硬，好在最後陳默隊裡的連長排長們包車趕到，大團的濃綠撞散了那些華麗濃重的黑與灰。

十幾個大小夥子七嘴八舌的趕著叫嫂子，苗苑嚇得一臉嬌羞，躲到陳默身後，小夥子們馬上又開心的起哄，連親一個都被吼出來了，旁邊有人嘲笑：「你以為在鬧洞房啊！」

陳默的視線掠過人群與韋若祺對視，韋若祺笑容端莊，看向他的眼神卻隱隱不滿。

陳默索性帶著苗苑與戰友們上樓，這賓，他不迎了……愛幹嘛幹嘛去吧！轉身的瞬間，韋若祺眼中怒意一閃，陳正平嘆氣，無奈的攬住了妻子的肩膀。

3

時間快到了，苗苑越來越茫然並且眼神渙散，她不知道她老公與她婆婆剛剛又對戰了一場，也沒注意她老媽已經很不高興的回去席上坐著不再陪在自己身邊，更沒發現王朝陽與原傑正在眉來眼去……甚至她覺得自己已經快看不清陳默的臉。

她現在滿腦子都是婚禮的進程，她一手佈置的美麗婚禮，她會在那麼多人面前對陳默說我愛你，陳默也要在那麼多人的面前向她說我愛妳，她要向所有人介紹她親手做的小餅乾，告訴大家她相信愛情，相信花好月圓人生百合。那會是多麼純淨多麼神聖的時刻，讓她想想都覺得激動！

苗苑挽著陳默站在花道盡頭，眼前的一切都像是蒙了一層紗，那些塑膠製的假花看起來像真正的紫藤花那樣美麗芬芳，好像有繽紛的花瓣在無風自落，香雪如海。花道的另一頭是緊閉的黑色大門，柔軟的皮革在燦爛燈火中閃出神秘的微光，像一個寶藏……或者陷阱，彷彿這就是真正的未來在等著你去推開。

苗苑緊張的全身都在發抖，膝蓋微微的打著顫，她抬頭看去，陳默平靜的側臉像沉默的山巒。

「你為什麼一點都不緊張！」苗苑懊惱的小聲抱怨。

「為什麼要緊張？」

「我怕死了，我昨天做夢都夢到我一腳踩到裙邊摔到地上，然後所有人都在笑我，所有人……」苗苑哭喪著臉。

「不會的！」陳默安慰她：「真摔一跤也沒關係……」

苗苑瞪大眼睛，真快哭了。

「……妳摔下去，我會把妳抱起來。」好像幻燈片一樣，苗苑眨巴眨巴眼睛，又笑了。

「陳默，你真好！」她笑得很甜，女人的幸福有時候就是這麼簡單，她只希望當她需要的時候你能在。

司儀的助手從旁邊衝過來幫苗苑整理裙擺，婚禮進行曲好像毫無徵兆的響起來，把所有人都嚇一大跳。扮花童的小朋友已經一蹦一跳的往上前衝，苗苑被陳默拉了一下才反應過來，尖細的高跟鞋走在紅毯上那簡直是絕大的考驗，苗苑總是疑心她快要摔倒了，快要快要摔倒了……

砰的一聲！大門洞開，她看到了裡面的天地！她看過很多美麗的婚禮，也幻想過無數次門開的情景，然而當她真實的站到這個位置這個角度，才發現原來曾經想過的都不對。沒有流香花海，也沒有眾人期待與祝福的臉。那裡面是黑的。在曖昧的昏黑中有綽綽的人影，層層疊疊卻看不真切。前方攝影機強烈的冷光晃得她連眼睛都睜不開，那光線熾白而眩目，在視網膜上留下燒灼的痕跡。把眼前的一切色彩都抹去了溫度，連空中飄落的玫瑰花瓣都變成了絳色，苗苑的婚紗在燈光中呈現一種帶著微微藍光的發脆的白。

苗苑的腦子裡嗡嗡作響，什麼聲音都聽不到，沒有隆重的進行曲，也沒有賓客的喧囂，前方彷彿很遠的那個高臺是她的終點，她看到母親熟悉的身影與韋若祺嚴厲的眼神。

苗苑緊緊的抱住了陳默的手臂。踏上最後一級臺階，明亮的燈光如水銀一般鋪下來，隨之恢復的是聽覺，喧鬧的音浪撲進耳朵裡幾乎把苗苑嚇得一個激靈。

「怎麼？」陳默敏銳的發現了自己老婆的愣神。

「沒，沒事！」苗苑連忙笑笑，同時暗暗唾棄自己：多點出息啊，不就是結個婚嘛，不至於連幻覺都出現

了。

苗苑輕輕搖了搖頭讓自己專心，司儀熱情高亢的調子已經拔了起來。證婚人是陳默的支隊政委，說話氣派，感情飽滿。苗苑這才發現其實不讓她自己發言挺好的，台下是一群人，她連腳都軟了。

證婚，交換戒指與誓言，切蛋糕倒香檳，司儀控制著節奏把氣氛越炒越熱，最後……雙雙執起牽了紅線的晶瑩酒杯交錯，苗苑輕輕掂起腳好夠上陳默的高度，她在極近的距離看著對方的瞳仁，眼神幸福而滿足。

陳默微笑，把酒杯遞到唇邊……酒液還沒沾唇他已經感覺到不對，撲面而來的酒氣讓他錯愕，只是抱著大約是為了以假亂真在杯口抹了酒的想法硬著頭皮嚐了一口……

烈酒！絕不摻水！

陳默馬上瞪向原傑，原排長心虛的垂下頭。苗苑慢慢仰起臉，已經喝下了屬於她的那半杯香檳。有一秒鐘的猶豫！陳默咬了咬牙，像這樣一杯酒，平時就算有十把槍指著頭他也不會喝，然而，他垂眸看到苗苑紅撲撲的蘋果臉，看到滿場烏鴉鴉的人頭。什麼叫形勢比人強，什麼叫箭在弦上不得不發，陳默苦笑，猛得一仰頭，把無色透明的液體統統倒進嘴裡。酒氣辛辣，像裹了刀鋒的火，從喉嚨流到胃裡，一路摧枯拉朽劃破血管點著血，一下子全身都燒著了，陳默受不了想咳，捂住嘴全壓了下去，眼睛裡逼出一片水光，視線也隨之模糊起來。

苗苑馬上發現不對頭，連忙扶住陳默說：「怎麼了？」陳默輕輕搖頭，狠狠的瞪了原傑一眼。原傑頓時嚇得膽顫，屁滾尿流的衝過來小聲喊冤：「隊長，這事兒真的不怨我啊隊長，我一直反對來著，我就說不能玩這麼大，不能全用真酒……」

「真酒？多少？」苗苑嚇出一身冷汗。

「三兩……吧，不過……是六十八度的！」原傑越說越心虛，冷汗滴答。

「啊……啊？？」苗苑這下傻眼了，對於半個提拉米蘇就能醉倒的男人……三兩白酒是什麼概念？司儀雖然在事發的第一時間就英勇的擋在他們身前救場，可是聽著後面那幾位你一言他一語的還沒完了，終於認命知道事態嚴重。她強撐著笑臉把幾句漂亮話過完場，馬上接一句說新娘子害羞了，要回去補個妝，台下善意的哄笑，各自開席。

陳默剛剛被扶出大廳就不行了，整個人壓到原傑身上，一百五十多斤（七十五公斤）的體重把原排長壓得邁步不能，他連忙派王朝陽到裡面找幫手。司儀萬般焦急的衝出來詢問到底怎麼了，苗苑六神無主：「喝醉了！」

「不可能吧！」司儀漂亮的杏仁瞪得有銅鈴大，婚禮上喝醉個把新郎這不稀奇，稀奇的是喝完交杯酒就倒下了的新郎。

「可能不可能都這樣了，先給他找個床休息吧！」苗苑又氣又急，惡狠狠的瞪著原傑，就差把高跟鞋釘到他小腿裡去，原傑哭喪著臉委屈之極，然而……不敢反駁。

很快的，從大廳裡閃出兩條彪形大漢，原傑一見就開罵：「媽的，都是你，我說三十九度頂天了，你看現在！」

那人懊惱得不行：「那一杯才多少啊，三兩都沒……唉，誰相信三兩白的能喝趴人呢！」

「別吵了！先把人抬上去！」苗苑怒吼。

當場，兩個中尉一少尉都啞了，齊刷刷小聲的說了一句：「哎，嫂子！」扶起陳默就往樓上走。大酒店買席面送蜜月套房，苗苑本來還覺得不實際不合算，折現多好，現在才知道原來還能有這個用！

陳默這次是真醉了，與這之前那種一般二般的精神略有恍惚，但自己還能控制的醉是完全不一樣。當他被架進房間時還有那一點點神志，推開眾人直撲浴室，打開了涼水往頭上沖。

原傑長舒一口氣安慰苗苑：「妳看，沒事沒事，一會兒就好……」話音還沒落，就聽到裡間一聲悶響，人已經暈了。也不及苗苑發令，三大兵嚇得連忙搶進去，把人抬出來往床上放。

這酒下去的兇悍，醉也醉得霸道，陳默躺在床上眉頭緊擰，把個苗苑心疼得不行，趕忙從浴室裡絞了濕毛巾來給陳默擦臉。好不容易安撫下去一點，陳默努力睜大眼睛凝聚視線看著苗苑，苗苑被他嚇得大氣都不敢喘，半晌……陳默終於放棄，按住太陽穴說：「我真的不行了！走不了了！」

苗苑一時還沒回過味來新郎官走不了了，這是個什麼後果，只覺得她老公現在這苦頭吃得大。這是陳默呀，陳默呀，陳默多剽悍一人啊……拿刀子捅他都不吭氣兒的人啊！你看他現在難受得直哼哼，那得遭多大罪啊！

苗苑心疼得兩眼淚汪汪，柔聲細氣的坐在床邊幫陳默按太陽穴。

三位「肇事」軍官站在後面看著，又是妒嫉又是羨慕，又是內疚又是尷尬，王朝陽扯了扯原傑的袖子，拉到角落裡劈頭蓋臉一通怒罵，原傑自知理虧，連大氣都沒敢吭一聲。

這樓上的柔情暫且柔情著，可憐樓下的司儀獨木難支等得要抓狂！你見過這種婚禮麼？才喝過交杯酒，新郎新娘連同伴郎伴娘一起消失個精光。

可憐的司儀孤零零的站在台邊，只覺得所有人困惑的眼神都投向自己，終於再也受不了了。偏偏她忘記問酒店送的房間號，放眼望去，陳媽韋若祺看不到，苗媽何月笛說她也不知道，司儀無奈的跑到前臺問了一大圈才查到，等她鐵青著臉殺上樓，時間又無情的流逝不少。

司儀顧不上淑女的形象氣急敗壞的向苗苑咆哮：「妳還在結婚啊！」

苗苑的臉色突變，對啊，我正在結婚啊！啊啊啊！怎麼辦？小苗苗瞬間抓狂，抓狂力度遠超小司儀幾個數量級！怎麼辦？現在怎麼辦！？

司儀看到六神無主的新娘和伴娘，再看看躺在床上已經徹底暈迷不醒的新郎以及縮在牆角不敢見人的伴郎，終於悲哀的意識到，這個主意還得由她來拿。

這這……這個悲摧的年頭，真是幹哪行都不容易啊！

司儀強壓住撂挑子走人的心，耐下性子跟苗苑分析：安流程交杯酒過後，新娘子應該要給雙方父母敬酒，再做點小遊戲搞氣氛，然後換妝換造型挨桌敬酒。但是現在，連新郎都沒了，那些臺上環節就不能要，因為人總會記住那些特別的發生過的事，但是忽略沒發生的事。所以過了十年八年說不好都有人會記得這場婚事是新娘子一個人的獨角戲，索性跳了這一環，倒不一定會被惦記上。所以索性什麼都別管了，回去直接敬賓客吧，反正自己家裡人都好辦，自己爹媽不會跟女兒計較，男方的家長……自己兒子喝醉了總不見得還有理由發飆？

司儀說完輕舒了一口氣，當然，這麼一來，也就沒我什麼事了，我就功成身退，總好過跟著妳上臺出醜，主持那種沒有新郎的神奇婚禮。

苗苑早就急得沒主意，當下點頭不迭，拉起王朝陽去樓下化妝間換妝，跟妝的化妝師正在到處找新娘，心

想怎麼著時間也到了要換妝了。苗苑急匆匆坐下補妝換髮型，王朝陽七手八腳的把敬酒時要穿得大紅旗袍拿出來，等找鞋時卻怎麼也找不見，苗苑氣急敗壞的也過來幫著找，忽然一聲慘叫……完了！

這衣服是租的，但那鞋是自己的，也就是說應該是今天早上由陳默帶著的，苗苑百分之百確定陳默說帶就一定帶了，而且陳默絕對會知道那雙鞋現在在哪裡，但，問題是，現在有誰能去問陳默？

苗苑與王朝陽面面相覷，最後看向原傑，畢竟一個伴郎不用換妝不用換衣服，他最閒，就算問不出個所以然來，浪費他的時間也不誤事。原傑招子很亮，馬上自告奮勇說我去！

苗苑疲憊的搖了搖頭，心想，這叫什麼事。

不多時，原傑就回來了，化妝間與走廊只隔著一道透明玻璃門，苗苑遠遠的看到原傑那垂頭喪氣的樣子心裡就是一沉，等走近一抬頭，苗苑直接嚇得跳了起來，化妝師猝不及防差點把夾子紮到她頭皮裡。

其實也沒怎麼，就是原傑讓人給揍了，揍得還不輕，嘴角擦破好大一片紅印子。

「怎麼回事！誰幹的！」王朝陽大驚，光天化日的沒王法啦！

原傑苦著臉說：「隊長！」

呃……事實是這樣的，雖然陳默一直說喝醉了你們別碰我，很危險，可是誰都不相信。

但其實他說得就是事實，喝醉了神志不清，潛意識裡自我保護全開。原傑著急想弄醒陳默下手稍微重了點，陳默直接就是一拳，若不是酒精麻痺之下肌肉無力，再加上原傑對陳默多少有點畏懼，沒敢湊近躲得也夠快，不然現在就跟著陳默一起趴下了，也沒機會下樓直接陳述這一慘烈的事情。

至於鞋嘛……當然，是沒問到！

於是此刻的現實就是，旗袍是紅色的，但是只有一雙白皮鞋，同時伴郎破相了，不能再隨侍了……

原傑還沒說完，苗苑已經傻了，眼淚含在眶裡連哭都不敢哭，一哭更完蛋，妝全花！

這三個人大眼瞪小眼相互瞪著，已經連出個聲的勇氣都沒了。化妝師雙手拿著夾子不知道自己是不是應該繼續幹下去，以及他們應該怎麼辦。

苗苑終於嘆了一口氣說，算了，沒關係，那就不換了吧！王朝陽囧了，不換裝，難道穿著婚紗敬酒？但是，當主角拿了最大的主意之後，專業人士的經驗就開始發揮作用了，化妝師馬上拍板說，行，不換也行，我有辦法！

苗苑的婚紗有很流暢的腰部線條，拆掉裡層的襯裙與裙繃，讓塔夫綢的裙擺自然下垂，就成了比較貼身的長禮服。但是光這樣也不成啊，化妝師想了想，又把頭紗上的夾子都拆光，圍到苗苑肩上側邊打出一個蝴蝶結。到這時候也不管了，頭花、鑽飾都往上湊，力求打造一個視覺主題，讓人打照面先往那兒看，不要注意到這條裙子其實已經穿了一遍又一遍啊又一遍……

最後補好眼妝，換過項鍊耳環，在髮間斜插一個小皇冠……化妝師深深的舒了一口氣，心想我真是個人才，如果忽略這裙子已經走過一次場，其實，還是挺漂亮的。

到這時候，苗苑其實已經顧不上漂亮不漂亮了，因為現在時間已經徹底來不及了，她還有五十桌酒要敬，不說全敬完，敬一半總得敬到吧，至少做個樣子。

苗苑極為虛弱的扶著王朝陽，好像江姐劉胡蘭開赴刑場那樣，毅然決然的往大廳走，身後的原傑內疚得恨不得以頭撞牆。

何月笛見婚禮上女兒女婿齊齊消失已經心神不寧了很久，苗江更是坐不住出去張望了好幾次，苗苑臉色發白的先去自己親友席上敬酒，一群人驚訝新郎呢……苗苑只覺得一陣心酸，可是大喜的日子也只能笑，裝著凶霸霸的樣子嗔罵：「還說呢，中了暗算啦，被自己隊裡的人灌醉了！」

眾人頓時譁然，再一看新郎和伴郎都不見了，知道問題嚴重。苗苑在娘家辦過酒，眼下好友親朋就這一桌，一圈兒敬完苗苑的心已經沉到了底，回頭看看身後真是人如海洋，偏偏一個不認得，老公又不在身邊，連個領路的都沒有，這個酒，她是真的不知道要怎麼去敬。

一個少尉從門外跑進來，湊近小聲說：「嫂子，我叫曹澈，原排長說讓我先頂一下！」

苗苑一看，是剛剛出去幫忙扶人的一個，眼下換了原傑的禮服充伴郎。得，愛誰誰吧，有個男人總比沒有好，苗苑硬著頭皮拽上王朝陽往武警那邊走，先易後難，先把熟人料理了。

其實要比鬧騰，士兵軍官是最能鬧騰的一群，因為平時壓抑了，有個機會都能折騰上天。等了這麼久都不見人影，軍官們早就急了，再一看苗苑單刀赴會，馬上有人嚷嚷，哎呀呀，隊長呢……這可不行，讓嫂子撐著？

苗苑不知道說什麼好，只能站著倒酒。

曹澈心急火燎，抓起一雙筷子砸過去：「閉嘴！」他想了又想，也不好說太明白，急匆匆俯身對旁邊人耳語幾句，那人馬上臉色大變。不一會兒，消息已經傳開，連同旁邊兩桌一個個都歇了菜，方才那囂張鬧騰的樣子全沒了，個個面露惶恐……

陳默一直不喝酒，態度非常堅決。他不喝，當然也沒人能逼他喝，也沒人敢逼他喝。雖然有非常少的例子可以證明他是沾酒必醉，但是群眾們也同樣有理由相信陳默做為一名土生土長的陝北漢子，那種醉態就是裝的，究其根源就是不想喝。

於是群眾紛紛認定陳隊長的真實酒量絕不止此，於是群眾認為一定要找個機會灌他一次，最後群眾認定交杯酒是他們唯一的機會……那是起手無悔啊，他拿起來就不能放下，而且絕不能裝醉！

更何況法不責眾，大喜的日子把新郎灌醉也不是什麼大罪名，於是這就成了要放倒不敗槍神陳默陳隊長一生等一次的唯一戰機，那叫一個群情激昂應者如雲。

至於杯中內容放什麼，群眾中也引起了一些爭論，但是迫於廣大陝北大漢普遍認定三十九度的白酒三兩，那還不跟玩兒似的，這樣就完全不能達到在第一階段就把陳默放倒一半，然後在敬酒中三桌連環殺，徹底把陳隊長放倒的終極目的，最後他們非常厚顏無恥的使用了六十八度的超高度數。

結果，悲劇就此釀成。

當下，席上但凡還有一點腦子的都已經預感到危機：等陳默醒了那日子絕對會非常的不好過！於是一張張慘澹愁雲的臉喪氣垂頭，席間氣氛急轉直下。

苗苑頓時傻住了，她本來就心虛的不得了，強撐著一口硬氣過來敬酒。如果場面能熱熱鬧鬧也就過去了，她也好自我催眠說沒事沒事一切正常，可是這氣氛一僵她更僵，簡直快要被凍住了，束手無策的惶恐。

總算曹澈還知道自己的責任，在後面拼命的使眼色說笑話，磕磕碰碰的總算是把那三桌走完了，苗苑卻再也不願意走了。她是真的沒信心了，那些人她全不認得，沒人領著她根本不敢去。

王朝陽這時出主意說，「妳去找妳婆婆唄，反正都是她的客人，她的面子。」

韋若祺！苗苑一想起這個名字頭皮就緊，她六神無主的絞著裙角，心裡給自己鼓了一輪又一輪的勁兒，終於深吸一口氣直愣愣的往外走。

四十八桌酒席，四十六桌在大廳，還有兩桌是包廂，苗苑簽過帖子她記得，陳默的父母都在包廂裡陪著，估計那都是貴客。而且苗苑對包廂的名字印象鮮明，因為她覺得這種安排真是太好了，她不必時時看到韋若祺可惡的臉。

然而當她走到包廂門口時，整個人又傻了一次，那裡面早就散了，幾個服務員在收拾殘盆冷碟，根本沒有一個賓客。王朝陽剛想說不會吧，走錯了？苗苑已經衝動的揪住服務員追問：「人呢？人呢？這裡的人呢？」

「走了，早走了！」服務員莫名其妙被人吼，口氣也很不好。

「怎麼會走了！？」苗苑大怒。

「走了就走了嘛，我怎麼知道！」服務員聲音也不低，這年頭誰也不是白白被欺負的。

「怎麼回事？」

苗苑一僵，回頭看到何月笛站在門口。這婚事辦得太反常，何月笛見女兒失魂落魄的往外面去就不放心，連忙跟著過來，再一看這邊杯盤狼籍心裡就明白了一半。

「好像，好像……」苗苑看著母親肅顏含怒的臉不敢往下說。

「什麼好像，人沒了是吧？陳默他爹媽先走了？」何月笛冷笑：「真有家風，真是大戶人家，我們學不會。」

「媽！」苗苑泫然欲泣。

「這就是妳挑的男人！苗苑，妳有膽色，我很佩服妳！」何月笛臉色發青，已經氣得七竅生煙。

「媽，我現在怎麼辦？」最後的依靠都沒了，苗苑再也忍不住，眼淚簌簌而下。

「怎麼辦跟我有什麼關係，妳愛怎麼辦怎麼辦，反正我說這戶人家不要嫁，妳也嫁了，妳不是有主意嗎？自己看著辦！」何月笛越說越氣，忍也忍不住：「什麼東西，我這半輩子見的人也不少了，就沒見過這號的，什麼東西，以為我稀罕嗎！苗苑我告訴你，我今天在下面就……我怕妳難做，我就算了。什麼玩意兒，苗苑，要不是妳硬要嫁過去，就這號人家，沒知沒識沒皮沒臉的，我連看都懶得看一眼！」

苗苑從小乖巧，從來沒見過她媽發這麼大的火，立時被嚇著了，眼淚含在眶裡都不敢滾出來。

何月笛再怎麼生氣也是媽，苗苑再怎麼不爭氣也是自己女兒，兩個人兩兩對視，到最後總是何月笛先軟下

去，嘆息：「唉，算了算了。」

苗苑哇的一聲哭出來撲到她母親懷裡不肯抬頭。

「可是，阿……阿姨，那裡面怎麼辦？」王朝陽囁囁。

「裡面，裡面隨他們去吧，就說新郎帶著新娘私奔了，管他呢！反正我也不認識他們！」何月笛一肚子的火氣，偏偏心疼女兒委屈，也沒地方發。

王朝陽整個人都傻了，這……這結的不是婚，是混亂啊！

到最後王朝陽與司儀商量完，司儀力挽狂瀾大聲宣佈，新郎新娘不勝酒力剛敬了兩桌就被放倒了，大家吃好玩兒好，各自Happy……

其實這時候已經不早了，菜都上齊了，眾人譁然了一陣，各自散席。

「神奇事件，」司儀憤憤不平的擦汗：「要不是我跟你們家的帳早就結完了，我真得再加五百塊！」

王朝陽尷尬的陪笑。

何月笛沒興趣見陳默，而苗苑這當口只想跟著她媽，兩人沒地方去，只能回化妝間裡先待著。

5

這家酒店樓下五層宴會廳，客房從六樓開始，化妝間就設在六樓客房部大廳的一角，用透明的玻璃門隔開，也不知道是怎樣的巧思，難道是想讓西來北往的旅人多看一眼人間的喜樂？

化妝間裡依次排開五扇晶瑩的半身大鏡子，燈光燦亮，今天與苗苑訂同一時段的還有另外兩對新人，此刻人都不在，大約在樓下敬酒。

苗苑抱著何月笛默默垂淚，她只覺心酸難過，整個人堵得像要爆炸似的，她一生一次的婚禮，那麼華麗的開場，如此糟糕的結局，她不甘心。

過了一陣子，王朝陽回來報告情況，說人已經開始散了，快走光了，反正就快結束了。

「就快結束了！」苗苑喃喃自語，她在結婚啊，多開心多風光的事，居然要像現在這樣躲在某個角落裡，只希望賓客快快散去。

外面有穿著酒店制服的工作人員過來張望，苗苑此刻根本不想見生人，總覺得人人都在看她笑話，不自覺的轉頭迴避，那人卻徑直推門進去：「苗小姐嗎？我是長樂廳的領班，我看到已經散席了。」

苗苑心裡一陣煩躁，不得已強打精神回應：「是啊！」

「好的，」領班笑了笑把帳單遞上：「那我們把帳結一下，長樂廳一共四十六桌，每桌一千二百八十八元的標準，牡丹閣開了兩桌，每桌二千五百八十八元，酒水自帶，另外補了四瓶五糧液，每瓶六百元，總計六萬六千八百二十四元，除去一萬塊錢訂金，您還需要支付五萬六千八百二十四元！您是選擇刷卡還是現金結算？」

領班一路埋頭報帳單臉上還帶著職業化的微笑，等她報完帳單再抬頭，卻笑不出來了，因為苗苑瞪著眼睛像看鬼似的看著她。

「苗小姐？」領班詫異。

「妳在問我要錢？妳看我全身上下哪裡像有錢的樣子，妳現在問我要錢？」苗苑只覺得胸中有一團火直往上冒，壓也壓不下去。

領班頓時變了臉色：「您在我們這裡訂了酒宴，我們如數提供了服務，現在收錢難道有什麼問題嗎？」

「是……是沒什麼問題……」苗苑站起來搖搖晃晃的走了幾步，只覺得悲從中來，整面牆都是黑的，什麼東西都是灰的，她連哭都哭不出來。

原傑和王朝陽連忙把領班拉出去，生怕她再刺激苗苑。

玻璃門是透明的，隔音卻好，苗苑呆呆的看著門外，看著那三個人嘴唇開開合合，卻一個字都聽不到，好像某種幻覺。

真不真實，太不真實了，是在做夢吧，是做夢吧，真可怕！比摔跤可怕多了！

何月笛把苗苑抱進懷裡：「跟他們吵什麼呀，付就付吧，反正現在不給將來也要給，平白讓人說一通。」

苗苑虛弱的點了點頭。

開門的瞬間雖然大家都住了口，然而領班橫眉立目臉色非常不好看。

「算了！」苗苑的聲音微弱：「讓沫子把禮金拿上來，先把錢付了。」

一聽到肯付錢了，領班冷哼一聲收起帳單站到旁邊等著，原傑氣鼓鼓的走到苗苑身邊去，嘴裡小聲罵著狗仗人勢。拿錢本應該是件很快的事，可就是這很快的事卻辦了很久，好不容易等到電梯門開，竟是王朝陽與蘇沫、小米、苗江、陶迪一大幫子人齊齊跑出來，蘇沫殺在第一個，急得火上房似的嚷道：「苗苗，怎麼辦，妳婆婆把禮金全拿走了！」

苗苑大驚，連嘴都合不攏！

「都怪我，都怪我！」蘇沫內疚得幾乎想哭：「本來是我和柳大姐（陳默部隊指導員成輝的夫人）管收錢的，可是後來我犯噁心，我就去吐了，那會兒人都到得差不多了……我就先走了。」

「然後呢？」何月笛臉色鐵青，聲音冷得像冰。

「然……然後，我們剛剛問過大姐了，她說，陳默他媽後來……來大廳招呼客人，就……就同時把錢拿走了……她，人家，她不知道不能給啊！」蘇沫被何月笛的氣勢嚇到，說話都結巴了。

「行，行，太好了！」何月笛冷笑，笑得所有人發顫，苗江一看就知道他老婆已經怒到了極點，連忙上前安慰。

一時間，蘇沫內疚的眼淚直流，小米心疼的哄；陶迪氣得火冒三丈直嚷著要上去把陳默大卸八塊，原傑拼死命拉住；王朝陽生怕這兩男人真的打起來，硬擠在中間勸架……那場面真是要多混亂就有多混亂，鴨毛狗血一團亂七八糟。

「我說各位！」領班提聲吼了一句，等眼前這群人都停下來回望，才慢慢吐字一字一頓的說道：「能不能請你們把帳結了再吵架？」

陶迪氣得大罵：「你他媽催命啊！誰有空煩你那點破錢！」

「沒空煩這是想賴帳嗎？我不管你們有什麼要吵的，就算明天他倆離婚了，今天這個錢也一定要交！」領班硬生生吼回去，毫不示弱。也是，好好的收個份內的錢，居然捲入這麼一場混亂，她也早煩得不行了。

「那現在沒錢怎麼辦？變出來給妳啊！明天結不行嗎？有名有姓的難道會不給錢嗎！」原傑這一天就趕著倒楣，火氣也不比誰少。

「有名有姓的想賴帳的多了！就今天現在，沒錢現在就去弄，幹嘛等明天？」本來這麼大筆帳真拖個一天兩天也不是難事，但是眼看這一對的婚事沒辦好，萬一真離了，那錢不得扯皮去？這事先前也不是沒聽說過，所以領班打定主意鐵齒咬死，一步也不肯讓。

都有火，都不想退，於是就僵著，這場面真是差到不能差。

結果誰也沒發現苗苑一直退一直退，已經靠到最角落的落地玻璃窗上緊緊的貼著，好像一頁單薄的紙。恍恍惚惚中好像看到一張臉在自己面前晃，苗苑看了好久才看清是蘇會賢，那張臉上關切詢問的神情讓她瞬間覺得溫暖，還沒開口，眼淚已經滾滾而下。

「呀，這是什麼啦！」蘇會賢大吃一驚，想來她也不過就是過來接朋友楊永寧去機場，等結帳時聽到角落裡有人好像在吵就多看了兩眼，可是恍然覺得怎麼好像是熟人啊，又多看了兩眼，頓時樂了：那個穿婚紗的不是苗苑？本是想去道喜的，可是走近一看卻驚了，怎麼竟是滿臉的哀傷絕望。

苗苑語無倫次也解釋不清，斷斷續續的說了幾句，好在蘇會賢玲瓏剔透，結合現場所有人的表情居然硬是聽懂了個大概。

畢竟都是女人，年輕的，還會期待婚姻與幸福的女人，蘇會賢回想起上一次見苗苑，她那是多麼幸福快樂的甜蜜小女兒樣，再看看眼前哭得已經脫了形的苗苑，心裡頓時柔情大發。

領班還在焦急的逼帳中，並且已經呼叫保安。五萬七說不大不大說小也不小，一般人還真不會隨身就能付給這個數的。

陶迪認了命，正在和苗江商量是不是打電話找朋友給往他帳號上匯款救急，就說是他臨時有需要，就別驚動親戚們，這事傳出去也不好聽。

蘇會賢嘆氣，對著領班招了招手說：「你過來，多少錢？」領班一愣，沒料想還有這樣的柳暗花明又一村。蘇會賢轉頭看看楊永寧：「麻煩，我隨身只帶了零錢。」

楊永寧哂笑，從錢包裡的各色銀行卡中找出一張信用卡遞給領班：「沒密碼。」

到這當口，領班只要能拿到錢就好，哪裡會管誰出的，趕緊接過來衝去樓下刷卡。

苗苑茫然不知所措：「可是蘇姐姐……」

蘇會賢幫苗苑擦了擦眼淚說：「沒關係，她信不過妳，我信得過妳，我先借妳墊墊。」

楊永寧輕笑：「借花獻佛！」蘇會賢連忙瞪了她一眼，不過苗苑此刻失魂落魄的，聽什麼都不過腦子。

苗江過來道謝，蘇會賢大大方方的說著寬心話，只說自己是陳默的朋友，之前一直忙，飛來飛去的也就沒敢接帖子，剛好今天在西安就過來看看，這點小忙根本不算什麼，過兩天讓陳默還就成，反正錢也得陳默出……云云。

苗江他們的臉色緩了一些，倒是把原傑聽得霧水一頭，心想隊長真厲害，居然還有這麼有錢這麼仗義的美女朋友。

領班刷完卡，把憑條拿上來簽單，楊永寧看到數字微微一愣：「五萬六？」

「一共四十八桌，絕對沒錯！」領班斬釘截鐵。「親戚挺多啊……」蘇會賢小吃了一驚，一邊使眼色讓楊永寧快點簽。

「親戚不多的，陳默他爸媽做官的，都是客人多。」

「哦，啊個部門的啊？」蘇會賢習慣性的隨口問。

「稅務吧，」苗苑想了想：「他媽媽社保處的，不過他爸前兩年生病已經不幹了。」

蘇會賢略一思索，小聲猶疑的問道：「陳默他爸爸是陳正平？」苗苑默默的點頭，只是此刻她的心思全不在此，根本沒興趣去管她公爹的職務問題。

楊永寧一邊簽名一邊笑，最後雙手把單子奉上，鄭重其事的說道：「Goodluck！」領班一臉莫名其妙的走了。好人做到底，送佛送到西，蘇會賢又幫著寬慰了幾句，最後臨走時把所有七七八八的閒雜人等都捲走了，該幹嘛的都幹嘛去，只留下苗苑一家子。

原本強敵逼帳還有一股硬氣要死撐，可是現在強敵沒了，狼走了，只剩下羊，羊很茫然。人的憤怒與難過總是有限度的，生氣也是一件需要精力的事，氣到了極點，忽然就洩了，只餘一份刻骨的疲憊。

苗苑靜默了很久，小聲說：「媽，我們先上樓吧。」總不能一直待在外面。

何月笛冷冷的看著她，不說話。苗苑這才有些慌了，她知道她媽媽動了真怒，只是她原以為那些怒火是向著外人的。

「媽？」苗苑小聲怯怯的喚。

「苗苑，我很坦白的告訴妳，今年過年妳不用回家了，如果妳想回家也別帶陳默回來，我不想看到他。別在我面前提這個人，包括他的父母，妳的家事，我都沒有興趣，所以也別讓我知道！」何月笛的聲音冷靜而平緩，字字清晰，有一種生硬卻無可反駁的條理感。她是做醫生的人，最擅長處理危機，那麼多的生死在她眼中都可以按章辦事，她比尋常人有更多的鎮定。然而這種鎮定是可怕的，至少對於苗苑來說，是可怕而陌生的！

「媽！？」苗苑拉住何月笛的手，她被嚇壞了。

「我現在也不想看到妳！」

「媽不是這樣子的，這事不是陳默的錯啊！」苗苑好不容易止住的眼淚又湧出來。

「那就是我的錯嘍？」苗苑被她問住，張口結舌。

「行了，我不想聽妳說，苗苑，那個人是妳選的，那戶人家是妳定的，多大的碗妳給我吃多大的飯，妳自己想辦法，好自為之！」何月笛說完轉身就走，苗江急急忙忙的追上去，一邊追一邊回頭小聲安慰女兒：寶寶沒事，妳媽有我哄著。

苗苑急得要命，想把她母親攔下來卻又不知道應該說什麼，只能眼睜睜的看著電梯門關上。

苗苑自己都不知道自己是怎麼上樓的，原來房間裡守著陳默的那個尉官一看到她就如蒙大赦，一溜煙的跑了。陳默還在昏睡，然而呼吸已經平緩不再掙扎。苗苑忽然發現自己已經脫了力，連一步都走不動，一跤跌在床邊的地毯上，全身的骨頭都像是被抽光了一樣，那麼累，那麼的累與惶恐。

媽媽說我不想見妳，媽媽說妳好自為之！

苗苑感覺到一種極大的恐懼，空曠茫然無依無靠，整個人都是空落落的，好像胸膛裡沒有了東西，她緊緊的抱住自己的肩膀，媽媽說不要她了！苗苑難受的全身發抖，這是她從不曾想過的情況，那怎麼可能？從小到大，媽媽是永遠的依靠，那是家。

小時候不會念書，媽媽說只要妳努力了我就不打妳。

畢業了找不到工作，媽媽說做蛋糕也是正當職業。

學好了手藝想出去闖蕩，媽媽說在外面不開心就回家。

遇到喜歡的人想嫁了，媽媽說給妳準備二十萬做嫁妝，這裡永遠是妳的家……

可是現在，她說我不管妳了，不管妳了……不管妳了……苗苑獨自坐在華麗的房間裡，淚如雨下。

當陳默醒過來的時候並沒有意識到房間裡有人，酒精麻痺了他平素敏銳的神經，而宿醉讓他頭疼如絞。睜開眼，屋子裡黑漆漆的，窗簾沒有拉上，剔透的玻璃窗外是灰濛濛發亮的城市的天空。掙扎著起身的瞬間他發現有人在哭，沒有聲音，連呼吸都很微弱，卻有一種濕乎乎的帶著鹹味的氣息。

陳默旋開檯燈，桔黃色溫暖的燈光鋪滿了房間的一角，他看到他的新娘呆呆的坐在床前，燈光在她的瞳孔裡閃爍著，告訴著他眼淚的痕跡，這驟然而生的燈火居然也沒讓她動一下，她就那樣靜靜的坐著，像一個流淚的木偶。

「怎麼了？」陳默啞聲問，他被嚇到了，似乎就在前一秒，同樣的衣服，同樣的位置，同樣的角度，他的小公主神采飛揚的問他：我漂亮嗎？那個時候的苗苑眼神靈動，含著星光。

過了好一會兒，苗苑轉動眼珠看向他，陳默小心的捧起她的臉：「發生什麼事了？」

苗苑皺了皺眉，大顆的眼淚毫無聲息的滾下來。

第二章

奶油，是夾心餅乾的關鍵

「怎麼了，妳說話啊？」陳默輕輕碰了碰她的額頭，唇下冰冷，這房間暖氣明明開得很足，怎麼會凍成這樣？陳默連忙把人抱到床上去，掀開被子把人牢牢的裹了起來。

苗苑極溫順，一聲不吭的隨他擺弄，陳默去浴室裡絞了熱毛巾來給苗苑擦臉，拿了手機悄悄在浴室裡打電話給原傑。原排長膽戰心驚了半天就等著他這個電話，陳默還沒開口問，他嘩的一聲就全招了。

陳默猜到他喝醉了總得出點事，可是萬萬沒想到竟然會糟糕到這種地步，他一邊聽著原傑結結巴巴的贖罪，一邊把額頭抵在瓷磚上試圖沾得一點涼意。

這是一系列荒唐的錯誤，不是麼？

陳默從頭想到尾，甚至都不知道應該去怪誰多一點！沒有什麼十足的惡意，也沒誰在陰謀詭計，現實中的災難總是這麼讓人無語。好像只是每個人做錯了一點點，如果那群小兵痞子們沒犯渾，如果他沒喝醉，如果苗苑他們沒有和酒店方吵起來，如果他媽沒有拿走禮金……

然而沒有如果，一切都發生了。

於是釀成了這樣不可收拾無可挽回的結果，最後這個結果沉甸甸的砸到他素來柔弱婉約的小妻子身上，由她一人背負！

陳默一想到在他酒醉昏睡的那幾個小時裡，苗苑怎樣茫然的面對滿目陌生的賓客，怎樣靜靜的坐在空曠的房間裡無聲流淚，就很想掐死自己，這是他的錯，毫無疑問！他答應過會給她一場完美的婚禮，他答應過要保

護她，不讓人任何人欺負她！可是他一個也沒做到！

陳默從電話薄裡找到蘇會賢的號碼打過去道謝，蘇會賢一疊聲的勸陳默一定要忍讓，苗苑發多大的火都是應該的，一個女人一生一次的婚禮，你讓她一時不高興，她一生都不開心。

陳默說是啊，她想殺我就讓她殺吧。

陳默又絞了一條熱毛巾帶出去，苗苑卻忽然抱住他哭出了聲：「陳默，我媽媽很生氣，她很生氣，她說不要我了，我們該怎麼辦？」

陳默感覺他的心臟像是被什麼重物狠狠的撞了一下，而撞擊之後那種尖銳的感覺居然不是疼痛卻是釋然，他由衷慶幸苗苑說的是：「陳默，我們該怎麼辦？」她沒有質問：「陳默，你讓我怎麼辦！」

陳默緊緊的抱住苗苑說：「沒事的，她不會不要妳的，媽不會不要妳的。」

苗苑抓住陳默胸前的衣服放聲大哭，積鬱了太久的委屈與彷徨像潮水一樣傾洩出來，她撐了一整天，那麼累，那麼無力，終於有人可以抱著她哭一場。苗苑甚至沒來得及哭個盡興就累得睡著了，在睡夢中緊緊的抓著陳默的衣角，還在小聲抽泣。

陳默抱著她坐了一夜，頭一直很疼，酒精的後遺症。苗苑在半夜醒了一次，喝了點水翻身再睡，到天亮時忽然驚醒，看著四壁異常堅決的說要馬上回家，她這輩子都不想看到這家酒店。因為是送的房間結帳很快速，苗苑衝出酒店大門叫車，像躲避瘟疫一樣把她的噩夢拋到腦後。

陳默原本做好的準備是苗苑進門就得發火，可是苗苑洗完澡換過睡衣，卻看著他愣了愣：「你不洗澡嗎？」

陳默用戰鬥的速度把自己搓乾淨跑出來，苗苑已經趴到床上昏昏欲睡，陳默站在床邊輕輕碰了碰她，苗苑揮揮手說別煩我，讓我睡覺！陳默呆立了一會兒，不知道能幹什麼又不敢離開，只能站在床邊等待。

苗苑一直睡到中午才徹底醒過來，她睜著清亮亮的大眼睛看著陳默愣了很久。苗苑的表情從茫然到沉思，慢慢的陷入哀傷中，她捂住臉說：「陳默我很難過！」苗苑沒有哭，她看起來甚至有點平淡，可是陳默卻覺得昨天那個大哭著叫喊說我們該怎麼辦的苗苑比現在溫和得多。

他想了一會兒問道：「妳想我怎麼辦？」苗苑一愣，錯愕的看著他。

陳默有些煩躁，他這一生喜歡清晰明白的東西，比如說槍，比如說部隊。一發子彈總有分明的軌跡，你不用去猜度什麼，它總是忠實的劃過自己的彈道，當你開槍，你就會明白哪裡要出現一個彈孔。在部隊裡所有的一切都有定規，你吃什麼用什麼穿什麼，應該幹什麼不應該幹什麼，清清楚楚明明白白，你不可能會犯錯，即使真的犯錯了，也會有同樣清楚明白的懲罰給你。

可是生活卻不是這樣子的，生活沒有那麼簡單的因與果。

「陳默，你……你什麼意思？」苗苑困惑不解。

「這事是我的錯，我不應該喝醉，所以，妳想讓我怎麼做才會不生氣……」陳默沒能說完就發現苗苑臉色變難看了。

「你什麼意思啊？陳默！」苗苑被堵得血氣翻湧，這算什麼意思啊，他問她？怎麼做？這算什麼？苗苑氣得暈頭轉向的都不知道要怎麼表達自己的心情，只能跳起來吼道：「我現在不想看到你，你給我先滾出去！」

陳默指了指門外：「我真的走？」

「走！」苗苑拎起枕頭砸過去。

陳默半空中撈住枕頭放到客廳的沙發上，居然真的換衣服出門了，苗苑聽到那聲門響還不敢相信，赤腳跑出來一看，果然空無一人，苗苑仰天長嘆有種欲哭無淚的悲憤！

苗苑陡然發現自己陷入了某種可悲的危機中，陳默剛才看著她說得那句話不可謂不誠懇，以她對那隻死狗的瞭解，那絕不是不耐煩的敷衍，陳默是認真的。妳怎麼說他是真的會怎麼做，就算妳現在讓他去死一死，他都能不眨眼的從五樓往下跳，但問題是！這有個鬼用啊！

苗苑連灌了三杯涼水，只覺得心裡堵得不行。

「妳要我怎麼辦？」

我讓你怎麼辦？我能讓你怎麼辦啊！啊啊啊！苗苑憤怒的拍桌子，氣得團團轉！要道歉，早就道了！要錢？見鬼，婚都結了，錢都擱一塊兒了，存摺都在抽屜。

打他？且不說自己那花拳繡腿打上去他有沒有感覺，萬一要有感覺，那心疼的還不是自己！苗苑氣得在客廳裡轉圈圈，所有的委屈，傷心，難過……硬生生化做悲憤，那叫一個鬱悶，堵得她抓心撓肝的。

要說陳默出門倒還真不是光光為了避禍，他還是有正事可以幹的。他先去銀行提了錢拿去還給蘇會賢，蘇老闆看到陳默上門一陣驚訝，心想你闖這麼個潑天大禍不在家裡陪老婆著急還什麼錢呀！

陳默坦白說是苗苑讓他出來的，閒著也是閒著不如還錢。

蘇會賢聽得一邊禮貌微笑，一邊後牙槽緊咬，痛心疾首於我也就是7跟你不熟，我但凡跟你再熟一點我就能扁你！蘇會賢是女人，女人都站在女人的立場上說話，忍不住又把苗苑的委屈陳默的罪名委婉的強調了一遍又一遍。

陳默或許情商不高，或許不通世故，但絕對是聰明人，一點即透，想想昨天晚上哭得像個玻璃娃娃那樣的苗苑，心中抽痛。

蘇會賢責備了幾句就匆匆趕陳默走，告訴他女人就是這樣，她讓你滾的時候就是想讓你留下來陪她，她讓你滾你真滾了，她一輩子恨你！

可是陳默在十字路口徘徊了一下，還是轉身去了自己父母家。

韋若祺看到陳默進門心裡一陣驚訝，以她對自己兒子的瞭解，陳默是絕對不可能在新婚第二天會想到來父母家中拜訪的，她不相信她的兒子還能懂得為了昨天那場混亂的婚禮向她表達什麼歉意。她不動聲色的看著他沉著臉走近，坐下的第一句話居然是：「我希望妳能向苗苑道歉！」

韋若祺一愣，只覺得自己是不是聽錯了，脫口而出：「你說什麼？」

「我希望妳能向苗苑道歉！」陳默簡單重複。

「憑什麼！？」韋太后大怒。

陳默簡單介紹了一下昨天混亂的婚禮，最後總結到禮金的問題……

韋若祺冷笑：「我拿走禮金不應該嗎？昨天到場的都是我和你爸的客人，他們付你這份人情也是看我們的面子，將來要還那份人情也是由我來還，跟你有什麼關係？我憑什麼把錢留給你？憑什麼把錢留給一個從我這裡掛失存摺的兒子？」

陳默皺眉，其實在他心裡沒有什麼應不應該，如果不是出了後來結帳那檔子事，他甚至沒去深想過這筆錢

的歸屬問題，韋若祺要就給她好了，反正自己現在也不缺錢，但是……

「妳請那麼多人沒有問題嗎？還有那個車隊。」陳默說。

「有什麼問題？別說現在這麼點規模，翻個倍我也撐得起，我看誰敢說什麼！你放心，我跟你爸這麼些年別的不敢說，至少清白！沒把柄！絕對不會有什麼問題落到你頭上！」

陳默垂下視線：「我不是這個意思……」

「陳默你給我聽好了！」韋若祺正襟危坐，腰背挺得筆直：「我有什麼理由要向苗苑道歉？你爸爸身體不好你是知道的，酒店那種空氣環境，他待得越少時間越好。而且省委的領導會坐下來陪你吃兩、三個小時嗎？我跟你爸陪他們提前走有什麼問題嗎？這場婚事從頭到尾我就不同意，你是知道的。昨天我跟你爸還是去了，請了那麼多老朋友，為什麼？我們也是想告訴大家你是我兒子，你結婚了，那是你老婆，將來能照應有個照應，別讓人欺負了大家都不好看。結果呢？還沒開席你就喝醉了，我們老倆口還得唱著獨角戲幫你解釋招呼客人。現在把事情搞成這樣能怨我嗎？我有什麼責任要讓一個我根本不滿意的媳婦對我滿意？我有什麼義務一定要替你完成一個圓圓滿滿的婚事？你跟你老婆都幹嘛去了？我跟你爸結婚的時候，是你爸下的廚我洗的碗！另外，酒店不能簽單嗎？有什麼帳不能過兩天結？不是我瞧不起人，她苗苑連這麼點小事都辦不來，她還有什麼用？」

陳默沉默了片刻，又問了一遍：「妳不肯？」

「廢話！」韋若祺眼神凜利：「我不可能向苗苑道歉的，如果她不滿意，你讓她跟你離婚！」

陳默的眸光閃了閃，慢慢站起身說：「行，妳說得也有理，那我先走了！」

「哎……陳默，妳……妳這女人，怎麼說話呢！」陳默進門的時候陳正平剛好在書房裡喝茶，一喝完出來看，沒料到這母子倆居然如此迅猛的把話題推得這麼僵。

韋若祺瞥了老公一眼，別過頭去。

陳正平到底是身體不成了，一直追出門也沒追到兒子，氣呼呼的回來質問韋若祺：「妳又何必如此！」

韋若祺堵氣不理他。陳正平索性坐下來：「我知道妳不喜歡那姑娘，我也不喜歡，就那麼個小姑娘沒人會喜歡，老王問起來我都不知道怎麼介紹她，可是妳兒子喜歡，有什麼辦法？那是妳兒子，若祺，那是我們的陳默，不是別人家誰誰誰的兒子。不可否認陳默表面上看起來是很優秀，可是他那個脾氣有誰能受得了？憑良心講他肯結婚我就謝天謝地了。那個苗苑好歹也算出身良家吧？還算是正常女孩子吧？」

「我就是不甘心！」韋若祺深吸了一口氣，眼眶泛出紅印。

「妳不甘心……妳不甘心都跟他鬥了幾十年了，有用嗎？妳兒子想幹什麼，妳哪樣能攔得住的？看開點吧。我也知道這兩年我生病什麼都管不了，妳一個人裡裡外外撐著也不容易，陳默這孩子又跟妳這麼不貼心。算了啦，孩子都這麼大了妳讓他去吧，妳要怪，就怪他小時候我們都太忙，忙工作，以為男孩子不哭不鬧就是乖，把那麼小的孩子一個人放在家裡，才養成他現在這種個性，說到底，還是我們對不起他。」

韋若祺徹底的紅了眼睛，聲音哽咽：「我對他不好嗎？我為他操過多少心？就為了那麼個小姑娘，他這麼氣我！」

「算了啦！」陳正平攬住自己老婆：「昨天那事也怪我，人懶了什麼都不想上心，昨天大家說走我也沒往深處想。行了，這事後面妳別管，我來處理。」

「你怎麼處理？」

「妳總得給人家臺階下吧。妳還真盼著他離婚啊？他肯結這麼一次婚就很不容易了，真離了，恐怕就沒下次了。」陳正平嘆氣。

陳正平說交給他處理，說幹就馬上幹了起來，他琢磨著苗苑年輕氣盛又正在火頭上，現在摸上門去若是讓她一通罵回來大家都不好看，再想緩和就難了，他這麼大年紀了也不想聽小輩兒教訓。倒是昨天他和苗江還聊了幾句，男人之間的關係總是比女人要緩和爽快點，彼此互留了電話，就是因為不熟，反倒客氣。

陳正平想了想先給苗家打電話，果然昨天那麼大個烏龍一出，苗江與何月笛當天就回了老家，此刻正在屋裡生悶氣。陳正平電話找苗夫人，因為即使彼此關係惡劣，如果一個男人態度謙和，女人就很難單方面直接發飆。

何月笛果然在開始時愣了一下，失去了先機就一直沒能把火發出來。陳正平只推說自己身體不好沒堅持到底，老婆擔心他的病忙中出錯也沒顧得上和親家說一聲，攪了婚宴他很是不安，還請親家原諒……云云。

藉口這種東西，究其真假最是無聊，不過是你方唱罷，我給你搭台，長梯擺好您若是樂意就可以下。陳正平是多年在官場裡打過滾的，這點手腕分寸都不是難事。倒是何月笛一時被他攪得很鬱悶，原本那一腔怒火向著誰那是很明瞭的，可是現在被釜底抽薪了似的感覺。

其實自從陳默說他要結婚起，韋若祺的心情就沒好過，不時的想到，心頭都是一口血。原本陳正平生病，陳默能及時趕回來，這讓她心頭著實一亮，可是沒成想到頭來還是那樣。

這個兒子從小到大都是她的劫數，這輩子就沒見過這種小孩，那叫一個倔強，冷，硬，你對他好他沒感覺，你對他不好他也不在乎，一意孤行，固執的要死。當陳默死不開口的時候她真想掐死他，可偏偏竟是自己骨肉。

在韋若祺的印象中陳默的整個青春期就是他們倆雞飛狗跳的戰場，韋若祺就是想不通，自己怎麼說也算是個比較有本事的女人，怎麼居然就是擰不過自己兒子？她有時候真想指著陳正平罵，都是你取的好名字！從那時候陳正平就勸她算了，聽天由命吧，這個兒子只要沒有違法亂紀，他想幹什麼就讓他去幹吧！

是應該算了，韋若祺心想，陳默逼急了敢死給她看，可是她氣急了又能怎麼辦呢？她覺得悲哀，這就是為人父母與子女之間的不公平，到最後，總是無可奈何的要輸給他們。

可是韋若祺能想通卻不代表她能看得開，尤其是剛剛又被兒子非難一場，這更是火上加油。偏偏陳正平說這事妳別管我要善後，搞得她發火都沒了方向，鬱悶的坐在沙發裡看電視。然而真的太后又怎會甘於生悶氣，韋若祺把事情前因後果理了一遍，從中間拎出一個來承受她的鬱悶。

她撥了幾個電話，查到酒店餐飲部經理的手機號就直接撥了過去，開口時客客氣氣的自報家門。經理類似的電話接多了還以為韋太后是要訂酒席，正一邊寒暄著一邊猶豫打折的幅度。韋若祺話鋒一轉，冷冷的稱讚起對方嚴謹的財務制度，經理一頭霧水只聽出了苗頭不對，到最後忍不住告饒說：「韋處長，妳這親自電話過來，我就知道我們一定是犯錯誤了，只是您還得明示下，我這手下人多手雜。」

韋若祺笑了笑說：「昨天中午，我兒子結婚，在你們長樂廳辦的酒。」

經理一聲驚呼：「哎呀，您怎麼不早說，我給妳打折啊！」

「我就是不想佔你們那點兒便宜，才讓我兒子出面訂的酒，我就這麼一個兒子，我還出得起。」

「哎呀，哪裡哪裡，怎麼可能！」經理一頭冷汗，週六中午長樂廳爆的那離奇事件，他已經略有耳聞。

「可是沒想到啊，你們那兒現在管理這麼嚴格了，連單都不能簽了，晚幾個小時付帳都不行啊！我也就是出去送一下張副省長他們，臨時不在……你們的財務很能幹啊，工作很負責，挺好的。」韋若祺頓了頓，慢條斯理的說道：「我兒子剛走，說他老婆讓他過來問問，問我哪兒找的酒店，以後記得提醒朋友們得帶足錢才能上門。」

「哎呀，誤會了誤會了！」經理鬱悶得吐血：「那丫頭臨時代班的不懂事，我早就教訓過了，還想著找個時候聯絡貴公子賠罪呢！」

「行了，別聯絡了，又不是什麼喜事，只是以後你那地方看來也不能去了，再見面看著尷尬。」經理連忙表態：「不不，您常來，絕不會讓您尷尬的。」

「那最好了……行，那這事我們就當沒出過，我不想再聽到有人提。」韋若祺說完，隨手按掉電話，雖然苗苑無能不值得同情，但是打狗也得看主人，傳出去說她韋若祺的媳婦在婚宴上因為一點席面錢被酒店逼得直哭，那就太難看了。

一思及此，韋若祺又開始深深的厭惡起那個無能的只會哭著丟人的小姑娘。

苗苑花了差不多兩個小時的時間來猶豫是不是給她媽打電話，其中包括把一枚硬幣拋了十次。當她聽到門響時心跳忽然漏了一拍，她懷著百分之一的希望跑出來看，但是卻發現陳默進門時兩手空空。

苗苑極度失望，那感覺，真是寒天飲冰水，滴滴在心頭。其實什麼都好，吃的玩的用的，一束花一個玩具一份小吃，你好歹出門一次好歹帶點什麼回來哄哄我吧！

苗苑氣得扭頭就走，留給陳默一個碩大的後腦勺。

「我把錢還了！」陳默決定不說回家的事，畢竟沒有討論出個好結果。

苗苑唔了一聲：「幫我謝謝蘇姐姐，要不然我還真不知道怎麼下臺呢！」

陳默點了點頭，站在門邊看著她。

這個房間並沒有變小一點，可是苗苑陡然有了一種不知道手腳應該往哪兒擺的煩躁，她在床邊轉了兩圈，終於忍無可忍的嚷道：「能讓一讓嗎？你去外面待著，你別煩我，我現在看到你就生氣！」

陳默沒有動，他想到蘇會賢說的，女人讓你滾的時候，你千萬不能滾。

苗苑等了一分鐘，終於忍不住了，雙手撐在陳默胸口往外推了兩步，砰的一聲關上了門。

呼，清靜了，苗苑心想。

女人其實也不一定完全瞭解女人，陳默心想。

冷戰，似乎成了眼下唯一的選擇。

苗苑怒火難消，陳默無法死皮賴臉，而因為是非對錯太過分明，所以沒架可吵，於是冷戰成了沒有選擇的選擇。

那天晚飯，苗苑啃了家裡的餅乾，她想我管你餓死餓活。那天晚上，她把陳默關在臥室門外，她想，凍死你算了。當然，那個夜晚苗苑睡得非常不好，可是當她天沒亮跑出來看的時候，卻發現陳默已經上班了。屋子裡沒有一個人存在過的痕跡，好像那一整天，陳默沒有喝水沒有吃飯也沒有睡覺。

苗苑忽然很無力，她想我嫁給了一個神！

陳默素來知道自己很威，只要他在操場上站立，整個大隊方圓十里鳥獸妖邪盡無顏色，但是今天一大早陳默進門的時候，那種風聲鶴唳、望風而逃的情景還是太誇張了一點。

跑早操整隊時陳默看到原傑站在隊列裡，嘴角貼著OK繃，半邊臉腫成個豬頭。陳默微微一詫，站定在他面前：「怎麼搞的？」

原傑瑟縮躲閃的目光頓時轉為錯愕，他呆呆的說道：「你打的！」

陳默一愣，轉而醒悟，他抬起原傑的下巴左右看了看，鬆了口氣：「還好，沒事。」

原傑目瞪口呆的看著他，悲憤的竟無語而凝咽。

指導員成輝在婚禮當天晚上就接到了噩耗，他在多方調查掌握完整情報之後氣得拍桌子罵娘：你們這幫混蛋！同時心裡萬般遺憾的是當時自己不在，要不然怎麼也不會讓人拆臺拆成那樣。不過五大隊是城市快速反應部隊，陳默不在隊裡，他和副隊長就必須要坐鎮，所以……唉，一言難盡！

成輝是有老婆的人，對老婆這種生物的存在認知當然不是那群毛頭小夥子可比，所以他絕對的同情陳默。

「你們自己說說，出了這檔子事！嫂子能饒過隊長嗎？！萬一要是出了什麼岔子，你們能負得起這個責任嗎？」成輝指著手下那群犯事兒的連排長們痛心疾首。

讓陳默結這麼個婚他容易嗎?!別的不說，這幾個月來為了維持陳默同志的空餘時間，好放心大膽沒有後顧之憂的追老婆，他和副隊代他值了多少班？全大隊上下一心，本著絕不出事絕不生事，絕不讓隊長分心的原則，骨頭裝緊熬了這幾個月，好不容易把人娶進門了，臨了臨了出了這麼大的事，成輝那叫一個怒啊！

一干肇事人等被訓得個個垂頭，膽戰心驚。

曹澈跟著目睹了全過程，感覺分外真切，他顫顫的哀求：「指導員你一定要救我們！」

成輝冷笑，說：「欠收拾，你們隊長最近就是脾氣變好了，一個兩個都反上天了。」

話是這麼說沒錯，可是落井下石的勾當成指導員還是不屑為之的，午休時他惴惴的向陳默提了這事，語氣當然是很憤慨的，幫著陳默把那群混小子一通怒罵，最後試探著提議，要不然把那群混蛋都罰到操場上去跑五十圈？

陳默卻搖頭說不行，軍事訓練就是軍事訓練，不能拿來當體罰用。成輝老臉一紅，有點慚愧。

臨近晚飯時間成輝就開始催陳默先走，怎麼說也是贖罪期，表現好點，爭取早日刑滿釋放。

陳默思考了一下，又把連排長們的值班表拿出來看了看，打電話把明天能放假的那幾個人都叫了過來，因為不時就要值班，陳默的宿舍並沒有退，他招齊了人就領著他們回宿舍，成輝不放心跟著過去看。幾個大小夥子在屋裡一字排開，最慘的莫過於原傑，本來明天是輪不到他休息的，可他不是臉傷了嘛，硬撐著上了一天

班，剛剛請了明天的假。

陳默的神色很平靜，看起來無驚無怒，他坐在桌邊視線淡淡的掠過每個人的臉，原傑卻覺得自己的膝蓋已經開始微微打顫。

「事先就知道的，出列！」陳默說。

嘩的一下，所有人往前跨出一步，已經錯了，抵賴更是死罪。

陳默指著牆角一個紙箱子說：「裡面有酒自己去拿，最少一瓶，喝醉為止。」

不……不會吧！原傑他們徹底傻眼了。

陳默平靜的與之對視，默然無語。

這場對峙還沒開始就已經結束，一分鐘之後，認命的混小子們一人分了一瓶二鍋頭開始愁眉苦臉的對瓶吹。原傑指著自己的豬頭哀告：「隊長，我受傷啦！」

陳默點了點頭說：「一瓶。」

原傑想哭了。

「要菜嗎？」陳默問。

要要……小夥子們眼前一亮。陳默扔出一包鹽水花生。原傑淚流滿面。

喝醉為止，就這一個標準。好在空腹冷酒醉得也快，不一會兒就七七八八倒了一地。陳默找了人過來把這些醉漢搬回各自的寢室，反正明天休息，他們有足夠的時間平復宿醉。

後來，陳默花了差不多半個月的時間分批逐次嚴謹而圓滿的完成了這個浩大的「工程」，不久之後這一事件在整個支隊傳開，聞者驚心，見者瞠目，從此所有人都知道五隊陳默絕對不喝酒。

當然，這些都是後話，只是當時的成輝狂汗之極，心想軍事訓練果然不足以代替懲罰。

那天陳默回去的很早，進門卻看到冷鍋冷灶，家中四壁都是冰涼。陳默在家坐了一會兒，徑直去了人間。其實蛋糕店過了五點一般就不再做當天的新貨了，只是苗苑不想回家，陪著王朝陽收銀。陳默推門而入，毫不意外的發現這兩人對他態度不佳，陳默不知道應該說什麼好，只能站在門邊等著。

苗苑沒忍到十分鐘就敗了，就這麼個黑面門神在店裡鎮著，她還做不做生意！苗苑氣不過，直接讓陳默先回家，陳默有些猶豫的看著她，不知所措。

所有人都告訴他苗苑應該要發火，苗苑應該不高興，苗苑有很多很多應該要做的事，而事實上她也沒那麼做。她沒有如同別的女孩子那樣大吼大叫，要這個要那個，沒把他的父親母親十八輩祖宗都拎出來罵一通，也沒說我們不過了，我要跟你離婚。

陳默有時候覺得，我寧願妳會那樣，如果妳那樣做了，我至少還知道能幹什麼。

要不然，他又能做什麼呢？她受得傷害這麼大，說一句對不起好像太單薄了，謀求原諒好像都有些可恥，陳默真希望苗苑可以告訴他現在應該怎麼辦。

「走吧，你先走！」苗苑等了一陣，又是等到一陣沉默只覺得累，她頭疼的揉著太陽穴說：「你先回去，我下班就回來。」

陳默點了點頭。苗苑看著那道背影覺得自己很可笑：其實妳是瞭解他的不是嗎？妳明知道如果妳說餓了，他可以為妳穿半個城去買一杯黃桂稠酒；如果妳說要花，他會毫不猶豫的買上一百朵，可是為什麼……妳在期待什麼？

苗苑覺得自己的心態非常愚蠢，卻壓抑不住那種愚蠢的衝動。因為真的！那是她一生一次的婚禮，她那麼期待卻終成噩夢，如果連這樣的道歉都需要她來提供草稿的話……

苗苑捂住臉，這讓她情何以堪！

人都說寧拆十座廟，不拆一樁婚，王朝陽眼看著這兩人一個黯然一個神傷，便覺得自己有必要說點什麼，畢竟當時當地她這個當伴娘的也是有責任的，她沒有英勇的挺身而出一把罩下，那也是一個失職。

她捅捅苗苑說：「算了啦……真要氣不過，妳叫陳默讓他媽來給妳道個歉，你們又不是不過了，這事總是要揭過去的。」

沒想到苗苑斷然反對，那可不行！「妳想啊！」苗苑掰著手指細細分析：「我和陳默那就是人民內部矛盾，太后那就是我的階級敵人。而且啊，如果太后覺得她錯了，她肯定早就來了，現在不來就是覺著自己沒錯，如果我硬想要，那陳默就得求她，我為什麼給太后機會讓陳默求？」

王朝陽瞠目，結了婚的人邏輯果然就不一樣。

「再說了，我為什麼要讓太后道歉啊。她本來就不喜歡我，就這態度了，沒來落井下石就不錯了，本來就沒指著她幫我。我早就想通了，我和陳默結婚就是因為陳默對我好，太后要對我好點，我就對她好點，要不然，反正也不一屋子過，我難道還指望著她能把我當親閨女看？」苗苑咬牙切齒的收拾著麵包，不過下手頗重，看得王朝陽膽戰心驚的。

「那妳怎麼辦啊？」

苗苑一聽，又悶了，半晌，嘆了一口氣說：「我也知道陳默他也挺無辜的，但我就是難受！沒事的，過兩天就好了。」

王朝陽徹底黯然，這心病最沒得醫，尤其是無疾之症。

苗苑因為想到了某個不指著當媽的人，於是陡然想到了自己親媽，忽然覺得滿腔的悲憤有了一個出海口，以致於回家的路上就掏出手機往家裡撥。

何月笛正在屋裡憤慨，死沒良心的東西，妳家那個沒臉面的公爹都知道打個電話過來，妳居然到現在一點聲息都沒有？苗江接到電話連忙交給何月笛，拗拗嘴說女兒的，那滿懷柔情的親爹樣擺明就是說，好好說話，別再嚇著閨女了。

何月笛白了他一眼，剛剛一聲喂，那頭的苗苑已經哇得一聲哭出來的了。其實苗苑自己也想不通為什麼要哭，這幾天都慘成這樣了，她已經欲哭無淚很久了，可是聽著她老媽一聲輕嘆，鼻頭頓時酸楚。何月笛堪堪心軟了一點點，就聽著苗苑帶著哭腔的吼聲——

「妳怎麼可以這樣！」

何月笛著實一愣，什嗎？？！

「妳怎麼可以這樣！啊？？妳居然不要我了，妳就為了一個男人，妳就不要我了？」

何月笛一時氣極吼回去：「那是妳老公！」

「對啊！我不就是嫁了一個妳不喜歡的男人嘛，妳就不要我了，我們二十幾年的感情妳說不要就不要了，妳還讓我好自為之，妳……妳……」苗苑越說越委屈，索性坐到馬路伢子上專心打電話。

這個……妳……這個……何月笛氣得無語問蒼天，心想這是哪來的歪理。

「妳說話啊！」苗苑嚷道。

「說什麼？」何月笛氣結。

「妳到底想怎麼樣嘛，妳說個話啊！妳是不是想讓我離婚啊？為什麼啊，離婚陳默多可憐啊？他是被壞人灌醉的，又不是他的錯！」

「苗苑！」何月笛倒吸了一口丹田氣才把話吼出去：「妳給我成熟點好不好！妳現在結婚了，妳有自己的家了，妳得為妳自己的生活負責，妳聽懂了嗎？妳結婚也好離婚也好都是妳自己的事，妳能過就過不能過拉倒，但是妳得自己拿主意，妳別把這事往我這兒推，妳能聽懂嗎？」

苗苑沉默了一會兒，眨巴眨巴眼睛覺得既然媽還是要她的，也不硬逼著她離婚，那矛盾也不是不可調的，她悶悶不樂的說：「我覺得我能過，可是妳不想見他，妳不想見我老公，妳還不讓我過年回家。」

「我是不想見他，因為我現在很生氣妳明白嗎？妳不能要求我不生氣吧？嗯？我這輩子就沒有這麼丟人過，妳還指望我能給他多大的好臉？」何月笛深呼吸，冷靜點兒冷靜點。

「那妳要生多久的氣！」何月笛啞了半天，心想我倒是還從來沒發現，我女兒也是個牙尖嘴利的。

「那過年我能回家嗎？」苗江在分機聽電話終於忍不住出聲：「妳過年當然要回家。」

「那陳默呢？」苗苑堅持原則不放棄。何月笛無力的嘆了口氣說：「到時候再說。」

苗苑喔一聲。何月笛咬牙：「妳自己把日子過好了，讓我省點心，比什麼都成！」

苗苑又喔一聲，囁囁的：「我會和陳默都好好的，那妳以後也別說不要我了……我很難受。」

何月笛嘆氣：「我也沒說不要妳啊！」這世道都亂了，都沒有事非黑白了。

兩個老的掛了電話面面相覷，何月笛哭笑不得的看著自己老公，苗江嘆息說：「算了啦，兒孫自有兒孫福，這丫頭也不是真能多受委屈的，她不會苦自己，妳還為她擔心什麼？」

何月笛心想我現在倒不是怕她受委屈，我就是看著他們有氣啊，把日子過得這麼不著調的樣子。這女兒養嬌了，大長了苦頭也是自己吃啊！

苗苑站起來抹了抹臉，午夜寒冬哭得這麼唏哩嘩啦的一張小臉凍得冰冰涼。把老媽的問題解決了，事情就變得容易起來了，說起來也就沒什麼刻骨銘心的根本矛盾了。她把手機放進口袋裡，緊了緊上衣往家走。

屋裡屋外都亮著燈，陳默把所有的燈都開了，一個人站在客廳裡，苗苑發現陳默很喜歡站，尤其是心情不太好想發呆的時候，遠遠的看過去好像旗杆一樣。每當他這樣的時候屋子裡的一切好像都跟他沒有了關係，就那麼孤單單的一個人，卻也不讓人覺得他很可憐。

陳默看到苗苑進門眼睛亮了亮，迎著她走過來。苗苑有一瞬間想要擁抱的衝動，可是下一秒，那些糟糕的記憶喧囂吵鬧的灌進她腦子裡，她想到她媽剛剛說的，我就是生氣啊，堵得慌，你不能要求我這麼快就不生氣吧？所以別逼我，但是，也別不理我，讓我明白你還是很愛我！

「睡覺吧？挺晚了！」苗苑低著頭從陳默身邊繞過去。

陳默愣了愣，不知道這是否能算一個轉機，女人的心思果然是海底針。

等陳默洗完澡回臥室，苗苑已經先睡了，雖然聽呼吸並沒有睡熟，可是陳默沒有驚動她，靜悄悄的關了燈。窗簾沒有拉，窗外還有一些街燈的光影漫進來，苗苑慢慢轉身看著陳默的臉，往事一幕幕湧上心頭。

這個男人，就是那麼一頭撞進來，只要一點點笑，就能讓她歡喜無限。你說他有多好呢？苗苑心想，其實也沒多好，可就是喜歡他，看著他就覺得開心，可是他也不壞啊，雖然笨點呆點，可是對她是實心的，並沒有讓她真正失望過。苗苑忍不住，眼眶裡有潮意湧上來，慢慢的沒進枕頭裡。怎麼辦？她在心裡問自己，人生好像站在某個十字路口，之前她沒覺得，可是現在睜開眼卻看到狂奔的汽車呼嘯而來，原本平靜的生活危機四伏。往左還是往右似乎都應該要做一個選擇。

離婚嗎？

這個念頭在心裡動一動，苗苑都難受得好像要死過去一樣。為什麼呢？我們是為了什麼結的婚？她最喜歡的男人也最喜歡她，他們就應該要永遠在一起，憑什麼要為了別人離婚？苗苑心想如果現在離婚的話太后一定開心死了，可是我為什麼要讓自己和陳默那麼難受，卻讓太后開心？可是不離婚的話就得好好過下去。

是的過下去。

苗苑呆呆的看著陳默平靜的側臉，心裡有一個聲音很虛弱的在勸著她……算了吧，算了……這一生妳還能遇到多少張讓妳不知不覺就能看著發呆的臉？

早上苗苑醒過來的時候陳默已經走了，輪值早班，他需要走得很早。苗苑一個人裹著被子坐在床上很安靜的發呆，然後慢慢爬起來出門上班去，你不得不承認在某些時候，有班上有事幹是好的。

清早溫度很低，空氣裡有一種潮濕的涼意，大街上已經有了一些過節的氣氛，而店裡的生意倒著實一般，天涼了，大家對西點的需求就少了。苗苑的工作有些悠閒，回頭看到紅波乳酪沒有了便自告奮勇的要跑出去買，楊維冬本來跟著去看看，可是被王朝陽拉了一把，他一想也是啊，人家小夫妻感情磨合期，他一個男同事是不應該表現得太熱情了。

苗苑把買好的乳酪放進紙袋，習慣性的抱在胸前站在車站等車，公車站旁邊的街面上新開了一間蛋糕店，就是那種社區內最常見的臨街小店的模樣，門面不大，賣些麵包餅乾生日蛋糕的什麼，東西也不怎麼道地，勝在價廉物美。苗苑習慣性的多看了幾眼，便看到裱花師把一個切得見棱見角的蛋糕胚放上了裱花台。

苗苑一下就樂了，心想這也太不專業了。圓型蛋糕的蛋糕胚按理應該本來就是圓的，模子脫出來幾寸是幾寸規規矩矩的。可眼前這位很明顯是用大塊的海綿蛋糕硬切的，好吧，這麼切也不是不行，可是你切也切專業點啊，切成這奇型怪狀的怎麼拿得出手？

苗苑心中小小鄙視，恨不得衝進去再幫他光光邊。年輕的裱花師傅還在專心致志的忙碌著，他在蛋糕胚子上撒了一些水果粒，又加上一層，於是那局面就徹底東倒西歪的不能看了。苗苑痛苦的捂住臉：丟人啊！裱花師折騰好蛋糕胚輕鬆的笑了笑，拎起案臺上的奶油盆大刀闊斧的挖出一刀來砸在胚子上，苗苑在外面看著都心裡一抖，可他卻還是心情很好的樣子，吹著口哨轉動裱花台把奶油抹平。

苗苑微微怔了怔，神色慢慢起了變化，在她視線的終點，一個平整的蛋糕正在漸漸成形，沒有人能看出它曾經有一個那樣破破爛爛的胚子，白雪般的奶油抹平了一切坑窪。公車開走了一輛又一輛，苗苑一直站在窗外看著那個蛋糕被慢慢地裝飾成型，寫上漂亮的花體字。最後切開那個蛋糕的人應該是不會知道，它曾經有一個那麼難看的胚子吧？像那樣的蛋糕胚如果直接賣，應該是沒有人會想要的吧？雖然料是足的貨也是真的，可是真的太難看了一點。猶如她此刻的婚姻！

如果……如果現在就放棄的話，她的婚姻就會像這個難看的蛋糕胚一樣，成為一個丟人現眼的失敗沒有人要的作品。所以不能放棄，不能再去傷害它，要用奶油去把它抹平。當然，如果一個生日蛋糕能有個專業烤製的圓型胚是再好也不過的，就像兩個人的婚姻如果能有個完美的婚禮，能擁有來自父母的祝福那該多幸福，可是，現在也沒什麼別的辦法了不是嗎？畢竟還是一個蛋糕啊，至少他的味道還是很好的。

苗苑悄悄的握緊拳頭：不管怎麼說我要開始災後重建程式了！

其實我很好奇大家如果和男朋友老公鬧矛盾，一般會僵幾天？

3

無論什麼事，在下定了決心放棄之後都會有解脫感，而苗苑決心忘記她那個噩夢般的婚禮，是的，當它沒有存在過，即使自欺欺人，卻是唯一的通途。反正各方面的絞在一起，那場婚事就是一筆爛帳，不去理它可能還省心一點。

然後苗苑開始謀劃怎麼來收拾心情。回家去上上網吧，苗苑心想，看看最近有沒有什麼新的特別的文章；苗苑很失望最近大家都不偷菜了，要不然還可以把開心的菜園子再種起來，總而言之，給自己找點歡樂的事情吧！至於陳默，等她心情轉回來之後再慢慢奴役。

嘿嘿！悍女苗苑咬牙切齒自言自語：妳敢欺負我，我就欺負妳兒子去！唉……淑女苗苑不屑的鄙視之：瞧妳那點出息！好……好吧，雖然這種反抗方式是有那麼一點消極啦，只是苗苑一想起太后就頭疼，一個讓她這麼頭疼的人，她真是寧願吃點虧算了，也沒興趣與之正面對抗。只希望太后這次威風八面呼風喚雨的威了一把之後，能放過她這隻小蝦米。

她那時還小，不知道放過這種話，從來不是需要被放過的那一方能隨便說說的。

這天晚上是陳默值班，按理是不能回去的，可是現在非常時期，陳默在九點半查完房之後找了人代班還是急匆匆趕回家了。臥室的燈還亮著，陳默恍然聽到裡面有笑聲，走過去一看卻愣了，苗苑抱著電腦倒在床上笑，眼睛瞇成一個月牙的形狀，彎彎的，快樂如昔。

陳默左右看了看，幻覺了？

呃……苗苑停下來看著陳默，誇張的笑臉慢慢變成嚴肅的模樣，陳默略有些緊張的等待著。

「陳默啊！」苗苑有些苦惱的說：「我覺得吧，你今天晚上還是讓我一個人待著吧！我很快就好了。」

「真的？」陳默問。

苗苑用力的點點頭，「沒辦法，我現在一看到你就想起舊事，好歹先把第一步脫敏（註4）過程給搞定再說吧。」陳默點了點頭退出門去，轉身之前給苗苑帶上了門。

夜色很好，可能是因為前幾天下過雪，天空透亮帶著一點點幽幽的藍。陳默站在陽臺上吹著寒涼的夜風回憶往事，居然也不覺得冷。有人說麒麟很苦，其實他不覺得，那是個簡單的地方，他很輕鬆。有人說社會上有很多享受，他也不覺得，這裡太亂，五光十色沒有分明的界線，他覺得累。曾經也猶豫過，回來是不是一個錯誤。可是他永遠也忘不了當時他坐在床邊，看著爸爸慢慢睜開眼睛，那種驚喜，失而復得又不可置信的驚喜讓他一輩子都忘不掉。那個瞬間讓他無比羞愧，這一生他為了追求自己的生活忽略了他們太多。有時候自己也想不通，其實他回來也幫不上什麼，他媽那麼能幹，需要他幫忙的地方是真的不多。不過是每週回家吃頓午飯，說一點少少的家常，陪爸爸出門散個步。

說穿了那有什麼用？

可是他們喜歡，那種快樂可以感覺到，讓陳默無法拒絕。陸臻中校的電話總是掐著鐘點在午夜時分匆匆而來，陳默剛剛按下耳機鍵就聽到一聲響亮的：「默爺！節哀順變！」

陳默頓時失笑，你不得不承認有些人天生就知道怎麼活躍氣氛。

註4：脫敏：指通過循序漸進的過程逐步消除焦慮、恐怖狀態及其他恐懼反應。

「小傑子今兒把噩耗告訴我了，婆媳大戰一百回啊，默爺啊，你真不容易，夾在兩個女人中間。」

陳默笑了：「女人真麻煩是吧？」

「切……你以為男人就不麻煩？老子犯抽（沒事找事做）的時候那是你沒見過，你們家小苗苗還排不上號。跟你說，是人都麻煩，你要覺得誰不麻煩，那只是他不來麻煩你，再不然就是你不上心。不過呢我琢磨著吧，你這次果然人間悲劇，嫂子也辛苦了！沒把你怎麼著吧？」

陳默說：「沒有！」

「唉，慘了，我就猜到會這樣，陳默你知道你什麼地方最招人恨嗎？就是沒人能把你怎麼著，你他媽就是一蛋，還是鐵的，無懈可擊啊！」陸臻誇張的長嘆一口氣：「苗苗真命苦啊！」

靜了很久，陳默著到電話那一頭均勻的腳步聲，慢慢的輕聲問道：「我這種人是不是不應該結婚？」

「嚇？」陸臻愣了。

「以前她很高興，因為她一直很高興所以我覺得我是可以讓她快樂的，但是現在……」

「陳默！」陸臻很嚴肅的打斷他：「我不知道你是不是應該結婚，我只知道沒有人應該孤單。」

「那人為什麼要結婚？」

「因為沒有人應該孤單！」陸臻的呼吸忽然粗重起來，帶著一絲明顯的怒意：「陳默，你還能結婚你抱怨什麼？你想想看？你還能結婚！」

陳默沉默了半晌說道：「其實我有點怕！」

陸臻切了一聲：「新鮮了，還有你會怕的事！」

「我就是怕我不害怕……能聽懂嗎？一直都這樣。我怕我會習慣，如果她一直都不高興，我也會習慣，我覺得會對不起她。」

陸臻思考了很久終於慢慢回過味來，嘆道：「默爺啊……」

「當時，我爸生病我一定要回來，我怕我會忘記他，我怕他死了我不夠難過，我覺得我會。唐起，他說……」

「陳默你別聽他的，」陸臻勉強笑道：「唐大醫生他自己就是瘋的，他那叫妄想症，他還說我有神經官能症，他說夏明朗強迫症，方進那叫狂躁症……他有時候是在開玩笑。」

陸臻說到最後終於吃不住勁了：「陳默啊，沒那麼嚴重的，你是好人，我們都知道的。嫂子她心疼你的……默爺我求你了，你去做點什麼吧，做什麼都好，吵架都好，別習慣，真的……我們都不想看著你習慣這些。」

「什麼都好？」

「是的，什麼都好！過日子其實挺混亂的，夏明朗說過日子就是搶地盤，你進我就退，你急了我讓著點，趁你高興我揩點油，沒什麼應該不應該的，唯一的規則就是，不散夥！」

苗苑聽到門響時心裡有小小煩躁，心想這死狗怎麼忽然變殷勤了，讓我一個人待會都不成了。她戀戀不捨的從螢幕上轉過頭，看到前面有一個透明的微波爐盒子，裡面放著切碎的蘋果。陳默伸直了手臂站在床邊遞給她，眼神明亮動人。苗苑有些想哭又想笑，她忽然覺得自己挺傻的真的，明明挺簡單的事，幹嘛和自己耗那麼久？她忽然又覺得自己很可憐，明明生那麼大氣的，現在一個蘋果就打發了，真沒出息。

陳默把叉子和蘋果盒放進她的手心裡，摸了摸苗苑的頭髮說：「早點睡。」苗苑忍不住點了點頭。

苗苑正在看一張舊文章，名字叫：快來八一八你生平最糗的事！因為現實總是最大的後媽，人倒起楣來常常比笑話還笑話，苗苑看著樂得前俯後仰，她心想，陳默生平最糗的糗事她已經掌握了：史上唯一的，在婚禮上喝完交杯酒就醉倒的新郎！

結果與如此勁爆的八卦比起來，她自己的糗事倒是不那麼明顯了，比如說：被一個蘋果就收買了，決定原諒毀掉自己整個婚禮的那個混球兒的，無原則性傻女人！

苗苑在考慮是不是要披上馬甲回應一下，後來想想也罷了，混合在眾多杯具（悲劇）之中，就她這組餐具也不顯得多麼閃閃發亮了，更何況她當時哭狠了，錯過了最佳良機抄起大碗公去刷牙，也就失去了成為洗具（喜劇）的潛力。苗苑看著滿螢幕悲慘的笑料，心中感慨不已。

算了，這不是一個需要太認真去過的世界，那句話怎麼說得來著，做人得有點娛樂精神。

苗苑抱著KUSO的心態重新推演了她的婚禮，忽然覺得其實也不是真的那麼悲慘。其實她可以把醉得暈乎乎的陳默搬到樓下去，然後扁得那群壞小子哭爹喊娘，至於她婆婆招來的那群大人物，OK！管他娘的愛幹嘛愛嘛去……是的，其實無論是悲劇慘劇喜劇都是你自己的杯子，你可以用它來泡茶喝湯，也就能拿它來刷牙。

所以加油啊，苗苑，快點振作精神！

想想看陳默是愛妳的，雖然這個笨木頭什麼都沒幹，可是他那麼緊張，那麼擔心，他是愛妳的！

苗苑這麼想著想著，這麼多天來，終於第一次由衷的笑出了聲，肚子也就跟著叫了起來。苗苑很麻利的從床上跳下去，打開了門。陳默正在書房時看書，只點亮了小小的一盞燈，這讓他的輪廓模糊。不知道為什麼，陳默沒像之前那樣在客廳裡站旗杆而是選擇幹點正常人也會幹的事，這讓苗苑覺得輕鬆不少。

她扒著門邊小聲的問：「陳默你吃宵夜嗎？」

陳默愣愣的看著她。

「吃嗎？」

「吃！」陳默連忙點頭。

「好的。」苗苑跑去廚房翻冰箱，好幾天沒開伙了，家裡面能吃的東西也不多了，苗苑拆了一盒花生湯圓，又切了一顆紅薯下到鍋裡煮，陳默困惑而忐忑的站在廚房門口。

「沒事，你先回去忙，煮好我叫你！」苗苑揮一揮威武的大鐵勺。

「妳，不生氣了？」陳默惴惴的問。

「廢話怎麼可能？我當然生氣啦，你等著，等我氣消了好好收拾你！要幾碗？」苗苑一本正經的看著他。

陳默笑了笑說：「兩碗。」

熱氣騰騰的湯圓，金黃酥甜的紅薯塊，苗苑一口吃下去才想起這其實是她這麼多天來第一口正經熱菜。舒服啊，暖洋洋的，從食道一路滑到胃裡。苗苑暗下決心以後再生氣也不能餓著自己，否則多可憐啊，本來就心裡就在難過了，胃裡再難過上去，那不是雪上加霜了嗎？

陳默刮鍋底吃完，拿起碗筷去洗，苗苑托著下巴看陳默的背影——木是木了點，不過，好像也沒別的什麼毛病了。晚上睡覺的時候苗苑忽然想起了一個很嚴重的問題，她問陳默如果她今天晚上不讓他上床睡，那怎麼辦？陳默理所當然的回答那就不睡了吧。

苗苑安靜了幾分鐘之後很嚴肅的說：「嗯，以後我允許你耍無賴，等我睡著以後再爬上來。」

陳默忍不住笑了：「我以為這是很重要的事。」

苗苑翻身抱住陳默：「只要你還愛我，就沒有什麼更重要的事。」

第二天早上王朝陽看著神采奕奕的苗苑吃了一驚，雖然一向知道這姑娘自我修復的能力夠強，也沒覺得她真能把自個給鬱死，可是這麼快就恢復還是讓人震驚了。

王朝陽呆呆的看著苗苑說：「哎……」

苗苑向她豎起一根手指搖了搖說：「不許提那事，那件事情不存在，明白嗎？」

王朝陽一愣，苦笑。

苗苑轉頭問楊維冬：「我上週六在幹嘛。」

「在家睡覺！」楊維冬非常嚴肅的說。

苗苑一拍巴掌：「答對了，給你加十分！」王朝陽與楊維冬各自翻起了白眼，可是心裡卻著實鬆了一口氣。苗苑心想，這些天就淨為結婚忙了，婚前婚後，忙裡忙外，現在想想真是不值，風光盡讓別人看了，買單的是自己。苗苑心想下次結婚絕不再辦婚禮了，再一轉念，也對，反正也沒機會了。

苗苑覺得自己也得想點正事了，比如說如何在這過年期間把蛋糕店的生意弄上去，自從入了冬除去日常的麵包之類銷量不太受影響，那些真正的利潤所在，比如說起司啊，黑森林啊……銷量就一落千丈，招牌抹茶慕斯更是滯銷的讓她想哭。苗苑瞧著十二月的帳本心中忐忑，這樣下去是不行的，她這個店長不能只顧著自己結

婚，忘了兄弟們的口糧。

下午兩、三點的時候生意更是清淡，苗苑坐在臨街面的小吧台一角，絞盡腦汁的咬著筆桿構思新品，恍然看到窗外一個頗有風度的中年男子對著她笑了笑，苗苑心裡一驚，風鈴聲響起，那個男人已經進了門。

苗苑再看第二眼時就愣了，這……這位是，陳默他爹陳正平啊！他來幹嘛？苗苑腦子裡瞬間閃過無數種亂七八糟光怪陸離的畫面。

「有空嗎？我覺得我們其實需要談一下。」陳正平笑著說。

「呃……啊啊，有有……有有有……」苗苑結結巴巴的答應下來，衝回更衣室把工作服換下來。臨走時王朝陽拉了她一把，苗苑估摸著陳爹一直看起來都蠻好的，大概也不會把自己給吃了，深呼吸幾下，毅然決然的跟著陳正平出門去。

陳正平領著苗苑在街面上隨便找了個清靜的茶座，天冷，也有點風，陳正平走得很慢，苗苑小心翼翼的跟在他身邊踱著步子。坐定後陳正平要了一壺人參烏龍，一邊沖洗著茶具一邊循循問起：「陳默有沒有跟你說起過我。」

苗苑點了點頭說：「有，他說你的身體不太好。」

「是啊，前兩年生了一場大病，九死一生啊，」陳正平嘆氣：「所以，那天你們結婚，可能是吵吧，我就覺得有點不舒服……」

「哦，難怪了，我就說呢……」苗苑露出恍然大悟的神情。

「當然，不管怎麼說，你們結婚這麼大的事，現在這樣，我們做家長的也有一定的責任。陳默他媽媽脾氣是有點硬，所以我希望妳能體諒一些……」陳正平看著苗苑的表情斟酌著用詞。

「沒，沒事啦！」苗苑連忙搖手說：「我沒生她的氣。」

「哦？」陳正平一愣，倒有些詫異。

苗苑紅著臉低下頭：「我，我其實知道啦，陳默他媽不喜歡我，我們結婚，她也不高興。所以我們本來就打算好了你們是過來就是坐坐的，能來就挺好了，也沒想過讓你們幫什麼忙。其實這事主要怪陳默啦，他要不喝醉哪能搞成這樣啊……當然那也是讓別人害的。其實……關鍵吧，我也想了，主要是我們在家那場辦得太順了，啥事都不用管，張嘴就行，要什麼有什麼，事情都讓別人給辦了，自己就不覺得，而且在這兒還請了公司呢，就輕敵了。結果現在……唉，算了，都過去了，就算了吧。您也別往心裡去，我沒生氣，我也不怪陳默。」

哦……陳正平點了點頭，他來時預備著這姑娘會棘手，陡然發現這麼通情達理倒還有點轉不過來。只是說話聽音，看這意思，倒是心無芥蒂了，只怕也心如止水了。然而，陳正平這一輩子從不怕人想從他手要什麼，他只怕人不要。無欲則剛！陳正平仔細觀察苗苑的神情，想判斷，她是否真的如她所說得那樣願意放棄自己，放棄像他與韋若祺那樣有權力有勢力亦有一定財力的家長。

苗苑坦然的看著他，眼角有一點點羞澀的遲疑，但那更像是一個新媳婦初見公爹的忐忑。陳正平忽然覺得他懂了，陳默為什麼會給自己挑選這樣的妻子，在這個年頭找個這樣的女人是不容易，他終於明白兒子為什麼不會放手。

陳正平想了想說：「你們覺得陳默他媽媽不喜歡妳。」苗苑沒吭聲。

「那你們覺得我呢？」苗苑一愣，尷尬的看過來。「你們也沒個人過來問問我的意見，按道理你們領了證也就算是成了家了，辦事之前還是應該要見一面的。」

「我我……我們是一直覺得應該……要的。」苗苑有點委屈：「可是……可是，他媽媽一直也沒發話……」

陳正平倒去了第一開洗茶水，泡出第一杯濃茶放到苗苑面前：「陳默這孩子不太懂事，人情世故他一竅也不通，他也不想通。當然這方面是我們做父母的有欠缺，從小沒教育好。只不過，妳現在既然已經做了他的妻子，我還是希望妳能幫幫他，有些事他想不到，就只能靠妳了。」

苗苑用力點了點頭。

「我相信妳是個懂事的孩子。」陳正平慈愛的笑了笑：「妳回去跟陳默說說，週末到家裡來吃個飯。不管怎麼說，結了婚就是一家人了，既然是一家人還是得多親近點，家和萬事興嘛！」

「那當然！」苗苑脫口而出。陳正平很滿意的笑了。

「可是，可是……可是……媽，媽她怎麼看？」苗苑結巴了很久，終於很努力的吐出了一個媽字。

「妳媽她……」陳正平沉吟了一下：「我先幫妳勸著，妳就讓著她一點，也別往心裡去，過些日子氣消了就好了。」

苗苑默默的點了點頭。陳正平心情舒暢了不少，果然出來跑這一趟是值得的，又拉著苗苑說了一些閒話，明裡暗裡點了點韋若祺的喜好，也算是告訴他們週末上門時應該提點什麼。苗苑這姑娘倒也不笨，頭點得很到位，看來是聽懂了。陳正平也不敢在外面多待，現在這身體經不起折騰，也經不起多動腦子，就這麼坐著說話都覺得有些累了。

苗苑提前跑出去幫陳正平攔計程車，說是風太大，你吹著不好。男人看女人的眼光總是不一樣的，和婆婆看媳婦的眼光就更不一樣，陳正平站在門後看苗苑哈著手站在路邊攔車的身影，恍然覺得有這麼個媳婦其實也不錯。

回去之後苗苑向沫沫彙報了一大通陳正平的好，沫沫想說他要真這麼好，早點幹嘛去了，他老婆幹的事他難道全都不知道？只不過這些話在心頭滾了滾，又按了下去。做人難得糊塗，居家過日子還是不要深究的好。

4

陳默在下午接到他以前的老隊長鄭楷的電話說下週過來西安玩，他頓時就覺得奇怪，鄭楷現在轉到地方上做刑警，年末正是忙的時候。後來才知道全是陸臻搞的鬼，小陸中校還沒結婚更沒經歷過婆媳問題，沒有實踐就沒有發言權，苦惱的陸臻同志就把求助的對象指向了隊裡模範老公的代表。

陳默失笑說其實現在已經好了，苗苗已經不生氣了。鄭楷切一聲說：「行那正好，反正年前也難抽出假來，我年後過去看你，西安咱也沒去過就當是帶著老婆度個假吧，反正你結婚我也沒趕上，連弟媳婦都沒見過活的。」

陳默當然一口應承，心情也隨之好了很多。成輝趁機敲邊鼓說：「眼前談什麼都是虛的，最要緊就是快點生個娃，你嫂子沒生娃那會兒成天折騰我，現在生了娃，成天和我一起折騰娃，這話題不就有了嘛，統一戰線不就出來了嘛！」

陳默聽著將信將疑，只是下班走人的時候看到食堂門口蹲著的某尊灰白色毛線團，心中微微一動。

陳正平的意外出現給苗苑心中那有如舊時黑暗深宅的陳家抹上了一筆亮色，連帶著把她的婚姻都照得光輝燦爛起來。苗苑下了班就興致勃勃的殺去菜場買菜，伙頭軍罷工好幾天，陳默都瘦了，剛好今天不值班她得給陳默補補。她一邊挑著排骨一邊感慨，太后那麼兇，一定在家老是欺負公公，瞧她公公瘦得那樣，都沒人給他補。

思慮至此，苗苑再一次發出了她今天下午已經嘀咕了一千遍的感慨——你說像我公公這麼好的人，怎麼就娶了那麼個老婆呢？

因為陳默比較能吃，苗苑買起菜來也豪邁，大包小包的拎滿，費勁的空出一隻手開了門，腳尖一推，一隻長得異常神奇的大狗對著她響亮的汪了一聲。苗苑嚇得一僵。陳默連忙迎過去幫苗苑拎東西：「別怕別怕，牠不咬人。」

「這這……這位……」苗苑小心翼翼的湊過去摸了摸大狗的腦門，大狗從善如流的在她掌心裡蹭了蹭。

「這是侯爺，還記得嗎？當年陸臻送給我的，在你們店裡送的！」

苗苑大為震驚：「長這麼大啦！」她拎起侯爺粗粗長長有如黑人髮辮似的長毛：「怎麼，這個毛……誰給牠編的啊！」

「沒人給牠編，天生的。」陳默有點汗：「是這樣的，負責養牠的人回家休假了，所以帶回來養幾天。」事實上陳默思來想去認為成輝有關生娃的建議值得一試，只是考慮到要生一個娃從現在開始努力怎麼也還得十個月，完全來不及應付眼前的危機，於是……

陳默難得說個謊很不習慣，佯裝給侯爺理毛，不敢轉頭看苗苑。

苗苑倒是一點沒注意，興奮的大眼睛閃閃的。

俗話說有什麼樣的爹就有什麼樣的兒子，當然這個俗話套不到陳默身上，只是用在侯爺身上就再合適也沒有了，牠基本秉承了牠老爹那種奸猾的、饞嘴愛撒嬌耍賴顧地盤的個性。

侯爺和牠爹發財一樣也是養在操場邊上吃百家飯長大的，可是武警部隊畢竟不如麒麟基地的訓練辛苦，官

兵們相對要更空閒一些，也就更無聊一些，於是侯爺也就有了更多的人間寵愛，一個個慣得牠上天。

苗苑和侯爺玩了一會兒去廚房做飯，肉袋子剛剛一打開，就看著一個矯健的身影從客廳飛掠而過，一本正經的端坐在灶台前，以一雙溫柔水潤的大眼睛認真而深情的瞅著苗苑。苗苑軟弱無力的在心中嘆了一口氣，一斤排骨還沒焯水就送了三兩入狗腹。

陳默拿上狗糧來引牠，試圖讓牠不要騷擾苗苑幹活，沒想到此狗低頭在他掌心裡嗅了嗅就鄙夷的扭過了頭，堅定不移的蹭著苗苑。沒辦法這狗是養在軍營裡的，大老爺們見多了不值錢，如此溫柔嬌美水嫩嫩的小姑娘沒見過啊……

苗苑用散發著肉香的小手溫柔的撫了撫侯爺的臉，侯爺伸出濕嗒嗒的大舌頭更加溫柔的舔了舔，陳默隱隱的感覺到自己的額角有點爆。

這一頓飯兩人一狗吃得熱鬧，苗苑感慨肉買少了，陳默埋頭吃肉，侯爺嘎　嘎　的咬著脆骨，嚼得那叫一個過癮。吃完飯，苗苑上網去查了查可蒙犬的飼養指南，打發陳默去社區門口的寵物店裡買香波（沐浴乳），陳默暗忖這狗養在部隊只怕半年都沒人給牠洗一次澡，領回家果然是享福了，洗個澡都得是專業用品。

可蒙是大型犬，侯爺因為打小養得人就多，跑動得也多，所以發育得也好，長得膘肥體壯身高馬大，一站起來比苗苑還高。結果給牠洗澡就費大勁了，陳默和苗苑兩個人把牠按到浴缸裡，一個抹香波一個搓，不洗不知道一洗這麼髒，連泡沫都是灰的。侯爺發現自己身上沾了水成了落水狗心情很不愉快，不時的一抖毛，讓細沫和水滴漫天飛舞。

苗苑被牠逗得直笑，一邊英勇的與侯爺的「黑人辮子」做鬥爭，一邊指揮陳默按頭按腳，最後狗是洗乾淨了，兩個人都成了落水人，只能順帶著把自己也一起搓吧搓吧。

苗同學洗完澡拿著小電吹風一邊給自己吹頭髮一邊給侯爺吹毛，吹著吹著才驚訝的發現原來這狗是白的，它不是個灰狗。苗苑登時就震驚了，那原來得多髒啊！她指著侯爺的狗頭說：「你真髒！」

侯爺無辜的眨了眨眼睛，嗚嗚的把下巴擱到苗苑的大腿上，苗苑笑得歡樂，一點一點的給牠吹乾毛髮。陳默並沒有參與這一人一狗的溫馨畫面，他靜靜的站在門口看著他們。房間裡，有某種帶著淡淡粉色與桔色的溫暖的東西在慢慢生長，讓燈光變得溫柔起來，有陽光與火的味道，陳默閉上眼睛呼吸，臉上有寧靜的神情。

陸臻說得沒錯：沒有人應該孤單！幸福的大狗侯爺在暖風中愜意的眯著眼，有一雙溫柔的小手在幫它梳理毛髮，這讓牠舒服的直哆嗦。可是慢慢的，小手離開了，慢慢的，風沒了，忽然間，連那嗡嗡的吵雜聲也沒有了。

侯爺不滿的睜開眼睛，驚訝的發現今天對牠很好的那兩個人正在非常投入的吃對方的嘴……

侯爺委屈的汪了一聲：你們在吃什麼，好像很好吃的樣子。

侯爺傷心的汪了一聲：你們在吃什麼，為什麼不給我吃？

侯爺憤怒的汪了一聲：你們在吃什麼，我也要吃！

侯爺激動的汪了一聲……衝過去了……

苗苑緋紅著雙頰把那隻狗頭推開，驚呼：「牠要幹嘛！」陳默黑了臉。

侯爺以一隻偽軍犬的直覺瞬間感覺到了危機，牠嗚嗚叫著心不甘情不願的退出了臥室，陳默站起來關房門，侯爺拿出最後的勇氣對著他響亮的汪了一聲。

陳默眉頭一挑。可憐的大狗屁滾尿流的夾著尾巴逃走了。

苗苑不放心的跟過來：「哎，我們得給牠弄個窩……」

陳默轉身鎖門，抱住苗苑說：「等會。」

「那現在幹嘛？」苗苑不解。

陳默細細的撫著苗苑的耳垂慢慢的笑起來……陪我造人！

那天晚上，陳默看著懷裡睡顏甜美的苗苑期待的想，老成說得也沒錯：生個孩子是必要的！門外，客廳黑暗的角落裡，有一隻憂傷的大狗憤憤的撕咬著扔給牠墊窩的舊衣服。

苗苑做夢都覺得自己忘記了一件大事，但是直到大清早陳默起床時驚動她這才恍然想起來。苗苑帶著濃濃的睡意說：「陳默你爸爸昨天來找我！」

陳默正在扣釦子的手頓了頓，隨即旋開檯燈：「他說什麼了？」

「他讓我們週末回家吃飯，」苗苑裹著被子像一個毛毛蟲那樣在床上蠕動著蹭到陳默身邊：「我覺得你爸爸人很好耶……」苗苑依靠她清晨時分殘缺不全的備份理智強壓下了後面那半句話：怎麼就娶了你媽呢？

陳默哦了一聲，燈光下的苗苑不自覺的把頭埋裡被子裡，只露出烏黑的頭髮和半張粉嫩的小臉，陳默俯身吻了吻苗苑的臉頰。

苗苑睡眼惺忪：「晚上早點回來，商量一下帶什麼東西吧。」

陳默說：「今天要值班！」

苗苑皺起臉：「我怎麼覺得你最近值班多起來了。」

陳默說：「因為這之前都是別人給我代了，現在婚都結了。」

苗苑陡然醒了過來，她懷疑的睜開眼睛：「我怎麼聽著好像當年是大家在給你保駕護航，製造工作清閒的假象，現在老婆到手了，就不值錢了，就輪到您老人家還情了……」

陳默笑了：「差不多就是這樣。」

「哦！」苗苑痛苦的捂住臉：「我還能後悔嗎？」

陳默笑著說：「不行，軍婚是受到法律保護的。」

苗苑把一個枕頭砸過去：「你給我滾！」

陳默照例把半空中的枕頭接住放在床尾，整理好制裝出門。雖然大隊長不一定需要跟晨練，可是陳默婚前習慣如此，婚後也就沒有擱下。清晨六點三十分，古都的天空還是灰濛濛的，陳默難得的在訓練中走神，他想起了陳正平……父親。

如果說母親形象在回憶中是一筆如火的重色，那父親就是有些淡的灰。十八歲徹底離開家，然後每年回家的日子不過十數天，於是印象就淡了，甚至有些割裂，以致於兩年前陳默看到纏綿病塌的陳正平幾乎不能相信這就是自己的父親。

記憶中的父親永遠是忙碌的，不常出現，但是從沒有動怒的時候，高大而鎮定。相比較母親的咄咄逼人固執強硬，似乎這個父親要和顏悅色的多，但是陳默從很小的時候就知道，父親比母親更厲害。

當韋若祺說不行的時候，她會堅持到底，直到她鬆口說行；但是陳正平不會，他可能一開始會說這不好，可是中途又說那挺好，但是最後你發現其實他從來沒有贊同過你，而當你發現這一點的時候，你多半已經因為

他的緣故永遠的失去了得到的機會。不過陳正平的性情在一場大病之後變了很多，醫生說他不宜動腦，只能靜養，所以現在的陳正平安靜得像一個平庸怯懦的老人。

以前陳默回家探親時常常會被老爹拖著討論國家大事，聽他談論省委及國家各部委的人際網路派系分佈，並且逐條分析相關政令，預測幹部升遷及人事調動。陳默是個好聽眾，不會輕易不耐煩，但畢竟沒有興趣，表情自然不會太專注。

陳正平常常無奈的笑話他，說我這些話別人花錢都聽不到。

陳默相信這是真的。甚至他都很能理解陳正平，每個人都對自己研究的事物有分享的衝動，陳默心想，就算是他這麼冷淡的人，在摸熟了一把好槍之後也會很樂意給人打個靶，亮一亮相的。

陳默一想起週末的會面就有不自覺的警惕，他長這麼大從來沒怕過韋若祺，因為他從不畏懼強硬，但是父親是不可捉摸的，只希望他觀望了這麼之久才出手，會是站在自己這一邊的。

年輕的新婚夫妻在這個城市不同的角落裡思考著同一個問題，只是苗苑這邊要熱鬧得多，她很鄭重的給王朝陽與蘇沫的老媽打電話，仔細詢問本地新媳婦上門有什麼規矩禮數。蘇沫懷孕初期反應嚴重，這幾天都在家裡休養，一聽說苗苑要主動上門拜訪馬上恨鐵不成鋼的重重嘆氣，直言像那樣的婆家拿轎子來抬我都不會踏進去。

蘇沫媽一巴掌拍飛女兒，回頭對著苗苑語重心長：閨女啊，一家人不說兩家話，再怎麼說過了門了，日子也得往好裡過。

蘇沫把電話搶過去吆喝：蒸包子啦！熱騰騰的大包子，蒸熟了開嚼啊！苗苑在一片雞飛狗跳中得到全盤資訊，擦著汗心想這誰家的日子過得都不易啊！

因為陳默要值班，苗苑給陳默打了個電話報備一聲，下班之後獨自採購了全套禮品。說實話，太重！苗苑狠狠心叫了個計程車回家，這裡她開始心疼起她的酒席錢了，六萬七啊六萬七，叫出租車都能繞著地球跑一圈了，浪費了！可憐的苗同學抱著滿手的禮品，默默的流著寬麵條淚。等她好不容易把大包小包扛回家，門一開人又傻了。苗苑在侯爺深情期待的棕色大眼睛的映照下羞愧的低下了頭：「我……我把你給忘了！」

「汪嗚……」吃飯吃飯！侯爺興奮的大叫事實是陳默不在家，苗苑就打算自己湊和一下，完全忽略了現在家裡還有這麼一口子，晚飯苗苑給侯爺倒了碗牛奶，煮了兩個白煮蛋當狗糧，侯爺委屈的嗚咽著：我要吃肉，老子不要吃狗餅乾。

苗苑因為在食物上剋扣了侯爺心中尤為過意不去，就打算飯後帶牠出門放個風，她找了根頭繩給侯爺紮了一個帥帥的黑人辮子頭，要不然她總疑心這娃走路看不著道，別一頭栽坑裡去。

可是蒙畢竟是大型犬，新買的狗繩扣上，溜起來也著實威風。苗苑與陳默住的這個社區因為軍區駐地沒有什麼特別綠化，所以苗苑體貼的牽著侯爺去了隔壁的高尚社區。

隔壁社區的中心花園裡有很多狗……是的重複一遍，有很多狗……於是侯爺瘋了。

可蒙的發情期一般開始於一歲多，個別開竅早的八個月就開始嗽了。侯爺前半輩子都生活在軍區的操場上，除了人沒見過別的生物，當然還都是雄性。那青春的騷動啊，那公狗的熱血啊……通通在這一刻燃燒起來，苗苑就聽到侯爺嗷嗚一聲，拽著她撒丫狂奔一頭紮進犬群的中心地帶。

偉大的匈牙利牧羊犬來自遙遠的北方大草原，從古時就是幹體力活的一把好手，就苗苑那百來斤的小身板兒被牠拖著那就跟玩兒似的，苗苑萬般無奈之下鬆了狗繩痛苦的捂住臉，用指縫裡看著侯爺在新的領地中欺男霸女左撲右跳……

就聽著耳邊一聲聲——喲，這也是狗啊……這狗長得真稀奇！

呀，哪兒來的狗啊？哎，這狗這是要幹嘛？哎呀，我們家囡囡還小啊……

來來來，你快看啊，這狗長得真是如夢似幻，風中零亂！

……

回家的路上侯爺一步三回頭留戀不已，苗苑算是徹底的讓牠折騰掉了體力，回家沾床即倒：這年頭養點啥都不容易啊！門外，客廳黑暗的角落裡，有一隻興奮的大狗正幸福的揉蹭著扔給牠墊窩的舊衣服。

嗯，不要懷疑，侯爺就是長這樣的……

5

正是萬事俱備時，只欠東風過……週五晚上陳默最後給他爹打了個電話敲定了時間，小夫妻兩個大眼瞪小眼的開始了第一次家庭會議。

陳默說：「我媽估計還沒消氣，明天妳忍著點。」

苗苑點頭說：「行，反正最難聽的也聽過了，應該也很難更難聽了。」

陳默羞愧不已。

苗苑搓了搓臉跳起來深呼吸高呼口號：「苗苑加油！」

陳默狂汗加羞愧不已。

「其實你爹還是很好的，我覺得可以成為主攻方向，以達到曲線救國的目的！」苗苑一臉的嚴肅，陳默恍然覺得有點像以前出任務時政委的表情。

聽說每一個出色的家庭主婦都是外交家，那大概每一個糾纏於婆媳問題的媳婦都有望成為政治家。

苗苑做沉思狀，一手托著下顎：「我發現爹都比媽好搞定！我們家那位太后也是。哎呀……」苗苑一拍巴掌：「忘記向何太后報備一聲了。」

苗同學素來聽風就是雨，想到就幹，抄起電話就打，陳默還不及做好心理準備，已經聽到他老婆甜甜嗲嗲的一聲「親愛的媽咪」叫得他全身雞皮疙瘩落了一地。

呃……不是，不是說不要妳了麼？陳默驚愕不已。

何月笛牙酸的唔了一聲，沒好氣的堵回去：「幹嘛呢？」

苗苑連忙把最近的動態一一彙報。何月笛倒是不意外陳正平會主動去找苗苑，畢竟這老頭兒早就漂漂亮亮的把電話打到了自己這兒來。按說陳正平之前按兵不動拖到現在才亡羊補牢，早先十之八九也是和老婆一條道上的，現在是受形勢所迫不得不出面挽回。但是於情於理，何月笛都樂見男方出這麼一個和事佬。雖說她不介意招個女婿進門，可是女兒如果和婆家搞得太不愉快也不是件好事，對方肯給梯子也得給人家臉面，人敬我一尺，咱也得還他一丈。於是何月笛就這麼一邊數落著苗苑沒出息倒貼，一邊教她怎麼送禮怎麼行事怎麼說怎麼做……恨不能從進門的第一句話開始教起教到出門最後一句。苗苑一路點頭不迭，就差拿枝筆記下來。

這母女倆聊著聊著就聊到了陳正平的身體上，苗苑頗為心疼的說：「我公公可瘦了！」

何月笛一撇嘴，心想那是妳婆婆不會調理。

苗苑瞥了一眼陳默，忽然眼前靈光一閃：「哎呀，對了，我讓陳默跟妳說說他爹的病情，妳看有什麼辦法能調理調理。」她小手一伸順勢就把電話塞到了陳默手裡。

陳默呆呆一愣……嚇？苗苑揚起眉毛用口型說：跟我媽說話！

陳默啊啊的喂了一聲，說：「媽，是這樣的……」

何月笛心中咬牙切齒，這養女兒真是沒什麼好的，外鬥外行內鬥內行，所有的聰明才智都用在自己媽身上了。人嘛，都是這樣的順著什麼本子唱什麼戲，因為頭是這麼起的，何月笛最後也就沒能很有譜的擺起來。

苗苑用筆在紙上寫下大大的：向我媽道歉！陳默說完病情之後馬上話鋒一轉，媽，對不起您……何月笛淚流滿面了，心想我是不是就不用替這閨女操心了，她就用對付我這勁兒去對付婆婆就成了，蒼天了！話雖這麼說，女兒家庭和諧畢竟是當媽的最大樂事，何月笛掛了電話守著苗江說了小倆口一小時的壞話，苗江邊聽邊笑，最後笑得趴到床下去了。

當然，再說不緊張站到門口還是緊張的，苗苑站在大門口深呼吸，拽著陳默的袖子說：「你媽不會用掃帚把我打出來吧？」

陳默知道她這是在故意搞笑緩和心情，抬手搓揉著苗苑的頭髮說：「不會的。」

開門的是家裡的阿姨，苗苑搶先進門先親熱的叫了一聲爸，再緊張的叫了一聲媽。韋若祺一聲不吭。陳正平呵呵笑著說來啦，過來坐。苗苑順杆上，坐到陳正平身邊去。陳默知道不能冷落老媽，乖乖坐到兩個女人中間。苗苑很緊張，越是緊張的人越是受不了冷場，沒人給她拋話題就自己起了頭，拉著陳正平做驚喜狀：爸你今天氣色好多了嘛……爸你還是得好好休息啊……我這幾天問過人了，你的病就得怎麼怎麼調理……。陳正平忙著應聲，卻有些訝異，心想這姑娘要不是絕頂聰明就是絕頂的單純。

這兩人的話題火熱越發反襯出另外兩人的沉默清冷，陳默試著想聊點什麼，思來想去最保險的話題也只有老爹的病。陳正平有點無奈：老子今天的犧牲可大。就這樣兩邊的話題漸漸合到一處，貌似融洽的氣氛在苗苑試圖與韋若祺直接對話時為止，韋若祺淡淡瞥了她一眼說：「我跟我兒子說話，要妳插什麼嘴？」

嘩啦一下，就像一盆冰水直下，把那點虛火潑得一乾二淨，兩位陳先生相視一眼，苗苑在心裡無奈的打了一個響指：Bingo，果然……

陳正平打著哈哈說：「哎呀不早了，開飯吧。」

午飯是阿姨做的，因為韋若祺攔著沒怎麼大弄，只是比家常小菜豐盛了一些，苗苑捧著碗完成了她有生之年最文雅的一次用餐。不敢喝湯，不敢去夾遠方的菜，不敢挑肉吃……只管悶聲不響的埋頭與自己眼跟前的兩盤東西死磕。味同嚼蠟食不下嚥，唯一的好處就是可以理直氣壯的不出聲。

可是熄了她這一掛響炮，氣氛頓時冷得小風嗖嗖的，陳正平夾起一塊帶皮的紅燒羊肉放到苗苑碗裡：「多吃點，專門給你們做的，我們老人家吃不了這麼膩。」

苗苑心頭一陣感動，插筷子夾了一塊魚，左右看看，小心翼翼的放進了韋若祺的碗裡。韋若祺心裡堵著那口氣一直未散，現在也就是看老公面子不發作。她自問就算是把心端平了看，也還是瞧不起這丫頭，瑟瑟縮縮的小家子氣，沒有一點大方的氣度。

韋若祺見苗苑筷子頭往自己跟前遞心裡就是一驚，轉瞬間一股怒火就衝上了頭，心想給妳三分顏色，妳倒來開店堂了？跟我裝什麼親熱勁兒？當下，她把臉一板，夾著那塊魚肉挑了出去：「我不吃這個！」陳默默默的在桌下踢了踢苗苑的腳尖，苗苑偷偷團著手指在桌邊給他做了一個OK的手勢，心頭抹下一把無奈的汗：Bingo……果然，又中了……

於是，這頓飯吃得就些沉寂，還好在座的各位都沒指望能一口成個胖子，在陳默看來，能進門坐下一起吃個飯就算是進步，現在老媽的態度沒有更壞一點，媳婦的心情也沒有變差一些，就成了。

飯後，苗苑主動抱著碗直奔廚房，說要和阿姨一起收拾。有時候你還真別說，當一個人看誰不順眼的時候，連吃飯睡覺都是錯。韋若祺極瞧不上的瞥了一眼苗苑的背影，心想這女人這輩子大概也就這麼點出息了。

天冷了，陳正平身體太弱不適合再出門散步，韋若祺就把向陽那面的陽臺給封了，全套無縫玻璃窗到地，把一個半封閉式的陽臺打造成一個暖房。陳正平好喝茶，在暖房貼牆的那一面放了張藤製躺椅，右手邊一個檀木矮几，几上擱一方烏金石雕的行雲流水黑澗茶盤。一只老段泥製的紫沙龍膽壺就放在茶盤的那一道玄黑上，旁邊是幾個仿官窯的青瓷茶具。

陳默把陳正平扶進躺椅裡，仔仔細細的為他掖好毛毯。韋若祺正坐在客廳裡看電視，苗苑還躲在廚房裡磨蹭著不出來，陳正平伸出一隻手去給茶壺裡續上水，沉聲緩緩的說：「就沒什麼話要跟我這個做爹的說嗎？」

陳默半蹲在他面前一徑的沉默著，過了很久才慢慢抬起頭看著陳正平的眼睛說：「爸，我只喜歡她，我只想要她，如果跟她離婚的話，我就不會再娶了。」

陳正平半合著眼，眼皮微微的跳動：「你這算是在威脅我嗎？」

「不，我只是想給您一句實話。」

「臭小子，跟爹說話這麼絕！」

陳默苦笑：「跟您說話才能這麼絕，跟媽就不行，她會說不娶就不娶，我怕你啊！」

陳正平失笑，垂手撫了撫兒子頭頂的短髮：「你應該早點找我商量。」

「我在等您開口。」

「要你求我就這麼難嗎？」陳正平聲調一提，有些不快的看著兒子。

「不是，我擔心我求你幫忙，你說好的，別急。可是再過幾天，我就找不見她了，或者她媽媽鐵了心要讓我們離婚。我不是很擔心媽那邊，但是我知道你如果想的話，你就會有辦法。」陳默按了按眉心：「我一直在等你的意思，後來我想你大概也不想管，醫生一直說要靜養。」

「是啊，政府都讓我回家靜養了，你們呢？」陳正平把泡好的茶水倒出來，沒來由的一陣心酸，要不是這些日子身體真的好些了，想管都管不過來。

「陳默！？」苗苑把陽臺的移門拉開一條縫，又對著陳正平眯眼一笑：「嗯，爸爸好。」

陳默看見她整張臉上都寫滿了一句話：我們什麼時候走。

陳默說：「妳先去陪媽看一會兒電視，我再陪陪爸。」

苗苑很慢的點了一下頭，哀怨的退了回去。陳正平偏過頭看著苗苑的身影在眼角餘光中消失：「證都領了，為什麼不帶回家來？別的不說，這事總是你幹得不道地。」

「我媽一直沒鬆口。」

「你媽也不會真的把她打出門！」

「但是我媽的態度也不會好，今天有你勸著也就這樣，而且我那時候不知道你的意思。我媽她罵我，打我，說實話都應該。她養我這麼大，我娶個老婆沒讓她開心是我欠了她。可是我不想讓苗苑因為這些看我媽的臉色，因為她沒欠她什麼。之前我去她們家，她爸媽對我非常好，這次結婚她媽很生氣，可是她都自己處理，最後才讓我出面認個錯。我答應過她媽要好好照顧她，我不想讓任何人欺負她。」

陳正平看著兒子沉靜的神情，忽然問：「你不相信她？」

陳默詫異的挑起眉。

「你不相信她不會離開你，你也不相信她說不定會願意陪你承受這些，我的意思是……」

陳默卻笑了：「我和她認識不到一年四個月，我們結婚還不到一個月，即使她願意陪我承受這些，我也不想去考驗她。以前我們出任務，最基本的原則就是不冒險。」

陳正平驀然間感到一種哀傷，他伸手扶住陳默的臉：「你把我們當敵人。」

「我沒這個意思。」陳默意識到他大概打錯了比方。

陳正平卻放了手，頹然的躺下。

「爸，我……」

「我老了……」陳正平出聲打斷他：「我不管你以前怎麼看我，但是現在我老了。一場病生完，看以前都是空的，當年覺得很重要的東西，現在想想都沒意思。我老了，就想過幾天安生日子，我就想你能在我身邊，好好成個家，生個孩子，叫我爺爺……」陳正平抬手遮住臉，聲音有些哽咽：「我，我再努力多活幾年。我沒什麼多的想頭了，我就想要一句話：家和萬事興！」

陳默覺得難過，雖然有一種淡淡的釋然沖淡了那種難過，可是他的心情仍然沉重，他慢慢放平膝蓋把父親乾枯蒼老的手掌握在掌心，然後說：「我會的！」

如果您的願望真的如此，而且只是如此的話，那就是我的願望，我……會的！過了好一會兒，陳正平慢慢點了點頭說：「回去吧，我要休息了。」

情緒太過激動，就他這種身體狀況來說，顯然是不適合的。陳默又跪著陪了一陣，慢慢把父親的手放進毯子裡，悄聲離開。陳默走出陽臺的時候差點樂了，他看到苗苑努力的坐在離開韋若祺最遠的沙發的角落裡，以一種小心翼翼但是偽裝氣定神閑的態度在看電視，然而電視裡放著她完全沒有興趣的財經新聞。

然後，她幾乎用一種野兔式的靈敏在瞬間轉過頭，僵硬的表情在剎那間融化，那種驚喜不亞於中央紅軍看

到陝北紅軍。

可以走了嗎？陳默發現苗苑那雙眼睛比平時亮了十倍不止。

陳默指了指陽臺說：「幫我爸弄個熱水袋。」

苗苑失望地哦了一聲，轉而大約是感覺到能幹點這種差事也很不錯，又歡天喜地的去找吳姐要熱水袋去了。

韋若祺冷冷的看了陳默一眼，陳默猶豫了一下卻只是叫了一聲媽，簡簡單單的又討論了幾句父親的病情，苗苑這個炸彈型的話題就這樣被繞開了。到最後反而是苗苑在陽臺上陪著陳正平絮叨了更久，臨走時還不忘和吳姐招呼，說我下次給妳把單子帶過來啊，妳給弄弄，給我爸補補。那副殷勤的樣子讓韋若祺看得火冒三丈，心想這女人還是有點手段的，單這份開口叫爹的水準，就不是她能趕得上的。

苗苑出了家門還是僵的，小心翼翼的往前趕，直到出了社區才徹底活過來，站在馬路邊活動脖子說：「陳默我很厲害吧……我很厲害了吧！」

陳默點頭說：「是啊，我爸很喜歡妳。」

「不是你爸！你爸本來就喜歡我。是你媽……哦，天哪，那氣場無敵了，你媽她到底是個什麼官兒啊？我怎麼覺得國家主席都沒她的勁呢！」苗苑露出匪夷所思的表情。

陳默心想也不是，她只是覺得她應該在妳面前特別有勁。陳默慢吞吞的說：「其實我也不太清楚。」

「陳默，你真可憐……」苗苑扁著嘴，掂腳尖捧起陳默的臉。

陳默不解。

「你小時候她一定老是欺負你，哎，不對，她現在都欺負你。」苗苑說著就心酸了，纏著陳默把從小到大跟太后死磕的事蹟都說了一圈。聽到最後苗苑眼淚汪汪的犯起了愁，唉聲嘆氣的說：「陳默，我看將來也就只能你這邊讓著點了，你媽都那麼大年紀了，要讓她換個活法也不容易。」

陳默默默的點了點頭，心想是啊，可是她有時候是想讓我換個活法，這個沒法讓的。

「乖！」苗苑看左右沒人，在陳默臉上親了一口：「其實我覺得吧，你有時候也得學學我。一家人過日子哪有那麼多道理可講，你是小的嘛，你最小你就得會耍賴。我媽上次多生氣啊，我回頭……跟她小撒一嬌，不是就和好了嘛！」

苗苑說得得意洋洋眉飛色舞，陳默困惑的低下頭去看她：「你，讓我，跟她……」

苗苑自動腦補了一下苗版沉默VS韋氏媽咪，禁不住生生打了一個寒顫，真的，數九寒冬都沒那麼冷，苗苑心虛的換了一個話題：「那……咱們下禮拜還用過來嗎？」

「我得過來，妳……」

「行，我陪你，」苗苑極豪邁的喊了一聲：「刀山火海沒得闖了，陪你吃個飯還行，再說了我還答應吳姐教她怎麼燉補品呢。」

陳默伸手攬住了苗苑的肩膀。剛剛幹完一件了不得的大事，苗苑心花怒放的倚著陳默走得很是親蜜，反正此刻穿得也不是軍裝，沒什麼軍容風紀問題，陳默也就隨了她去。

自從結婚後，陳默的著裝問題就由苗苑一手包辦，徹底終結了那種一年四季只有三套便裝的土人生涯。苗苑在陳默身上一向捨得花錢，而且最得意的就是把自己老公打扮得帥氣十足的挽著出門，結果結婚時新人的置

裝費倒有大半是砸在陳默身上。

一套套的襯衫大衣毛衣，T恤加牛仔……恨不得能一下子買齊四季，好在苗苑的軍裝制服控根深蒂固，買來的衣服也多半帶著點軍味的硬朗，與陳默的氣質並不相沖。

苗苑滿懷柔情的看著今天被自己精心打扮過的老公，正想開口自誇一下，不料肚子很不應景的叫了一聲。

「餓了？」

「廢話！」苗苑苦下臉：「餓死我了，你看我才吃多大一口啊！」

陳默失笑：「幹嘛不多吃點？」

「哎，我還不是怕吃到最後吊桌角不好看嘛，再說了，那肉都離我那麼遠，我眼前就一盤菜，還是純綠的……」苗苑揉著肚子發現自己不說還好，越說越餓，揉著肚子嚷道：「我餓了，我要吃肉！」

陳默聽著直想笑，手下攬著他老婆緊一緊，笑道：「我帶妳吃肉去。」

這人吶就是這樣，心情好胃口就好，下午兩、三點的回民街生意清淡，苗苑輕而易舉的把自己給吃撐了，原本坐著還好，一站起來就……苗苑一邊挽著陳默一邊揉肚子，苦著臉說咱先別急著回去，先溜個彎，消消食。

天氣還算好，可是冬天的陽光再烈落到臉上也就像羽毛輕撫，只是苗苑剛剛吃得油辣，小臉上騰騰的冒著火，再怎麼寒風撲面也不覺得冷。熱鬧的時候還沒到，美食街上只有三三兩兩的行人，夥計們懶洋洋的在門外曬太陽，苗苑吃得太飽昏昏欲睡的走出這片世俗人間的煙火地。

她半閉著眼睛斜倚在陳默身上被牽著慢慢的溜達，忽然就聽到有吵雜聲，苗苑好奇的扭頭去看，便看著一群人跑向拐角的橫街，有人在叫嚷著：抓小偷！有人搶東西啦！

苗苑心裡一驚，果斷的鬆開了陳默的手，果然，陳默匆匆低頭叮囑了一聲：自己小心。話音還在風中，人已經像箭一樣射了出去。考慮到自家老公的離奇戰鬥力，苗苑放心大膽的追了上去，畢竟以一敵N，單挑兩夥小混混都不在話下，料理一個毛賊那不是跟玩兒似的嘛。

這年頭或者是人心不古，或者是大家都更懂得什麼叫自我防範，這一路上追在後面看熱鬧的多，擋在前面勇者相逢的一個也沒。

陳默一個衝鋒就甩開了所有人，被認定為小偷的男人在拼死逃命，淨撿刁鑽的小巷子鑽，陳默一聲不吭的猛追，估摸著還有幾步就能趕上……忽然從斜刺裡竄出來一個小警察，巷子窄小避讓不及，小偷在高速的逃命

中與他迎面相撞。

陳默腿下一緩……

不料一聲慘叫轉瞬而來，小警察抽搐著蜷縮到地上，小偷已經從他身上跳了過去。

陳默連忙衝過去把人翻倒放平，就看到小腹上橫切一刀血口，很明顯是高速相撞時帶著衝擊力刺進去的，刀口斜斜上挑捅得不淺，血像潑出來似的轉眼就染紅了一片，小警察疼得直抽搐聲音嘶啞。腹腔刀傷，沒有急救工具什麼都幹不了，陳默簡單幫他處理了一下，暫時捏合傷口按壓止血。

苗苑上氣不接下氣的跑到陳默身邊，猛然看到這血腥場面，嚇得一聲尖叫。

「過來，按住這裡！」陳默一把扯得苗苑跌坐到地上。

「我我我……我我按？」苗苑嚇傻了，就看到一天一地的血，還有地上那人一聲啞過一聲的慘叫。陳默把小警察的頭枕到苗苑腿上，側向一邊以免嘔吐物造成窒息，他拉過苗苑的右手按到傷口上，盯著她厲聲道：「按住，不許鬆，別讓他亂動，也別讓他咳嗽，他的命在妳手上。」

苗苑不敢放手，眼淚一下子就急得滾了出來：「陳……陳陳默，那你去哪兒。」

「我把他抓回來。」陳默一邊扯開大衣甩到地上，轉眼間已經拐過巷口不見蹤影。

這……這這這……苗苑這下傻眼了，這地方就丟下她一個人加一堆不明圍觀群眾，還有個死了一半的傷患。她嚇得一動也不敢動，整個人僵住，哭兮兮的沖著路人嚷：「你們別光看著啊！幫我報警啊！」

有人揚著手機示意，說早就報了。

天冷血腥味凝住了，慢了一步才彌散開，苗苑慢慢感覺她全身都是血，那種又腥甜的鏽味兒直鑽腦仁，攪得她胃裡像翻江倒海似的直想吐。而掌下滑膩膩的，血還固執的湧出來，透過破開的傷口苗苑感覺到那人的內臟在自己手下蠕動，那種感覺又是噁心又是驚恐。

猛然間，那個人似乎又不叫了，苗苑頓時魂飛魄散，揪著他的衣服喊道：「你別死啊！」

那人艱難的抬了抬左手，苗苑連忙握住他：「你傻啊，他有刀，你又不是陳默！」

小警察動了動手指，小聲說：「我是警察。」

一連追過幾個路口，陳默馬上又在群眾的指引下找回了小偷的蹤跡，雖然面對持刀歹徒一般人不敢當真去攔，追著不放的膽子還是有的。前方亂蓬蓬一團雞飛狗跳，陳默果斷的橫插了一個巷口，他雖然不曾生長在這個街區，但是剛調到西安時為了熟悉業務，整個西安城的大街小巷都在他腦子裡。從這個巷子抄出來，陳默已經越過所有人追到了小偷身後，那小偷顯然已經認出他，情急之下困獸猶鬥，隨手從街邊扯出一輛單車推向陳默，抄刀子就想捅過來。警察都捅了，也不差這麼個死老百姓！

可是沒等他算盤打好，陳默已經高高躍起，側身飛踢輕鬆的掠過橫擋的單車，左腳尖準確的踢中對方手腕。那人一聲慘叫瞬間被踢翻，腕骨頓時變形。陳默順勢落地右膝卡進他的脖頸間，只是跪地時留了力，否則當場頸椎斷裂就得去見閻王。

人被逮著了，跟的最近的那幾個看得真切反而不敢湊近，都讓陳默給嚇著了。小偷受不了陳默那一下，早就背過氣去，陳默脫了他的外套把手腳捆到一起，折斷的手骨受力劇痛，那人哀嚎著醒了過來。陳默也不理他，提起就走，原本跟著一起追小偷的群眾們嚇得紛紛給他讓開一條路。

陳默轉回剛剛的那個巷口，苗苑還僵在那裡，右手維持著剛才陳默離開時給她規定的姿勢，眼淚汪汪的看

著他，那眼神簡直就像是看到了神。陳默心中一軟，把小偷隨手丟到地上，半跪下去給苗苑擦眼淚，只是沒料到自己滿手鮮血，倒把苗苑那張小臉擦得血跡斑斑。

「我來吧。」陳默說。

「我，我……僵住了！」苗苑可憐兮兮的說。

「那就再堅持一下，妳做得很好。」陳默仔細檢查了一番發現換自己上也沒什麼大分別。

「真的嗎？」苗苑眼睛亮了：「他不會死了嗎？」

「是的，他不會死。」

苗苑頓時樂了。畢竟是市區，也不在高峰時，警車和救護車都來很快。一一〇先到了一步，陳默給出警的民警看軍官證，兩個民警忙著看傷患，一陣驚呼：「這是我們局裡的啊！」說完捲袖子就想上。

陳默拉了他們一把，指著小偷沉聲說：「手已經斷了，別太過。」民警同志很不忿的沉著臉，有一個走過去踹了一腳怒罵：「你最好保佑他別死。」

很快的救護車閃著藍燈殺到，後門一開，急救大夫拉著單架床跳了下來，陳默把苗苑抱起來，好讓醫生把小警察抬走。苗苑全身冰冰涼，一半是凍的一半是嚇的。陳默握住她凍僵的手掌合在掌心裡暖著，苗苑伸長脖子看向救護車。

「想跟過去？」陳默問。苗苑點了點頭，她救下來的人，她想看看救成了沒。

陳默和民警商量了一下，與苗苑兵分兩路，苗苑陪著小警察去醫院，陳默跟一一〇回去做筆錄，苗苑聽說小偷也骨折了就想提醒他們一聲，可是看警官先生滿臉噴火又沒敢。

苗苑爬上救護車乖乖的坐在角落裡，護士分神遞給她一塊酒精棉，苗苑連忙分辯：「我沒受傷啊！」

護士說：「擦擦吧，滿臉的血。」苗苑登時一聲驚叫，這才發現自己全身上下那叫一個慘烈，臉上沾的血還好辦一擦就乾淨了，可憐她今天為了扮乖女討公婆歡心，穿上了準備著過年的那件白色澳毛娃娃大衣，如今白衣染血怵目驚心新衣服啊……剛買了，還沒穿到一季……苗苑欲哭無淚。

護士姑娘好心勸她，沒關係血是洗得掉的，回去找個正經的乾洗店，再說了，要不是你那人說不定就不行了，一件衣服嘛……

苗苑一聽覺得自己居功甚偉，得意之下甚至給陳默打了個電話報告之。救護車一路開進醫院，苗苑跟著急救床跑，最後被擋在手術室外面，有護士過來問她：「妳是他女朋友嗎？跟我過來辦手續。」苗苑想說我不是他女朋友，我是他救命恩人，可是心裡嘀咕了一下也沒好意思，另外考慮到好歹是堂堂國家警察估計也算是一工傷，政府應該不會拖欠醫藥費，苗同學很大方的把錢先墊了。

苗苑坐在手術室外面等了沒多久就看到幾個警察急匆匆的跑過來，苗苑站起來對著他們揮手，打頭的高個員警那個跑得太急，差點把苗苑撞倒。

「是這兒嗎？妳是苗苑？怎……怎麼樣？」

苗苑點了點頭說：「醫生說不會死的！」

高個警察鬆了一口氣，從兜裡掏菸抽，旁邊人扯著他的胳膊說禁止抽菸，也有人勸，說小陶年輕，一定能挺過去的。苗苑坐著聽了一會兒，才知道受傷的那位叫陶冶，是個技術類的警察，苗苑心想難怪一捅就倒。高個子的警察叫程衛華，是刑警隊的副隊長。

苗苑搭話說：「你們來得真快。」

程衛華苦笑道：「哪裡啊，帶那小子來看手，隨便上來看看……」他俯到苗苑耳邊低聲道：「妳老公是真厲害，絕了！」

苗苑忍不住有點得意，她本來倒是津津有味的想再聽一些八卦來著，但是沒多久陳默也來了，的確，太過簡單明瞭的案子，也是沒什麼可錄的。苗苑給程衛華留了電話，說小陶要是醒了記得告訴她，她明天給燉點豬肝湯過來給他補補血。程衛華拉著苗苑感動得眼淚嘩嘩的，嫂子妳這覺悟真的，絕了！好軍嫂啊……還是自己人知道心疼自己人。陳默面無表情的把苗苑從他手裡拽出來。

回家後苗苑先把兩人的大衣送去乾洗，傍晚時分程衛華親自電話苗苑，告訴她手術結束脫離生命危險。苗苑心花怒放地抱著陳默回味了一整個晚上的救人一命勝造七級浮屠的心得，最後苗苑完成了整個邏輯連線，鄭重其事的問陳默，是不是你也覺得救人的感覺真好，所以你做武警啊！

陳默想了想，只能點頭。

苗苑抱著陳默的腦袋說要是你能只救人不用殺人就好了。

陳默又想了想，很溫柔的把苗苑的手拉下來，吻了吻她的掌心。我能夠讓妳這雙手只救人就好了。

這件事在第二天早上就傳遍了整個西安城，苗苑身為參與者自覺與有榮焉，可是偶爾賣蛋糕時與客人閒聊幾句，卻發現多半都是不屑的口氣。類似，這種警察連小偷都打不過還能幹嘛啊……或者，警察什麼的，最壞了……

苗苑鬱悶了，忿忿不平中。她想說那個壞人長得很壯的刀子很長；她想說小警察只是技術員，瘦瘦的又不經打；她想到小員警最後對她說我是警察……苗苑忽然覺得自己結婚那麼點委屈算什麼啊，在現實這個最大的後媽面前，誰都不能說自己最慘，小警察連命都差點沒了，換來的卻是被更多的人冷嘲熱諷。

她想起一句流行了很久的話：人生就是一張茶几，上面擺滿了杯具（悲劇）和餐具（慘劇），我們總是與夢想充滿茶具（差距），只好勇敢的拿起牙刷把一切當洗具（喜劇）。

在瓶頸了那麼多天都沒有想出新花色之後，苗苑在那個下午總爆發，蛋糕思如泉湧，完成了她新年裡的第一組作品。杯具是一隻咖啡味的蛋糕卷，底層浸了咖啡朗姆酒，於是越是往下吃越苦，卻也越是香醇。餐具是夾了臘羊肉片的蒜茸麵包，香脆而堅硬，那是需要一口鐵齒，一副鋼牙才能消受的美味。茶具裡運用了苗苑最最招牌的抹茶慕斯，清香微苦。最後的洗具，主調是輕盈活潑的冰凍香橙舒芙蕾，在碗裡淺淺鋪上一層，上面鋪滿打發的淡奶油，像刷牙時的泡泡。

每一個蛋糕都不大，放在圓型的布丁碗裡，苗苑清空了冰櫃的一層，裁了一塊黑色的卡紙把那句話寫在卡紙上，把蛋糕放在相應的位置。

單個六元，全套二十。

苗苑只潦草的做了十套試賣，轉眼就被一掃而空。只是出乎她們意料的，原以為最好賣的洗具最不好賣，倒是杯具和餐具被搶得厲害。

看來大家這日子過得都不易啊！苗苑感慨。

苗苑還記得答應給陶冶燉的豬肝湯，只是晚上送去醫院才知道陶冶傷得太重，還不能喝湯，於是那一保溫瓶的湯就全進了程衛華的肚子。苗苑見程副隊長頂著碩大的黑眼圈，一邊啃饅頭一邊喝湯，一邊還不忘記大刀

闊斧的數落陶冶。苗苑覺得這人真不厚道，何必要告訴小警察其實當時陳默就在他身後這麼悲摧的消息呢？

小警察陶冶一開始沒說話，過了好一陣才聽到他小聲的在背什麼東西，那聲音太輕，苗苑聽不清楚，可是程衛華一下就啞了。

苗苑還惦記著陳默一個人在家著急回去，看到程衛華喝完湯了就想走。程衛華連忙熱情的相送之，並且從口袋裡掏出一把錢來恭恭敬敬的遞給苗苑：「昨天嫂子給墊的！」

苗苑接過錢，又看了一眼病房裡的小警察，有些悲傷。她把程衛華拉到一邊小聲說：「你別把什麼都告訴他，外面有人說話不好聽，他聽著得多難過啊！」

程衛華堆起滿臉的笑：「是是是，讓嫂子費心了。」

「對了，他剛剛在說什麼啊？」苗苑好奇的問。

程衛華的臉色變了變，露出些許無奈：「中國人民員警法第二十一條。」

苗苑哦了一聲，其實她不知道那個第二十一條是什麼內容，但是她能看出來這個人現在很難過，苗苑一向都不願意讓別人難過。她啊啊的想了想，鼓起勇氣看著程衛華說：「我目前還沒和警察打過交道，我想，幹哪行的都有壞人，但是我覺得你們兩個是好人！他們不應該那麼說。」

程衛華聽得一愣，轉而誇張的抹了一把臉說：「太感動了！理解萬歲啊，嫂子！」

苗苑被他誇得不好意思，紅著臉侷促了一陣，像是忽然想起什麼似的哦了一聲，從錢包裡翻出乾洗大衣的單據遞給程衛華：「這個能報銷嗎？」

程衛華繃不住捶牆大笑，接過來說能能能……一定能的。苗苑心滿意足的走了。程衛華本來還等著苗苑報銷豬肝湯的錢，後來才想起來，人家早說過了那豬肝湯是主動送的，得，又用壞人之心度君子之腹了。

雖說用別人的悲慘來平衡自己的遭遇這事幹來不厚道，可是苗苑還是忍不住把自己和陶冶做了比較。同為職業性被歧視，苗苑覺得自己再怎麼說還是比小警察幸福多了。畢竟瞧不起她的人只有一個，瞧不起小警察的人有很多。而且她從不曾對韋太后抱有希望與期待，也就無所謂失落與不甘，可是小警察看起來卻是很想做一個好警察的。

苗苑扁了扁嘴，身為一個除了問路與鑰匙丟了打不開大門就不會與一一〇有瓜葛的普通良民，苗苑覺得她應該對小警察好一點，以撫慰小警察被其他良民刺傷的脆弱心靈……嗯就像，她公公對她也特別照顧，苗苑認為那是一個道理。所以她非常盡心的又給小警察燉了兩次豬肝湯，第一次小警察身體還很差，所以大半進了程衛華的肚子，第二次苗苑特意又多燉了一些，結果還是大半進了程衛華的肚子。程衛華舔著嘴角，異常感動的看著她說恨不相逢未嫁時！苗苑一針見血的指出你沒有陳默帥。程衛華竇娥狀傻眼，陶冶在床上捶床笑到慘叫。

過了幾天血色恢復了，苗苑發現小警察長得還是很帥的，眉目英挺五官端正，而且一口一個嫂子叫得那個親熱。

多好的小夥子啊，苗苑暗自惋惜，可是最近就連跟著她做蛋糕的小妹都有男朋友了，上次答應方進的事都還沒譜呢！最近的大齡未婚女青年都跑哪兒去了！苗苑忿忿的想。

因為茶几系列產品意外的受歡迎，銷量直線上升，苗苑專門去廣告快印店訂製了一批不乾膠標籤與廣告看板，鳥槍換炮之後茶几系列儼然成了鎮店之寶。苗苑看到有人在評論網上寫留言：人間裡充滿了杯具與餐具，

但是店長很洗具，讓我感覺生活很有差距。

　　苗苑看著大笑，在家捶桌不已，陳默探頭過來張望，沒看出笑點在哪兒，但是他喜歡苗苑快樂明亮的樣子。

　　只有穩定的男人才能讓他的家穩定，陳默記得很早之前他從某本書上看到過這句話。那麼，如此說來，只有懂得快樂的女人才能讓她的家快樂。

這一週苗苑過得極忙碌，她要敲定茶几系列的準確配方，要跟廣告店討論設計圖，要記得在陳默回家吃飯的晚上整一桌子好菜，還要去醫院探望小警察……於是，直到週四晚上和陳默煲電話，聊起週末應該穿什麼衣服回家，苗苑才恍然想起來，哎呀，她其實還有一個挺兇的婆婆的一直擱在旁邊沒處理呢。

苗苑緊急通告各方英雌召開黨委會議，王朝陽下班就直接過來了，而小米則十分貼心的護送沫沫前來。結果會議正式開始，唯一的男人小米倒搶在了第一個發言。

小米說：「我覺得我們不能把對方的態度做為自己行為的準則，我覺得我們應該要努力去做那些正確的事情，努力的去愛人，只要妳覺得自己是對的，沒有遺憾的，妳就可以得到內心的純粹坦然，這樣的滿足是內部的充分的。所以我覺得妳不必因為妳婆婆對妳的態度而改變妳對婆婆的態度。」

沫沫聽完盯著苗苑看了三秒鐘，然後問：「妳覺得妳有那個思想覺悟嗎？」

苗苑小心謹慎的搖了搖頭。

沫沫一把把小米推出房間，「看你的《聖經》去，咱們俗人有俗人的活法兒。」

「那……現在怎麼辦？」苗苑把目前的情況詳細的介紹一番，唉聲嘆氣的趴在床上：「不過……反正我覺得我不能指望陳默，他和他媽的關係已經夠不好了。」

「本來就不行！」沫沫橫上一眼：「妳家陳默只要站穩立場不偏幫就行了，具體的事還是得咱自己去幹。妳看小米他媽現在見我，態度怎麼樣？不錯吧！那就是一開始規矩立得好，她知道我不是好欺負的，也知道我

不算沒良心，彼此都知道對方的底線，這才能進入良性循環。」

苗苑極羨慕的看著蘇沫：「那陳默家那位的規矩怎麼立……」

沫沫張了張嘴，啞了，哂笑道：「遇上妳家太后那級別的，我基本上就連兒子一起甩了。」

苗苑眼中一片黯然。沫沫撫了撫苗苑說：「不過妳現在婚也結了，只要她沒擺明了踩到妳頭上，大不了當她不存在就行了。」

王朝陽大驚：「怎麼能這樣！她怎麼說也是妳老公的媽啊！」

沫沫一陣愕然，大概是相識日久也算彼此瞭解，怎麼也沒想過會在這麼本質的問題上有如此巨大的分歧。結果王朝陽沒進行有效發言倒是和沫沫爭了起來，王朝陽說人心都是肉長的，主動對她好點，將來總是會好的。就算婆婆不承認媳婦，當媳婦的也不能不把婆婆當媽看啊。

沫沫詫異，婆婆什麼時候都不是媽，憑什麼她當我是個草，我還得當她是個寶？王朝陽說，可那妳是婆婆啊，她沒有養妳，也養大了妳老公吧！

……苗苑的頭越垂越低，終於垂到床單時用力砸了一下床說：「安靜！」

雙方辯手停下來面面相覷，結果黨委會議發展成了黨委擴大會議，倆姑娘開始各自電話老媽。來自王家的結論比較悲摧，王媽媽說，那完了，準備著路人吧！不過補充條款為一家人沒有是非對錯，同時當媳婦要把禮節顧周全。來自蘇家的結論略微令人振奮一些，因為在重複引用了如上觀點之後，蘇媽媽還給出了一線生機，老人語重心長的說，先僵著吧，三十年的事別想著三個月解決，生了孩子會好的！

苗苑默默自語若有所思。

王朝陽與沫沫又開始陷入了第二輪的討論。沫沫說現實一點，妳能不能給我舉一個真情融化冰雪的例子來聽聽。

王朝陽想了半天說，早當年有一個很有名的韓劇叫《人魚小姐》的。沫沫以頭搶床單說姑娘啊，妳能少看點韓劇不？苗苑忍不住插了一句嘴說那片子我也看過，我外婆很喜歡。王朝陽說是吧，我外婆也很喜歡。苗苑想了想說其實我覺得那個女人挺奇怪的，她怎麼可以對婆婆比對自己老公都好，從婆婆那裡受了氣，都朝老公撒。

沫沫吼道：那是因為她搞不清楚重點！

王朝陽大聲反駁：胡說，明明她對自己老公也很好的……還不許她老公在婆婆面前幫自己說好話……

沫沫呆視良久說那是神啊！小米都要去膜拜的那種，妳要坑死老苗子麼……於是，話題再次被引走，王同學和蘇同學又開始向這個主題的延伸面進發。

苗苑很認真的在心裡做總結：嗯，首先要獨立處理問題，別給陳默脆弱的母子關系增加壓力，然後要顧全禮節讓場面上過得去，最後順其自然別強求，聽說生了小孩會好點的。

苗苑跑去客廳叫小米：「哎，你老婆要回家了！」

沫沫莫名其妙，我什麼時候要回家了。

小米柔情款款的扶著老婆說早點回家睡覺，沫沫腿下一軟，就隨著老公去了。臨走時還不忘記叮囑苗苑說：「妳記得女人得自己站得穩啊，關鍵時刻妳要能踩得住，妳別指著有人會幫妳，地球又不圍著妳轉。妳別聽朝陽那傻大姐做濫好人，那韓劇都是拍出來騙人的，我媽都說了，那都是現實裡沒有的事才拍電視呢。妳就記住我一句話，人敬我一尺，我敬人一丈，妳要坑我一釐米，我得讓妳還一寸，妳得寸還進尺，就別怨我讓妳從頭吐出來！」

苗苑一臉嚴肅的點頭稱是，王朝陽頗為憂慮的看著她說，「妳別這樣，沫沫跟自己家裡人都算得太明瞭，哪有那樣的。進了門就是一家人了，為了家庭和睦妳一個小輩吃點虧其實也沒什麼的，我覺得妳婆婆也不能算壞人。」

苗苑繼續一臉嚴肅的點頭稱是，最後關上大門長長的呼出一口氣。

苗苑心想，我大概要讓她們兩個都失望了，我既不像沫子那麼強悍爽辣，也不像朝陽那麼甘心奉獻。苗苑有一個姐姐唸社會學，她說所謂婆媳問題其實就是主杆家庭與核心家庭之間的勢力劃分。這句話苗苑當時沒聽懂，解釋了很久之後也是一知半解，但是此刻親身體驗，她覺得自己悟了。

苗苑自問不是一個搶地盤爭勢力的高手，也沒有沫沫那個愛作主的心氣，她只是一個平凡的只想過幸福小日子的小女人。苗苑相信電視劇裡說得可能都是真的，她相信很多很多的真情一定可以挽回一顆心，她相信無限的溫暖一定能融化冰雪。

可是，為什麼非得這麼幹呢？是啊，她苗苑不是什麼大人物，也不用日理萬機，可是她的愛也是限量發售的，也不是無窮無盡不會枯竭不需要呵護的存在。這個世界上還有那麼多愛她的人在需要她的愛，所以親愛的婆婆，我還真不打算在妳身上花費太多。

週五晚上陳默回家過夜，苗苑又做了一桌好吃的，飯後消食溜彎，順便去乾洗店裡拿大衣。乾洗店的老闆看著他們目露同情，他說我們已經盡力了。苗苑回家展開一看，登時仰天長嘆。

陳默那件還好，反正黑色也看不出印子，可憐她自己那件雪雪白的澳毛大衣，從此不再能見人。我應該晚點讓程衛華報銷乾洗費的！苗苑傷心的想。

更倒楣的是大清早全省降溫北風呼嘯，苗苑無奈之下認命的裹了件羽絨服灰頭土臉的跟著陳默去參見太后，韋若祺看著她那一身肉蟲子模樣，不屑的說這種衣服我從來不穿的。苗同學賠笑說那是啊，您身體好不比俺怕冷。所以憑良心講，苗苑還是很欽佩陳老夫人的，在西安這個風野得近乎蒼茫的城市裡生活，她這一輩子就沒有穿過一次羽絨服，那得是一種什麼樣的精神啊！

相比頭回上門，這頓飯吃得更加波瀾不驚。上午的大部分時候苗苑都藉口教吳姐燉湯，躲在廚房裡與其探討專業技術。中午吃飯時，吳姐很好人的把肉放到了靠近苗苑這一邊，她很滿足的吃飽了。下午苗苑和陳正平談了一小時茶經，她的老家盛產白茶，從小有家教。

苗苑記得她進門時很恭敬的叫了一聲媽，離開時喊了一句爸媽我們走了。她記得陳正平看她的眼神很溫和，但是她不記得韋若祺，苗苑一向只樂意記人好，如果她覺得那個人沒有好，她就會忘記。

再一次走出門與陳默並肩走在古城喧鬧的街道上，苗苑開始覺得婆婆也不是那麼可怕了。畢竟比起那些極品婆婆，她家這尊太后也不能算特別經典。再怎麼說韋若祺都是講究姿態的人，你高舉雙手把她捧上神台，她也就不可能自己下凡與妳正面死磕。於是她現在能做的最多也不過就是盡量展示一份不屑一顧的態度，一種居高臨下的身分。

可是那又怎麼樣呢，說話不好聽可以聽過就算，臉色不好看可以看過就忘。至於鄙視瞧不上，那就更沒什

麼了，因為苗苑感覺她其實也不怎麼瞧得上韋若祺，身為一個女人把老公養得病懨懨的，讓兒子活得這麼不開心，苗苑實在不覺得那有什麼好驕傲的。

於是，在史上最糟的婚禮結束兩週之後，苗苑再一次盤點起她的婚姻，目前她有一個她很愛也很愛她的丈夫，有一個溫和而通情達理的公公，有支持她的爹娘及一個彆扭的婆婆。

相比起很多人的婚姻，苗苑很滿足。

藍天下幸福而滿足的苗姑娘輕輕握住陳默的手說晚上給你做好吃的。陳默低頭笑了笑，心忽然變得很柔軟。他的新婚妻子正依偎在他身邊，帶著貓一般的神情，她的眼神看來快樂的清澈。陳默一直知道他需要一個可以自得其樂的女人，因為那正是他靈魂中缺失的那一部分，陳默知道他的直覺不會錯。

第三章

親愛的，我會保護你

年前陳默持續的開始變忙，而苗苑也有了意外的生意。

蘇會賢的會賢居正在籌備第二家分店，新店走商場路線，時尚川湘菜，開在大型百貨公司的六樓，於是租金金貴。蘇小姐又打算趕在春節黃金週前開業，主菜大廚不可省，而糕點小食顧不上挑精細廚子和傢伙，她就把那些普通廚子做不來的酥啊糕啊的，江湖救急全托給了苗苑。

苗苑有過做廣點的經驗，雖然這種飯店工作利潤不高，但是勝在收入穩定工藝簡單，又適合鍛煉新手，反正冬天開工不足，苗苑試做了幾天之後核完成本帳，索性跟蘇會賢正正經經的談起了合作事宜。

苗苑延繼了她做西點時的方式，逐步敲定細化步驟和精細配方，做到半成品之後急凍，品質穩定。正式蛋糕店裡做出來的糕點滋味總要好過一般的菜館，蘇會賢靈機一動，索性在這塊一分不賺就當賣點。這年頭川菜館開得全城都是，水煮魚饞嘴蛙又能做出多大的神蹟來，為什麼選擇會賢居呢？因為那家有好吃又不貴的榴槤酥。

生活開始熱鬧起來，當一切曾經的困難看起來都不再是困難，平順也就成了最大的幸福，至少對於陳默與苗苑這個核心家庭來說是的。

當然，如果忽略這個家庭的編外成員。

侯爺焦躁的在屋子裡走來走去，這種日子叫狗可怎麼過……汪嗚……我要出去玩我要出去玩我要出去玩，侯爺心想骨頭吃多也會有膩的，更何況骨頭也沒吃多。成天窩在這麼個小破地方，對著那麼兩張老臉，那小娘

們雖然笑起來很水嫩，看多了也是要疲勞的。

老子悶得要發瘋！侯爺無限的懷念那個黃昏，那如茵的綠草，那如雲的母狗，好多……可憐的大狗在一遍又一遍的懷念中抑鬱了，在一天之內啃掉了廚房半扇門。

陳默藉口養狗的士兵探親回來了，火速把侯爺又送回了大隊操場，五隊的廣大官兵們見他們的群寵歸來，紛紛上前慰問之，可是卻驚訝的發現他們的群寵深沉了。深沉的侯爺時常孤獨的奔跑在廣大的操場上，偶爾遇上軍犬訓練，他激動的告訴那些黑背們：兄弟啊，你們知道嗎？我去過一個地方那裡有很多很多漂亮的母狗。

軍犬不屑的說：汪嗚，做夢吧。

好吧，這些都是後話，不表。目前最關鍵的關鍵是，陳默坐在辦公室裡看著操場上狂奔的侯爺若有所思：果然，狗是不能代替娃的，造人的計畫還要加緊啊！

造人計畫在陳默少校有條不紊的推進中規律的進行，可是苗苑那邊又出了意外事件，人間的大老闆要盤店了。人間蛋糕店背後的大老闆也姓陳，與陳默三百年前是一家。陳老闆不光會開店還會生兒子，兒子唸書極好一路唸成了博士娃出國投奔了萬惡的資本主義。陳博士娃在美帝的土地上又找了個博士女締結了博士的一家，然後就成天攛掇著老爹一起奔赴新生活。

陳老闆原本還抵賴來著，開著分店向兒子證明你老爹我在社會主義的土地上也是一樣的資本主義，可是最近捷報傳來說博士女懷孕了，陳老闆在老闆娘的強烈要求下終於頂不住了。

陳老闆要移民美利堅，就此過著民主自由的生活同時盡享兒孫福，這按理說也算是件喜事，可是苗苑卻怎麼也笑不出來。她這人戀舊，做熟不喜做生，她和陳老闆處得熟了，大家彼此瞭解好說話，新來個老闆不知道規矩是什麼樣，人都說一朝天子一朝臣，苗苑很擔心在這個節骨眼上失業。

她心裡有事，臉上就藏不住，晚上看電視時抱著陳默直嘀咕，你說失業了怎麼辦呢，年末不好找工作啊……

陳默淡然道：「我養妳啊！」

苗苑一愣，眉花眼笑：「你養我啊！」

陳默點點頭有些莫名，心想怎麼這麼高興。

苗苑膩到陳默的頸間蹭蹭：「不管怎麼樣你都養我嗎？」

陳默被她蹭得有些意馬心猿，偏過頭吻了吻那雙流著波光的笑眼，笑了：「我不養妳誰養妳啊！」

苗苑笑得更甜了，抱著陳默的脖子輕輕吻他的嘴角，聲音黏膩著：「一直養下去嗎？」

陳默點了點頭，伸手摸到遙控器關了電視。其實，有時候，沙發是好物，嗯，偶爾用一次的話。

第二天苗苑有意無意的向沫沫說了三遍「陳默說他會養我哦！」，沫沫狠狠的教育了她，經濟基礎決定上層建築，讓男人養的女人沒有地位。苗苑笑得樂呵呵的點著頭，眼神甜蜜而滿足，腰板很直，有人撐腰的樣子。

當天晚上沫沫向小米隆重推出陳默老兄的養老婆論，小米苦笑，連忙接下話茬子說：「妳放心，但凡有我一口粥喝，乾貨都是妳的。」這種時候漂亮話是一定要講的。

沫沫有些扭捏，拍著桌子說：「誰要你養！」她嘴上說得兇，眼神卻是柔的，到底心裡是甜的，女人嘛。

不過蘇沫畢竟不是苗苑，蘇沫是有心氣的姑娘，她尋思著跟誰做都是跟著做，還不如索性自己做。沫沫想到就

做，首先聯合了苗苑，苗苑原先是沒想到這一層，被沫沫這麼一提心思也就活泛了起來。而陳老闆那邊，反正是盤店，賣給誰不是賣，賣給老熟人還爽氣點。苗苑那間店基本就是新的，陳老闆最後報了個總價十七萬，連所有的裝修、用具、過戶手續費及剩下的三個月房租。

苗苑對市場不熟，私底下悄悄問了蘇會賢和沫沫都說出價公道，苗苑便狠狠的動上了心，回家跟陳默商量了一下，不出意外的得到了支持，苗苑又開心了半天。然後……需要動腦筋的就只剩下錢了！

十七萬，如此恰到好處的數字讓苗苑惦記起了她傳說中的二十萬嫁妝。這筆嫁妝當初何月笛說好是用來給小倆口買房子用的，可是現在男方家裡不配合，房價又在下半年一飛沖天，直入雲霄而去，買房計畫暫時擱淺，那筆錢也就一直一直的沒有動。

苗苑想既然是嫁妝理論上她也是有份作主的，怎樣都是花，為什麼不能把有限的金錢花到無限的賺錢中呢？反正現在房子還有得住，買了新房子也只能用來租，可是這年頭房價噌噌的漲，租金還不及銀行利息。苗苑打定了主意要用自己這一筆娘家嫁妝給自己謀劃一份安生立命的小產業，她自知韋若祺瞧不上她，如果將來真的失了業讓陳默養著，韋太后只會更瞧不起她。雖然她並不在乎太后的眼色，可是她不樂意讓陳默丟臉。

這心思拿穩了，苗苑就開始活動，先是在例行的聊天電話裡提了點意思，回頭曲線救國又向苗江拍胸口保證一定不把事情辦砸。最後終於挑了一個她娘親開心的時刻正式把話給挑了明。

何月笛聽了倒也心動，可是心裡又惦著房子房子，她是謹慎人，總覺得別人給的房子住著不踏實。苗苑捧著電話絮絮的唸叨：「哎喲媽……妳別老是房子房子的，這房價都漲得沒邊了，買了得虧死。」

「不買房子，那陳默轉業了怎麼辦？」何月笛頓時不高興了。

「那就租唄！米陸說了，租金和房價有個什麼比，全世界就中國最低，在中國租房子最合算了，所以你看連沫沫都不買房子。」

苗苑抹了抹汗，蘇沫家不買房子是因為錯過了去年年底那次跌價，現在眼看著當時相中了嫌貴的房子爆漲五成，蘇沫憤怒得連房這個字在她家都是禁詞。

「租房子總歸不是個事。」何月笛道。說話聽音，這就是心動了，苗苑連忙抱著電話煽風點火：「媽妳看啊，現在房子這麼貴買它幹嘛啊！我們只要拿出半個平方米，日韓新馬泰玩一圈；一個平方米，能在尼泊爾住上一個月；豁出三個平米歐洲十國遊；再往下就只能去北非大草原看獅子了，妳看就這麼一圈玩下來，環遊世界都可了，可能還沒花完一個廚房的價錢。但是那時候，說不定咱的世界觀都變了。有錢，置點產業，吃好玩好幹點啥不行，咱不能全耗在房子上啊！」

苗苑口若懸河滔滔不絕，心想小米說的話就是有說服力啊，難怪連沫沫那個死僵的性子也讓他哄得服服貼貼的。

何月笛沉吟良久終於問了一句：「陳默怎麼說？」

「陳默說聽我的。」苗苑樂了。

「行，那妳再和陳默商量著，雖然是妳自己的工作，可是一家人過日子妳也要多聽聽他的意見。」何月笛長嘆一聲，平心而論女兒懂得上進，肯幹更大的事業，承擔更多的責任，她這個做媽的心情總是複雜的，一半惶然一半驕傲的忐忑。

苗苑掛了電話開心的在臥室裡直蹦噠，陳默皺眉站在門口聲音有些沉：「妳需要錢為什麼不找我要？」

苗苑一愣，不明白究竟是哪裡出了問題。苗苑眨巴眨巴眼睛小聲說：「那是我的嫁妝啊！」陳默嘆了口氣拉開床頭櫃子的第一層：「錢在這裡，早就告訴過妳，密碼是妳的生日……」陳默頓了頓：「假的那個生日。」

苗苑看著陳默的神色知道問題嚴重，可是為什麼有什麼問題會嚴重，她想不通。苗苑小小聲有些委屈：「我生日是七月三號，我當時也不是故意要騙你，那不是想找個合適的藉口約你嘛。」

「不說這個。」陳默揮了揮手：「錢都給妳了，為什麼還要找妳媽要錢。」

「可那是你的錢。」苗苑脫口而出。

陳默皺起眉來看她，苗苑被他看著有些害怕，心臟打鼓似的撲通撲通的跳。

「我以為結了婚就不用再分你我了。」陳默垂下頭，眼神有些失望。

苗苑連忙偎過去抱著他，小聲起膩：「結了婚當然就不用分了嘛！」無論事情的源頭在哪兒，是非如何，這種時候撒嬌是一定要的。

陳默撫了撫苗苑的長髮，在她額角上吻一吻。似乎是急了點，這怒起得有點莫名其妙，人家母女連心二十幾年的親情，真正的骨中骨肉中肉，那份親暱與信賴他是親眼見過的，憑什麼他一個半路殺出來的人，不過一、兩年的感情就以為自己應該排到她母親的前頭。可是邏輯上說得通，陳默在感情上卻不肯承認。苗苑遇到難題首先想到的不是他，這種感覺讓陳默很沮喪。

陳默看著苗苑的眼睛心想，妳是我的女人，我的！苗苑愣愣得睜大眼睛回望，陳默漆黑的眸子看起來有些兇，好像要吃人一樣，可是莫名其妙的卻不覺得害怕，心頭一陣酥軟。

苗苑蹭了蹭陳默的脖子說：「你幹嘛這麼盯著我。」

陳默笑了笑，別過眼去。苗苑抱著陳默的脖子撒嬌：「來嘛，我們來清點一下陳少校的老婆本兒！」

「妳沒看過？」陳默更加不爽。

「稍微翻了一下！」苗苑尷尬的笑，那是一種什麼樣的心態，還真不足為外人道，知道陳默的錢就放在那裡，可就是不想去翻不想去看，這是為了維持一種什麼樣的姿態苗苑完全形容不來。

之前缺錢辦事，她是徹徹底底的忘記了陳默這一筆，壓根兒就沒把心思往這頭動過。

為什麼？

苗苑自己問自己，還是形容不來。似乎總覺得那是自己的事，自己的產業，是自己的！可是對於最後的勞動成果，苗苑自問也並不吝嗇與陳默分享啊！於是，這姑娘深深的，困惑了。當時陳默急著結婚需要錢，可是所有的積蓄都被韋若祺扣在手裡，存單和卡是警局的老何幫陳默從銀行掛失回來的，拿過來就放在一個信封裡，陳默一直沒去動過。幾張存單，一張活期卡。所有的存單加起來一共有五十多萬，之前剛好過期了一張十萬的存單，陳默提現了結婚用，剩下的全在這裡。苗苑興奮的一張一張算著存單說：「老公你有好多錢！」

「嗯，我以前的部隊津貼比較多。」

苗苑在陳默臉上親一口：「老公你真能幹！」她掂著那張小綠卡說：「卡裡有多少啊！」

陳默搖頭說忘記了，他那時心思全不在此也沒細問，而且看數目存單湊起來也差不太多了，卡裡多半就是個零頭。

苗苑興致勃勃的拿起電話說：「我們查查！」陳默見她這麼開心，心情略好了一些，驀然就看到苗苑變了

臉色，嘀咕著按鍵重複。

「怎麼了？」陳默問。

「陳默！你卡裡有六十多萬！」苗苑震驚不已。

不會吧！這下，連陳默都愣了。「陳默，你到底應該有多少錢！」苗苑掛好電話萬分嚴肅的端坐。

陳默默然心算，麒麟基地的薪水津貼雖然比普通部隊要高出一大截，可是十年特種生涯滿打滿算也就七、八十萬的收入，雖然他當時幾乎零開銷，但是回家探親總是要花掉點，怎麼算也不會超過八十萬。

苗苑僵著臉問：「你會不會把媽的錢也掛回來了？」陳默困惑了，按他老媽的個性，如果出了這種烏龍，她是絕對不放過的。

「陳默，我們要不要把錢還給她？」苗苑很苦惱，雖然錢是個很好很好的好東西，她是如此鍾愛，可是韋太后的錢，她還是寧可不要。拿人的手短，吃人的嘴短，手裡拿了她的錢，好像就不能這樣明目張膽的鄙視她。

苗苑當機立斷的拿起電話塞到陳默手中：「去，給媽打個電話問清楚，是她的就還給她。」

陳默愣了一秒鐘，這姑娘剛剛費盡心思從自己老媽手裡弄來二十萬，現在又同樣的費盡心思要求他把他老媽的那幾十萬還回去。這樣的進出對比實在不能讓陳默覺得賺了，他多少有些鬱悶，而更鬱悶的是，連他自己都覺得自家老媽的錢，能不拿還是不要拿的好。陳家人說話一向直接，三方兩語直奔的就是主題，韋若祺聽完淡淡的一句話：

「不用還了，我幫你做過投資。」

苗苑拿著分機在聽，用口型說：那是她賺的！

陳默無奈：「不過那也是您自己賺的錢。」

「我自己賺的我拿走了，你提供本金我算你一筆，百分之十的年增率，省得說我連兒子的便宜都要佔。」

韋若祺說完才覺得自己很不是滋味，怎麼好好的事硬是讓他們整得怪裡怪氣的，別說是實實在在的票子送到你面前，她平時但凡給人提個炒股的消息，對方都是感恩戴德的。

韋若祺思來想去又覺得問題還是出在了陳默那頭，她預想中的對話完全不是這樣的，她甚至還打算趁機對陳默開始理財教育。可是沒成想等來等去終於等到了這個電話，兒子開口就是一句還錢，那威武不屈富貴不淫的樣子怎麼看怎麼怵目，韋若祺一時怒起，又想不出還有什麼話說，斷然的掛了電話。

陳默拿著電話與苗苑面面相覷，陳默說：「既然是媽給的，那就收著吧！」

苗苑默默的點了點頭，非常固執的把差不多四十萬的存摺折起來，捧著剩下的錢歡天喜地的說原來我嫁了個有錢人。陳默看在眼裡，倒也沒說什麼。這姑娘最初時看著軟，其實日子過久了才知道也是有脾氣的，輕易不發而已，認定了的事，骨子裡擰得很。

陳默原本以為這件事這樣就算是定下了，可幾天後苗苑得意洋洋的向他炫耀起自己的法人身分，而抽屜裡的錢卻一分沒少。陳默發覺有時候他是真的搞不懂女人的心思。

苗店長如今進升為苗店主，一字之差差之千里，小苗子此刻躊躇滿志壯懷激烈，以前她只嫌自己要操心的事太多，現在她只嫌自己當時操心的事還不夠多，所以說有時候工作多幹點是有好處的，吃虧也有福。

不過時近年末，苗苑把她的鴻圖大志暫且擱下，要拉著陳默回娘家去。今年是結婚第一年，新媳婦新女婿規矩多事也多，苗苑與陳默商量好兵分兩路，苗苑在小年夜陪著陳默去婆家吃完飯，連夜趕火車直奔回家，而陳默就留在西安自己爹媽家裡過年三十。年底正是春運的最高峰，火車上什麼事都會發生，苗苑一趟車晚點又晚點，連火車帶汽車一直折騰到三十晚上才到家，差一點就趕不上春節聯歡晚會。

苗苑扛著大包小包的進門，把東西交給苗江自己就癱了，累呀，那叫一個累。

苗江伸長了脖子往她身後張望：「噫，陳默呢？」

苗苑愁眉苦臉的看著何月笛：「我媽不是說不想見他嘛。」

苗江頓時急了：「妳這孩子！」

苗苑馬上飛撲過去抱住苗江的脖子：「陳默一個人在家裡很可憐的，都沒有人給他做飯吃！」

何月笛咳了一聲：「你們一大一小的唱雙簧唱得可以了，我就不相信了，西安城滿大街上都是開石灰店的，陳默那麼大個人能把自己餓死！」

苗苑瞄了一瞄老媽，使勁地給老爸使眼色，苗江無奈之下攬著老婆說：「哎呀……」

何月笛掃了他們兩人一眼：「吃飯！」

苗苑唉聲嘆氣的捧起碗，飯後又與陳默親密電話之，千叮萬囑飯要吃好、衣要穿暖、記得睡覺、不要擔心，待到陌上花開，為妻自當緩緩歸……那份細緻，簡直不像是在關照老公倒像是在養兒子。何月笛上上下下瞟她，苗苑連忙打蛇順杆兒上，抱著何月笛細數陳默是如何如何的生活白癡，如何如何的不會照顧自己，聽著何月笛直想笑，敢情人家跟了妳那是走大運了，生活一下子從解放前進入了共產主義。

苗江犯愁的瞅著老婆說怎麼辦啊，正月裡得去鄉下拜年啊，陳默可是新女婿，不能不上門的云云。

何月笛終於受不了嘀咕著：「我也沒說不讓他跟著拜年。」

苗苑一愣，頓時大喜過望，連忙通知陳默說太后大赦啦，你快趕過來！人類最大的遷徙活動——春運，在年三十晚上嘎然進入低谷。

陳默連夜去火車站買了票，上車才發現還真挺空的，一個人佔三個座位幾乎可以橫著睡。沒了臨客的干涉，這輛車順利的準點到站，當陳默大年初一敲響苗家大門時，何月笛還沒有起床。事後何月笛一直疑心自己又讓女兒給賣了，其實陳默一早就過來了是吧，他只是在門口旅店裡住了一晚。

2

苗苑常說，我們家裡人寵女婿，那是出了名了的！可是上回結婚匆匆而來匆匆而去，也沒什麼感覺，可是正月這幾天大拜年陳默這次終於深切的感受到了。

陳默家一直人丁單薄，陳正平一脈傳到他這一代已經是只有遠親沒有近戚，倒是韋若祺還有點兄弟姐妹，可是住得遠一年也不見得會碰一次面，日子久了自然生疏。所以從小陳默對過年都沒有太大的感觸，就更別說拜年。

所以大年初一晚上，陳默看著苗家人整理拜年的禮品就徹底的被震驚了，那簡直……如山如海，陳默終於明白苗江為什麼需要借一輛車。年初二大清早，苗苑樂陶陶的帶著陳默下鄉去，陳默這是第一年新女婿上門，在苗苑家鄉算是個很重要的時刻。苗苑一路唸叨著說等下你不要怕，就跟著我叫人，我叫什麼你就叫什麼，你放心，一切有我在！大家人都很好的，不會難為你，給你紅包就拿著。

於是七大姑八大姨，到最後陳默自己都不知道一天走了多少家。人倒是都挺好的，極熱情，拉著說長短。苗苑把陳默護在身邊，紅著臉說你們不要欺負我老公，他很害羞，不太會說話的。大家哄然大笑。趕上了用餐時間就被留下吃飯，席間有人開白酒，苗苑便拉著姑爹撒嬌，替陳默喝了一杯啤酒居然也讓他這麼混過去了，原本陳默還準備著繼續橫著回家的。

晚飯是在苗苑的外婆家吃的，苗江與何月笛已經先到了一步。苗苑的外婆外公俱在，都是八十多歲的人了。外婆的腿腳不靈便，耳朵也不好使，所以特別愛絮叨，可是心寬體胖笑瞇瞇的極為慈祥。是那種會拉著小輩兒的手坐在床邊上嘮叨半小時，然後偷偷摸摸從床裡面拉出一個鏽斑斑的小鐵盒子從裡面掏出糖來餵給你，還堅持說一般人我不給他吃的老人家。

陳默沒別的優點，但是勝在耐力驚人，一幫子孫子孫女孫媳婦孫女婿都被嘮叨得鳥獸散了，只有他還渾不當事，表情特專注聽得特認真，苗外婆感動的眼淚汪汪的，吃飯時硬生生拉著陳默貼自己身邊坐，連帶著苗苑都撈到了個上座。

苗苑對著陳默眨眨眼，心道，想不到你還有這一手。陳默失笑。

如此一來，有老太君保著心愛的外孫女婿，陳默又一次逃過了被灌酒的命運。晚上回去是苗江開的車，苗苑偎著陳默坐在後面，頗為體貼的給陳默捏著肩膀說：「累了吧！」

陳默搖了搖頭說：「還好！」親戚多是多了一些，勝在不算難纏，沒有那種彷彿要喝到不死不休的酒桌文化，這讓陳默感覺挺好。

苗苑像一隻小耗子那樣扒拉著數紅包，笑得賊兮兮的，何月笛輕輕哼了一聲，苗苑連忙異常狗腿的說：「媽，我正給您數著呢！」

何月笛回頭白她一眼，笑道：「合著妳還真想全捲走啊！」

苗苑嘀咕著：「那外婆……」

「外婆那輩兒的妳收著，剩下的給我。」

苗苑抱著她媽的脖子親一口，說：「行，成交了！」

何月笛隨手一彈，曲指彈在苗苑腦門上，她輕哂：「沒大沒小。」

苗苑嘿嘿笑，又窩回到陳默懷裡去。

陳默一直很困惑，像這樣沒大沒小的事件在他面前反覆的出現，有時候他看著這對母女好像搶錢似的討價還價；看著苗苑大呼小叫的教育她老爹怎麼做飯；看著何月笛在家好像橫草不拈，卻是一個家的女主人對大事小情都盡在掌握；也看著苗江彷彿不經意的一攬，就能讓老婆瞬間平靜。

這是一個與他的概念中有偏差的家庭，這一家三口中無論是丈夫、妻子還是女兒的形象都不是那麼鮮明，好像那只是三個人，他們彼此膩著在一起，彼此信任，彼此坦然。他們覺得生氣時就發火，感覺不平就反駁，他們也會吵架，可是轉眼又合好。他們彼此坦蕩，會把最丟人現眼的事情相互說，就像苗苑津津樂道的，一家人哪來的是非對錯。

這樣的家庭情感讓陳默覺得很羨慕，可是他不喜歡看著苗苑與她的家人在一起，那樣的親密感讓陳默感覺自己像一個外人。

陳默不自覺的把苗苑攬得更緊。

陳默的年假不太多，年初五就要回去值班，就這也是因為新婚的身分得到的特別照顧。苗苑雖然心有不快，可是工作就是工作她也知道陳默的無奈，只是這麼一來拜年的繁忙程度大增。陳默是新女婿，按風俗什麼遠親近戚都得一一走到。

苗苑領著陳默每天雄糾糾氣昂昂的出門，氣若游絲的回屋，自我打氣說快搞定了快搞定了，也就第一年這麼麻煩，往後只要挑個日子一起吃頓飯就好，不必這麼一家家的跑。

最後一家走完，苗苑抱著陳默的脖子在街上喊，說我們成功啦！那種興奮的心情陳默無法感同身受，可是那種興奮的樣子讓陳默感覺很是可愛，這人間的煙火，世間的冷暖，你說不清緣由。或者就是在這些看似無聊無趣的客套虛禮與走親訪友中，維繫著這些他不曾經歷過的暖意。

曾經，陳默很不喜歡陌生人，可是這些天他見了無數的陌生人，與無數陌生人吃飯卻也不覺得多麼彆扭，或者這就是所謂的親情。

陳默與苗苑新婚之後的第一個春節就這樣匆匆走向尾聲，臨走時苗江塞給他們無數年貨特產，什麼鹹雞鹹鴨竹筍筍乾應有盡有，好在陳默是壯勞力，力量非等閒凡人可比，頑強的沒讓苗爹給壓趴下。

回程急，坐的是飛機，陳默當天晚上就要去值班，急匆匆把苗苑送回家也來不及幫著收拾一下就往部隊趕。

苗苑獨自一人坐在客廳裡清點她爹給的特產，夕陽落幕時有一種特別的清冷。剛剛從最火爆的走親訪友中跳出來，陡然面對這樣的環境讓苗苑很不能適應。她兀自琢磨了一會兒，收拾出一隻鹹雞一隻鹹鵝外加一大包筍乾，整整齊齊的找了個漂亮的紙袋裝好。

還在正月，都沒出假期，既然回來了似乎也很應該去公公家看看，順便捎點家鄉特產，也算是來自苗家的禮物。苗苑自己這麼盤算著，扛著東西興致勃勃的出門去。天冷，正月裡計程車的生意好得不得了，苗苑走了一路也沒叫到車，一張小臉讓北風吹得發紫。

按下門鈴她才意識到自己在做什麼，這是第一次，她身邊沒有陳默，苗苑驀然間覺得心裡有些沒底。大過年的吳姐回了老家，是韋若祺親自開的門，剛開門時看著她倒也不見驚訝，可是銳利的視線往苗苑身後一掃，頓時就變了顏色。

「陳默呢？」韋若祺說。

「他去值班了，他今天要值班。」苗苑見韋若祺攔在門口不動，一時錯愕不知道是進是退，遲疑了三秒鐘，她連忙把手裡的禮物舉起來，笑道：「我們今天剛回來，給你們帶了點年貨。」

「剛回來，挺好啊，妳讓陳默把假都休在你們家了，合著我們這邊就不用上門了是吧？」韋若祺說話一貫的冷冰冰夾槍帶棒，就著苗苑手裡看了看：「什麼東西？」

苗苑蹲在玄關處把東西掏出來給她看：「有雞，還有鵝，鵝是自己醃的，我爸說帶給你們嚐嚐，還有筍……」

「什麼啊？」韋若祺抬腳撥了撥：「這東西誰吃啊？還真是什麼都往我家裡拎。」

苗苑垂著頭，眼前剎時一片模糊，她用力眨了眨眼睛，深吸了一口氣：「那什麼，我就過來送一下，我還有事，我先走了。」說完，話音兒還沒落下，苗苑已經轉身退出了門，她聽到韋若祺在叫她，可是她反手關上防盜門，頭也不回的下了樓。

苗苑一直撐到走出社區才讓眼淚流下來，可是她覺得很奇怪。那種心裡犯堵，莫名其妙的悲傷、委屈與失望的感覺陌生而熟悉，恍然間讓她有一種衝動，想要告訴所有人她的遭遇，想要得到所有人的肯定與同情，雖然她知道那是最無聊的期待。

正月裡的西安四處車水馬龍，苗苑獨自一人走在街頭最喧鬧的地方，眼角濕潤。真奇怪，苗苑心想，我本來以為我已經不會為了這種事而難過了。

苗苑回家挑了一隻最肥的鹹雞大刀闊斧的一剁兩半，用淘米水洗了又洗，加了黃酒和薑片扔到鍋裡煮。這些雞是苗江親自去鄉下買來的，都是吃蟲子長大的草雞，新鮮肥嫩，肉質細膩，堪堪長到四斤左右的時候宰殺了用粗鹽醃，醃透風乾，每一隻都是均勻的兩斤多。煮了不多時，就有那種鹹鮮的味道從廚房裡飄出來，那熟悉的香味模糊了數千公里讓苗苑恍然間以為自己還在家。

苗苑坐在客廳裡愣了很久，最後她擦了擦眼淚，把煮好的鹹雞剁成均勻的小塊用一個保鮮盒裝起來，出發去找陳默。

是的，苗苑心想，我已經結婚啦！

我的家不再是千里之外的江南，也不是這裡那裡的某一個房子，我的丈夫一丈之內的地方那才是家。

陳默聽到哨位上說嫂子來見，心裡莫名的一緊，他有古怪的直覺，從苗苑興沖沖的向他報告要給家裡送年貨起他就覺得不對頭，而現在他很後悔，其實不應該讓苗苑單獨去的。

苗苑提著一個小包袱站在哨崗門口等待，月色很淡，星光也淡，淡淡的天光下那雙熟悉的眼睛溫柔的看向他，嘴角揚起，笑容甜美，陳默慢慢放下了心。

「妳怎麼來了？」陳默問。

「想你了！」苗苑笑得很甜：「能進去嗎？」

「還在吃飯！」

苗苑連忙把手裡的小包袱揚一揚：「剛好啊，我給你們加個菜！」

陳默笑得有些軟，拉著苗苑的手帶她進門。新年伊始，隊長夫人蒞臨那是大事，嫂子蒞臨時還帶著菜，那更是大事，小夥子們極為興奮。苗苑那一盒雞肉轉眼間轉遍了整個食堂，當然大部分人沒分到。苗苑沒料到會是這麼個情況，頓時大窘，她結結巴巴的解釋說：「明……明天，我讓陳默再多帶點過來。」

真可惜啊！她開始懊悔起送給韋若祺一雞一鵝外加一大包筍乾，雖說雞和鵝切出來也就夠他們塞個牙縫的，可是那麼多筍乾泡發了，還是能讓大家吃一頓的吧。

也不知是誰領得頭，小夥子們齊聲高呼：謝謝嫂子！那山呼海嘯似的一聲嫂子瞬間填滿了苗苑空蕩蕩的心，她自覺受之有愧，臉上燒得發燙。

飯後，陳默領著苗苑參觀駐地，他指著遠處人間咖啡廳的窗戶說我以前就在這裡看妳。苗苑在一瞬間有不可置信的幸福感，她站在那裡看了又看，只看到最模糊最淡的一點光斑。

「你……你能看到我？」苗苑的聲音微微發抖。

「是的，我能認出來。」苗苑緊緊的抓住了陳默的手，眼睛裡濕乎乎的。

今天的苗苑有些過分的沉寂，陳默能感覺出來，他一向都有超人的敏感，只是過去的很多時候，他對絕大多數的人都沒有深究的慾望。他們高興也好不高興也罷，陳默對此沒有好奇心，那些正常的人煩惱他常常無法感同身受。

可是這一次，陳默覺得他想要問清楚。

天色已黑，陳默拉著苗苑送她去車站坐車，平時像小鳥那樣總是興致勃勃的直撲騰的小姑娘今天安安靜靜的走在他身邊。

陳默說：「妳有心事。」

「嗯！」苗苑很老氣橫秋的點頭說：「不過我會自己解決的。」

陳默停了下來，苗苑堪堪轉過頭，眼前一黑，已經被陳默包了起來。○七式武警制服的冬季大衣質地密實，苗苑整個人都被陳默嚴嚴實實的封在懷裡，溫暖而厚實的手掌貼合著她臉頰揚起的弧度，如此恰到好處，一分不多一度不少，彷彿彼此相嵌的吻，熾熱而纏綿，連這樣的冬夜無孔不入的寒氣都被陳默的氣息驅逐的一乾二淨。

苗苑一時缺氧，被放開時仍然帶著一絲摸不著頭腦的暈眩，然而熟悉的聲音沉甸甸的壓下來：「我不要妳自己解決，我要妳告訴我。」

苗苑愣了一會兒，慢慢轉過身抱住陳默的腰，她的聲音很輕，三言兩語就說完了整件事。

陳默一徑的沉默著。苗苑不無懊惱的扯住陳默的衣角，探出頭來看著他：「其實我也不知道為什麼我今天這麼難受，其實你媽一直都這樣我都知道的，可是我也不知道為什麼，我就是難受了。」

陳默溫柔的撥了撥她的瀏海，輕聲問：「那妳打算怎麼辦？」

苗苑的眼神有些黯然：「我覺得，我以後很難會喜歡你媽媽了。當然，那是你媽，你想幹什麼我都不攔你，可是我覺得我很難會……喜歡她了。」

「嗯……」陳默微微點頭。

「不過你放心啦！」苗苑急忙分辯：「我不會跟她吵架的，我不會為難你的……」

陳默慢慢的眨著眼睛，他的神色在夜色中模糊不清，只有一線貓爪似的冷月映在瞳孔裡，苗苑有些心慌，陳默按住她的小腦袋扣進懷裡。

「沒關係，我知道了。」陳默說。

苗苑稍稍放鬆了些，悶聲道：「其實你爸挺好的，我喜歡他。」

「我知道。」

「陳默你不生氣吧！」

「不會，以後妳想幹什麼都告訴我，我都不會生氣。」

苗苑抬起一隻眼睛偷偷看他，笑了：「真的啊！」

陳默想了想，卻問：「妳明天真打算請全隊人吃飯嗎？」

苗苑頓時懊惱：「你們隊裡有多少人！？」

「好幾百吧。」陳默握起苗苑的手放進大衣口袋裡，向著車站的亮光走。

「這個……」苗苑急了：「怎麼會這麼多……」

陳默笑了：「妳以為呢？」

「我可以請他們吃別的不？」

「軍中無戲言的。」苗苑欲哭無淚。

月臺上空蕩蕩的，昏黃的燈光像是一團迷濛的霧，苗苑還在糾結著明天請吃飯的大問題，公車從遠處開過來。陳默把苗苑推上車，笑道：「明天把雞都煮了吧！」

苗苑垮下臉：不會吧！陳默笑著揮手，公車又開回夜色裡。

天很冷，一個人的黑夜，讓陳默都感覺到一絲淡漠的涼。那是一個從小富足的女孩，不是金錢，是感情。

她自小就擁有很多愛很多關懷，所以她從不吝嗇於付出也不執著於得到，因為她不缺。陳默想這很好，這又不太好。

他在想是否會有那樣的女孩，她自得其樂，有滿腔的柔情卻只為他，即使被無心略也不覺得委屈難過。陳默笑了笑，知道那是無知的妄想。他養了一朵玫瑰，夏天時最嬌豔欲滴的那一朵，那麼香，那麼脆弱，因為沒有被傷害過，因為她是那麼的富足，還可以肆無忌憚的信任與給予。她從不固執於是也從無堅韌，她不太在乎錢財與名望，也就常常忘記人們的身分。她不會因為韋若祺是他的母親就更遷就一些，也不會因為那些士兵，那些士兵只是他手下幾百個士兵中的一個就覺得能夠理所當然的忽略。她有那麼多的缺點，與她的優點一樣的多。然而陳默覺得這很好。他喜歡這樣不完美的人，他喜歡一眼就能看到底的人，他喜歡能把一切都告訴自己的妻子，喜歡需要自己的女人，他不迷戀神秘感，不喜歡那種不可捉摸不可控制的伴侶。

甚至，他不知道是否所有的男人都會如他這麼想，他甚至不希望苗苑心裡住下太多人。所以苗苑不喜歡他母親就不喜歡吧，只要她們能相安無事就好。反正他娶一個老婆回家，也不是為了幫自己孝敬爹媽用的。

第二天苗苑給陳默送去了剩下的全部三隻雞兩隻鵝，雖然全隊官兵每人一塊肉是不現實了一點，但是食堂的兄弟們研究了半天，切小塊混大鍋燉了湯，也算是讓大家都嚐了點味。

又過了幾天，陳默終於值完所有的夜班，帶上苗苑回了一次家。

苗苑張望了陽臺與所有的視窗，沒找到自家那一雞一鵝，估摸著大概是被扔掉了，心裡十分惋惜。陳默家的飯桌氣氛一向沉寂，食不言寢不語，苗苑雖然一開始不太習慣，可是後來想想炒氣氛也不是她的份內事，也就釋然了。只是韋若祺還在氣頭上，臉色比往常來得更差。

苗苑發現心態真是很玄妙的東西，當你決定不再為某人傷心委屈不再對她抱有希望的時候，她的喜怒也就不再能對你造成任何傷害。這是苗苑生平第一次被迫與一個自己不喜歡的人親近，這也是她第一次朦朧的明白了一些道理，歸根到底，能傷到自己的人，也只有你自己。

苗苑一向覺得自己軟弱，喜歡看人臉色，也樂於討好人，總希望自己身邊要一團和氣其樂融融的才過得下去。可是真正事到臨頭，卻又發現也沒什麼大不了，之前挺不住，大概也只是因為之前都還能避開。苗苑有些慶幸，因為無論是錢財、權勢甚至一個笑臉，她不需要從韋若祺手裡討什麼。只要陳默還是她的，她也就不介意偶爾安靜這幾個小時跟這個女人吃頓飯，陪陳默完成一點心意；如果陳默不再是她的，那麼什麼關係都沒有了，更沒什麼好操心的。

苗苑一直不相信自己也會有狠心的時候，現在才發現其實人人都有冷漠的本事，只是缺點理由。

韋若祺不是生悶氣的人，她心裡有火總是要發出來，所以吃完飯之後就開始數落陳默與苗苑這年過得有多失厚道，新婚第一年，年節裡重要日子都在娘家過了，商量都不商量一聲，這算什麼道理。

苗苑有些詫異：「我二十九日就跟你們說過我要回家啊，然後陳默走的時候沒跟您說過嗎？」

「陳默那叫商量嗎？」韋若祺怒了：「臨上火車打個電話說要走了，我有反對的餘地嗎？」

苗苑眨了一下眼睛：「那您為什麼要反對呢！」

韋若祺愣了，發現今天的苗苑話有點多，居然開始頂嘴了，不由得口氣就重了：「年夜飯妳就讓我兒子一個人回來，這事我也就算了。但是要我說，妳著什麼急趕什麼火車啊，我兒子沒錢給妳嗎？大過年的妳不會買張機票飛回去……就為省那百來塊錢，小眉小眼的。但是陳默總共就五天假，全耗在妳家了，我這裡一天沒來，妳還覺得有理了是吧？」

苗苑想了想，沒說話，陳默一手按住苗苑，視線一轉，落到陳正平身上，陳正平嘆了口氣，拉住老婆說：「算了，我們住得近，隨時想見就能見。那邊一年就回這一次，路又遠，妳就算把年假都給他們又怎麼了？」

「這話怎麼說的，過年能跟平時比嗎？一年能過幾個年呢？結果把我們全撂下了，像話嘛？什麼平時不平時的，平時我不在乎，我要的是過年……」

「媽，妳是認真的嗎？」陳默忽然說。

陳正平連忙瞪了陳默一眼，按住老婆不讓她再說下去，韋若祺原本就是話趕話，說出口了自己也知道失言，卻更加的惱怒。「你說你們……」陳正平左右看看，聲音又沉又無奈：「若祺妳那個脾氣是要收一收，人家閨女也是獨生的，就這麼一個，平時見不著，過年還撈不上，換妳，妳能樂意嗎？」

苗苑鼻子一酸，眼眶紅了紅。

「不過呢，你們小倆口也欠考慮，早點回來又怎麼了，你看現在拖得年假都過了才兩手空空的上門，我們是做家長的，不和小輩兒計較，但是做人行事，真的不能這樣。」陳正平各打五十大板。

苗苑張口欲言，陳默手指一收，整個的握住了她的手背，苗苑忽然心軟，心裡軟得一塌糊塗。她轉頭看了看陳默，心想算了真的，說出來又得吵，吵輸吵贏陳默都得鬧心，反正陳正平算是個她能認可的公公，被他說幾句她也不介意。

於是，她笑了笑說道：「我們老家那邊就時新送土特產，鹹雞鹹鵝什麼的，媽也不喜歡。不過我跟我爸說了，等新茶上季給我寄兩斤，我們那兒的茶特有名，我家有親戚種這個，保證是沒有化肥農藥的。你就當換個口味嚐嚐鮮。」陳正平徐徐笑了，樂呵呵的說好。

雖是一場風波，但好在兩邊都給面子，這讓陳正平有了一種大家長的滿足感，至少表面看來一家人也算和樂，他是在官場混久了的，不會妄想扒開面子把裡子都漂漂白。就這，就不錯了。晚上回去的路上，陳默拉著苗苑的手，輕聲說對不起。苗苑轉身看向他，手掌貼到陳默臉頰上，笑著說沒事，我不會讓人欺負你的，你是我的呀，我自己都捨不得欺負，怎麼能給別人欺負。

陳默愣了一會兒，說走吧，我們回家。

3

開過年，苗小老闆的蛋糕店正式啟動，雖然在表面上看起來這家店沒有任何改變，可是骨子裡挑大樑的那位已經換了主。原先苗苑覺得這世上最清閒的工作就是當老闆，麻煩事不幹，只管坐著收錢，閒來還可以八卦個她好你不好。

可是真到她接了手才知道內有乾坤在，就這麼一街邊小店，麻雀雖小五臟卻全，工商稅務食品衛生監察一家家都得跑過來，小苗老闆累癱在椅子上呻吟，在中國這塊神奇的土地上，要幹點事那還真不易。好在苗同學生了一張親和的臉，再者畢竟小本經營，真有個什麼魑魅魍魎的囧事兒，人家也不屑稍帶你。

苗苑憑著一盒手工精製的小西點與稅務局做業務的小姑娘聊得火熱，無意中曬起各家的男人，小姑娘一拍桌子說，哎呀，妳這是軍嫂啊，按規定軍嫂是有優惠的呀！

苗苑一聽就樂了，對呀！妳說家裡生了一根木頭，長久了也就默認他只是個木頭，完全沒想到還有剩餘價值可供開發。苗苑當場撥了一個電話給陳默，無奈這種軍民一家親的熱乎事陳默自己也說不出個一二三，當場又把電話轉給了成輝。成指導員業務過硬，大大方方的一手攬下，幫苗苑把事情辦得順順當當的。事後苗苑包了一大堆好吃的讓陳默轉交成輝，成指導員心懷大慰，心想老子幫你陳默清掃了那麼多次的戰場，這還是第一次見著回禮了。

到底是有老婆的人了，學會做人了。感動啊！苗苑就這麼磕磕碰碰的摸索著自己的店，雖然陳默這小子靠不上，可是遇事則扯著沫沫與蘇會賢討教也多半能解決，這姑娘沒有太大的優點，不過勝在不拿自己太當回

事，萬事信人勸。所以即便辛苦，倒也沒出過什麼真正的岔子。更何況她盤店的錢全是自己的嫁妝，一筆付清還有節餘，沒什麼財務上的壓力，賺到全算是自己的，這麼一來，苗苑頓時發現自己月收入頗高，儼然城市白領。

只是苗苑如此忙碌，一日勝過一日的忙碌，雖然陳默隔日回家仍有熱菜熱飯甜蜜微笑，可是陳默同志仍然覺得有些不安了。這個女人太忙了，而且忙得好像完全不需要自己的幫助，晚上聽著她嘮叨各種生意經離奇瑣事，這位姐姐那位姑娘剽悍的行事靈活的手腕……陳默自覺有微茫的失落。

好像午夜夢回時驀然驚醒，心頭一片清明。

陳默發覺自己的存在於對苗苑而言實在沒有太大意義，除了那一紙似乎會受到法律保護的婚書與苗苑從不吝於給付的感情之外，像他這樣的一個男人對於苗苑來說，又能有什麼作用呢？

這個女孩子有沒有他都是那樣的快樂，她自得其樂，有很多朋友，並且從來不寂寞。她還在變得越來越能幹，要獨立搞定更多的困難。陳默想假如真有那麼一天，苗苑能把所有的難題都解決，甚至不再抱怨彆扭鬧情緒……那麼，自己在這個家裡存在的價值難道就只是坐下吃完她做的所有的菜？

陳默很不爽，因為在這個領域，侯爺比他更有發揮的優勢。新官上任嘛總是三把火，再苦再累也是火熱的，如今苗小老闆工作熱情高漲，回家都帶著帳本，撥拉著小算盤算這個算那個，美孜孜的賺著錢，苦哈哈的抱怨開支。

由於去年下半年全國的房價都在飆漲，房東先生故作關切的來找苗苑談心，言下之意就要漲房租，苗苑很惱火。明知道裝修那麼大的本錢下去了，又一時半會兒又不可能說搬就搬的，你還漲價，你這不是擺明了欺負人嗎？

苗苑氣呼呼的扯著陳默分析：「你看哈，現在房價上漲了，大家手上的餘錢少了，大家手上餘錢少了，買蛋糕買零食啥亂七八糟的開銷都少了，所以生意不好做了，所以收入低了。我們的收入都低了，他店面怎麼能漲房租呢？他應該降價才對！！」

陳默摸摸苗苑的頭髮說：「但是房價漲了。」苗苑一拳捶在掌心：「所以房價就應該降下去。」

陳默說：「不會的。」

「憑什麼？」苗苑的眼睛瞪圓了。

陳默看著氣呼呼的小妻子忽然覺得很好玩，難得她開始關心國計民生的大事，並且如此投入的把自己氣得不輕。陳默不算好為人師的傢伙，但是男人嘛，都需要在自己老婆面前尋找存在感。

於是，陳默難得的，甚至有些小小顯擺的向苗苑細細道來：「因為中國的土地是國家的，稅費改革後地方政府的經費不足，需要土地出讓金來補充開支，所以只要中國現有的行政經費使用的制度不發生根本性的改變，各級地方政府都不會讓房價降下去，進而影響賣地的收入。」

苗苑眨巴眨巴眼睛，其實她沒太聽懂，她苦惱的皺著臉小聲說：「但是我記得我前幾天看新聞，說中央又出臺什麼什麼條例要調控了。」

「是的。」陳默說：「但是中央的調控目標是抑制房價過快上漲。」他把重音放在上漲兩個字上。

苗苑淚流滿面……太過分了。得知如此噩耗，苗苑連續好幾天都悶悶不樂，她開始有一種生活得很飄泊的錯覺，她心愛的小店在別人手上，那個別人說漲房租你就得漲房租，說你搬出去你就得搬出去。當然那個別人也別得意，他的心愛的小屋也在別人的手上，某個八杆子打不著的人說拆了吧，他就得拆了……

苗苑被這種奇怪的心理障礙折磨很不爽，總覺得自己兩腳離地，生活很不牢靠，眼前的一切美好都如鏡花水月，隨時隨地的一場空。簡而言之，這就是一種強烈的，不安全感。於是，就在她心情鬱悶目光黯淡的了幾天之後的一個下午，陳默忽然打電話報了個地址讓她過去，苗苑頓時一頭霧水，現在是工作日工作時間，在這種時刻陳默從來都沒主動找過她，怎麼明天太陽從西邊出來了不成？

苗苑匆匆向王朝陽交待了一聲，換好衣服隨手招了一輛計程車直奔過去，她實在是好奇，她家的木頭死狗男人要給她玩什麼小花樣，苗苑左思右想，今天也不是個紀念日啊！

計程車開到了地方才知道原來是房產交易所，陳默站在門口等她，苗苑疑疑惑惑的：「怎麼啦，這是？」

「跟我走。」陳默把手伸給她。

苗苑一頭霧水的跟著陳默往裡去，說真的，有時候這丫頭的反應就是慢半拍，迎面看到房東先生都還在想，怎麼這麼巧，陳默推給她一張紙說：「簽名吧！」

苗苑端端正正的簽上自己的大名，然後問：「幹嘛呢？這是？」

負責交易的工作人員一下就樂了：「妳不知道啊？」

苗苑茫然的搖頭，拿著檔案開始從頭看，沒多久，啊的一聲就蹦了起來：「你你……你把房子買啦！」

「是啊，怎麼妳還不知道啊？」

房東先生簽完名也樂：「這是妳老公吧？」

「你你……你這就買啦？買房子這麼大的事你怎麼不和我商量一下呢！」苗苑登時就傻了，腦子裡亂七八糟的，幾千幾百個聲音都在嚷嚷，吵得她找不到地方。

陳默被她這一問倒也問住了，神色間有些僵硬，旁邊一個阿姨實在看不下去了，把剛做好的檔案指給苗苑看，苗苑一低頭，端端正正孤零零的一個苗苑寫在房主二字的後面。即便是這丫頭的反應總是慢半拍，但是這張檔案到底意味著什麼她還是知道的，於是她徹底的就傻住了。就像那次結婚登記一個樣，苗苑覺得剩下的時間就比較迷糊了，她像一個娃娃那樣被陳默牽著走，一路走到門外的車裡，苗苑乖乖的坐在副駕駛座上。

沉默著……陳默有些忐忑，他覺得自己是真的不瞭解女人，雖然同樣是自作主張，結婚那次他確信是他的錯，可是這一回，他怎麼都以為這應該是一件好事。可為什麼明明是一件好事，苗苑卻沒有表現出應該的喜悅呢？

陳默有些的沮喪，這事其實挺簡單的，他有心要把苗苑的店面給買下來，就向成輝提了一下，成輝讓他去找老何，老何同志在西安當了十幾年的警察三教九流都熟得很。於是陳默一個電話找到了老何，老何頭就替陳默找了一家可靠的仲介。

這仲介與老何是舊相識，三人一起吃了頓飯。陳默那種條平板直的形象個性與行事風格對男人可能有點硌應（不舒服），面對女性那是殺傷力無限。尤其是當仲介阿姨聽說陳默這門臉兒是買來給老婆的，老婆的生意做在那裡面，房東卡著要漲價，老婆心情不好了，他心疼了。他陳默的老婆就不能在外面看別的男人臉色，所以他決定動用婚前積蓄把房子買下來。

當然，陳默的原話斷然沒這麼煽情，可是擋不住人自己會腦補。仲介阿姨這麼一腦補就徹底的對此事上了心，這位阿姨人到中年，房產仲介幹了十幾年什麼人沒見過，就對兩類人特別的沒有抵抗力，一種是孝順兒女賺錢給爹媽買房子，一種就是陳默這號的寵夫給老婆買房子，當然關鍵字得是老婆，那什麼小蜜啊二奶啊什麼的，阿姨的大刀片子就得狠狠的宰。

於是仲介阿姨當場拍板說這事你要信得過我，就擱大姐這兒了，大姐一定給你辦得漂漂亮亮的。

要說這位阿姨十幾年就是沒白混，那是真的會辦事，原本房東先生是不肯賣的，可是經不住阿姨三忽悠兩忽悠（誘騙），拿著租售比這個賣房來狂說事。

阿姨說您想您這房子要賣得賣多少錢，要租那才能租多點錢？你覺得這個有意義不？

一年期定額商業貸款利息5.94%，結果您這房子成天看著顧著還得擔心租不出去，一年下來還沒銀行的利息高，你折騰個什麼勁啊？您還不如把房子賣了收回現金，再多盤幾個樓，這年頭囤房子看中的是漲價啊，吃租金那得吃死。再者，您別看人小姑娘生意好就想能跟著漲點，那是她自己會做生意，她現在名聲打出來了，牌子也亮了，她不在你這兒做，換個地方一樣幹。而且人家那男人正滿城的找房子呢，要給自己女人置辦，你不賣，成啊，人家換個新地方重新裝修，人小倆口談的是百年大計，不差這點裝修費。

就這樣，沒幾天仲介阿姨的電話就到了，事辦成了，準備好錢過來簽字吧。陳默有不少現金，不足的部分銀行存單可以辦抵押貸款，所以一次性結清，連按揭都不必，手續簡單。只是人到錢到了陳默才知道這個名非得由苗苑來簽，只好一個電話把苗苑招了過來。陳默正猶豫著是不是應該解釋一下，以說明這個事他真沒有太操心，也不是故意要隱瞞，只是找的人太得力，一轉眼就水到渠成。苗苑悠悠地嘆了一口氣：「你這人怎麼就這麼傻呢？」

陳默揚起了眉毛，不明白。

苗苑特緊張特恨鐵不成鋼的瞧著陳默：「你說你啊，我跟你結婚才多久啊，也就是我了，你說你要是換一個人，萬一她捲上錢跟你離婚了，你上哪兒哭去啊！」

陳默笑了：「換一個人，她不是我老婆。」

「話不是這麼說！」苗苑皺著眉頭：「那你現在是娶到我了，你萬一娶別人了呢……」

「我不娶別人。」陳默側身在苗苑臉頰上吻了吻。

苗苑紅著臉躲：「陳默你現在越來越壞了，我在和你說事呢，你不要這樣轉移我的注意力。」陳默微微笑著發動汽車。

一個男人一個老婆與一間房。

在陳默看來，一個男人總得為自己的判斷負責，一個女人被娶回家當成老婆，如果在老婆心裡，一個男人的下半輩子還不值一間房……

那麼，人是他選的，他認。

苗苑覺得自己長大了，長大了的象徵應該是什麼樣呢？她深沉了！

苗苑覺得如果再早一年，也不用一年，就早幾個月吧，她就該歡呼雀躍不知道蹦得成什麼樣了，她會不會抱著陳默親了又親，會不會馬上招呼著去買好吃的要慶祝，會不會告訴所有人，你看……這是我老公！！

可是現在，她卻覺得心裡沉甸甸的，甚至還抽空托人問了問這個價錢買這個房是不是貴了，聽到人家說價格還算公道，心裡大大的鬆了一口氣。苗苑傷感的檢討自己，以前看明星八卦雜誌，看到那些女人們過生日啊，老公動不動豪宅名車相送，心裡羨慕得不得了，可是為什麼現在擱自己身上就完全不是那回事了呢？她曾

經的那些個風花雪月的感動哪裡去了？

晚上睡覺時苗苑抱著陳默從頭看到腳，心想，沒得救了，怎麼就能這麼傻呢，怎麼就能這麼笨呢？這麼傻這麼笨要遇上個壞女人還不被人欺負死啊！她又從腳看到頭，心想，不能夠啊，他現在有我了，不能讓他有機會去遇到壞女人。嗯！苗苑用力的點了頭，這麼笨的男人，就由我來好好圈養吧。

「陳默！」苗苑戳了戳陳默：「其實我還是很高興的！」

陳默說：「那就好。」

「但是你以後真的不能這麼傻乎乎知道不？我知道你這人不在乎錢，可是你也不能這麼不當回事，而且咱們都結婚了，這麼大的事你得跟我商量啊……」

「我沒有不當回事，」陳默說：「我不會把別人娶回家當老婆。」這句話陳默今天說了兩次，第一次苗苑沒聽清，第二次她聽清了，所以她哭了。

苗苑坐在自己的床上抱著自己的男人哭得唏裡嘩啦的，眼睛鼻子都腫得紅通通，像一隻小兔子，她抹著眼淚說：「陳默你真好！」

陳默把她抱進懷裡：「我真好就不用哭了吧。」那天晚上，苗苑睡得特別有安全感，不是因為她的小店終於是她的了，不會讓人要漲房租就漲房租，說不給租就不給租了，而是……因為她有陳默了。

午夜最靜謐時分，一場雪悄然而至，紛紛揚揚的落下。這是新年裡的第一場雪，碎瓊亂玉壓住了古城青灰色的沉重，苗苑早上起床時陳默已經走了，氣溫又降了，玻璃窗上一片霧茫茫。

苗苑看著窗外朦朧的雪景，伸出手指在玻璃窗上畫出一個心，她想了想，在心裡寫上陳默。這個男人就算笨點呆點木點，工作太忙沒有時間，不懂浪漫不會哄人，婆婆太兇長輩不親切……那又怎麼樣，至少，他從不曾讓她在生活中失去安全感。

苗苑穿好衣服幹勁十足的出門開工，新的一天，她覺得很踏實。

4

鄭楷老大身為一東北漢子自然言出必行，年後沒太久就訂了機票攜嬌妻直飛西安，苗苑對這位大哥很好奇，因為她在八卦時無意中問了一句嫂子漂亮否，陳默很鄭重其事的點了一下頭，說：很漂亮！

哇呀呀，陳默說嫂子「很」「漂」「亮」！苗苑簡直覺得那三個字都得加重音，所以雖然苗小老闆最近事務繁忙，可是接機那天苗苑還是強烈要求的跟著一起去了。飛機沒晚點，苗苑伸長了脖子往出客口看，混沌的人群中忽然閃出一名紅裝女子，長靴過膝，高挑有致，美得幾乎逼人的感覺，容華豔豔將欲然。苗苑小心翼翼的指著她問陳默：「這……這個？」陳默點了點頭，還在找鄭楷。

苗苑激動的扯著陳默的袖子搖晃：「這叫很漂亮？啊，這怎麼能叫很漂亮呢！這叫非常漂亮啊！」

陳默登時囧了，不知道苗苑扯著別的女人發花癡，他是不是應該要妒嫉。

鄭楷夫人穆紗有些遲疑的走到陳默面前：「陳默？」陳默很嚴肅的點了點頭。

「哎呀呀！」穆紗大笑：「不穿軍裝都認不出來了，長帥了嘛！有老婆打理了啊，就是不一樣了，哈哈！」

穆紗有八分之一的俄羅斯血統，骨架修長，再加上一雙十釐米高跟長靴，從苗苑那個角度看過去，她簡直就和陳默是一樣高，苗苑生怕美人兒兩眼平視就從自己頭頂上掠過去了，於是很努力的舉起手吸引注意力說：「嫂子，我在這裡！」

「我知道妳在這裡！」穆紗捂起嘴笑：「我保證我看到妳了，哈哈，陳默妳老婆真可愛。」

「大哥呢？」陳默面無表情。

「他呀，在後面幫人幹苦力呢！跟著他出來就是這樣，好像是上輩子幹搬運的，沒事，咱們在這兒等他。」穆紗笑嘻嘻的扶住苗苑的肩膀上下打量：「呀，我真沒想到，陳默的老婆會是妳這樣的。」

一般來說正常人的美貌都是有限度的，大街上被人叫一聲美女，總是不能和電視機紅地毯上的人物相提並論，但是穆紗屬於超限的那一類。苗苑心想這簡直就是明星啊！明星都沒她這麼漂亮，好漂亮……苗苑兀自花癡著，眼見漂亮嫂子的臉離她越來越近，苗苑暈乎乎的問：「啊？」

穆紗忍不住又笑了。苗苑覺得她這輩子都沒見過像穆紗這麼適合大笑的女子，紅唇輕啟，露出標準的八顆牙，眼角邊的紋路微微往上挑，她明明已經不年輕了，可是別有風情。這個女人好看的不像真人，超出一般水準，以致於苗苑無法把她當同類。

苗苑忍不住又扯起了陳默的袖子……她真的好漂亮。

陳默滿頭黑線。

鄭楷幾乎是最後一個出來的，碩大的旅行箱被他輕鬆提在手上，臂彎裡搭著穆紗的黑色長款羽絨衣，陳默的眼睛一亮，衝過去幫他提行李。

穆紗笑著挽起苗苑說：「來吧，我們兩個湊一堆吧，他們男人就是這樣的，有了兄弟就不要老婆了。」

「誰說的。」鄭楷無奈的追過來給穆紗披衣服：「穿上，外面溫度也是零下。」

那款柔情，那般蜜意，苗苑看著羨慕不已，只是鄭老大比起自家老婆和陳默更加的身高越發的馬大，苗苑仰頭看，也只看到老鄭一隻方正的下巴。苗同學陡然有了一種進入大人國的自卑感，幸而大人國的女皇陛下披

好衣服又親親熱熱的挽起她，如此豔遇，讓苗苑的心情又好了起來。

真漂亮啊！簡直像外國人！苗苑轉頭看，心裡嘖嘖稱讚。

坐上車，穆紗偷偷指著老鄭問苗苑：「我老公帥不帥？」

「還不錯！」苗苑評得很中肯。

穆紗偷笑，眼波流動上上下下的打量苗苑，卻還是驚訝：「真想不到妳是這樣的。」

「妳覺得我應該是什麼樣的？」苗苑很好奇。

穆紗歪著頭想了半天：「不好說，不過我以前看到陳默啊，我還以為他這種人就不會結婚了呢！」

「為什麼啊？」苗苑大驚，陳默這麼好的男人不結婚多可惜啊！

「怪啊，多怪啊，那年他受傷剛好在我老家那裡，老鄭就叫我過去照顧他們，兩個人，都是重傷，陸臻和他。我就給他們燉飛龍湯喝，飛龍啊……多不容易找啊！他老人家喝完就說了倆字兒：謝謝！我問他好不好喝，他說還行，哎喲，把我給氣得啊！」穆紗咬牙切齒的：「我當時就想，這麼不識好歹，將來有人會嫁給你才怪！」

陳默無奈討饒說：「嫂子。」

自家男人怠慢了美人，苗苑倒有點不好意思，尷尬的為陳默辯解說：「其實啊，陳默說還行，就是很高的評價了！」

穆紗一愣，又笑，伸手繞到前座去推鄭楷：「挺配的啊！」

「那是！」鄭楷大笑：「當然配，那就是天打雷劈的絕配！」

陳默又是一頭黑線。

西安城的食宿都不算貴，鄭楷與穆紗來時已經訂好了住處，穆紗戴著深咖啡色的線帽，長髮披肩，挽著高大威猛的鄭楷走在街頭引起回頭無數。苗苑跟著他們身後走，被餘光波及得都有點不好意思，她悄悄地與陳默耳語，這長得太漂亮也挺累人的啊！

陳默失笑，伸手揉一揉她頭頂的髮。

兵馬俑，大雁塔，回民街……到西安總是那麼幾個地方，苗苑與陳默陪著玩了一天，剩下的就由鄭楷他們夫妻倆自己走。穆紗抱著苗苑笑道補過蜜月啦，她給苗苑看錢包裡的大頭兒子照，貨真價實水嫩小正太一名，看得苗苑口水滴嗒。

相處不必日久，苗苑已經發現鄭老大雖然長得粗，其實心思極細，開門拎包一路照顧周到，惹得她豔慕不已。晚上陳氏夫妻夜話，苗苑恨恨然提點之：你瞧瞧人家那老公做的！

陳默有些失落，「我做得很不好麼？」

苗苑大驚：「哎呀呀，你這是在對我撒嬌嗎？」

陳默錯愕。苗苑連忙膩上去，循循誘之：「來嘛，再說一次，聲音再輕一點，要有點賴。」

陳默看到黑暗中苗苑一雙又圓又大的杏仁眼閃閃發光，他鬼使神差的居然當真又重複一遍，苗苑捧心倒地，她說：「我覺得我的骨頭都要酥掉了。」

陳默忍不住笑，原本刀劍一般犀利的眉目此刻柔和得看不到一絲銳氣。苗苑爬到陳默胸口，一本正經的看著他：「嗯，陳默同志，雖然呢，我覺得你在做老公的方面，幹得比人家差了點，但是考慮到我本人在當老婆的方面，長得比人家差了也不是一點，所以基本上，咱倆破鍋配爛蓋兒就這麼過吧，也挺好的！」

說到最後苗苑終於綳不住，窩到陳默懷裡笑成一團。

陳默戳一戳她，小聲說：「破鍋？」

「哎，」苗苑脆生生應道：「幹嘛呢？」

陳默坐起身開了檯燈。

「怎麼了？」苗苑抬起頭茫然不解。陳默卻沒說話，只是靜靜的看著她，伸手理順苗苑零亂的長髮，一縷一縷攏到她耳後去，露出一張心形的包子臉。苗苑的臉有些短，臉頰圓鼓鼓的，整張臉上看不到任何硬朗的線條，杏核眼，鼻子小巧，嘴唇薄嫩嫣紅。就這樣的一張臉，這樣的眉目，走在街頭並不會引人矚目，可是站在人前，多半也會被客氣的誇上一兩句漂亮。

還算漂亮，如此而已。

陳默輕輕撫著苗苑的臉頰，他微微閉上眼睛，試圖回憶穆紗的長相，可是腦子裡一團晶光，太耀眼了，看不清；不像此刻自己掌心裡的這張臉，平凡卻悅目，令他銘刻在心。

「我覺得妳很好看，比她好看。」陳默輕聲說，帶著熱氣呵出來撞到苗苑臉上，粉嫩嫩的包子臉瞬間均開了均勻的紅，成了一隻熱騰騰新鮮出爐的壽桃。千年鐵樹開花，而且開得如此眩目如此自然……如此的沒有徵兆，苗苑驚呆了，鼻子不是鼻子，眼睛不是眼睛。半晌，她捧心倒下，呻吟：「我真的骨頭都酥掉了！」

陳默心滿意足的關燈睡下。半夢半醒之際，他聽到苗苑說：「陳默同志，其實，我覺得你也挺好的，比鄭大哥好多了！」

陳默彎了彎嘴角，翻身把苗苑抱住。挺好！

其實，我從不是最好的丈夫，你也不是最美的妻子，其實我們挺配的。

第二天，苗苑挾著酥掉的骨頭有如神助，搗騰出一樣新品——瑪麗酥！她在一個精緻的淺藍色小袋中放上原味、杏仁、芝麻、花生、玫瑰五種品味一共十塊心型的蝴蝶酥，配上一張半透明硫酸紙印就的甜言蜜語，用象牙色綢緞絲帶紮緊。簡而言之就是一包精裝版什錦蝴蝶酥。就這麼一包東西，售價十三塊一毛四，用蘇沫的話來說你怎麼不去搶。

可話是這麼說，生意卻是好到爆，無數顧客哀嘆著為什麼情人節都過了，店主妳才做出這麼個好東西來，苗苑暗自傷心誰讓我家那棵鐵樹沒能早點開花，臉上卻甜甜的笑著：沒關係啊，只要有愛，情人節每天都過……

所以，請每天都來賣吧。而袋中的甜言蜜語除了主打的「我覺得你很好看，比誰都好看。」以外，還有她從八方收集來的從「老婆，今天晚上我做飯。」「親愛的，辛苦了。」……到「我愛你，我怕自己的心沒有你會完全死掉。」上到六十六下到十六，苗苑力求一網打盡半個世紀的年齡層，結果在白色情人節那天成功的賣掉八百多袋……當然那都是後話。

此刻，鄭大哥與他美麗的媳婦都還在西安，苗苑還在不時的客串著導遊，不知道是心裡有了底氣，足夠的幸福讓人橫生出自信；又或者過分的東西總是一種刺激，過分的美麗亦不例外，於是越是美麗越是容易看到疲勞。大家再多聚幾次，苗苑發現絕代佳人穆紗也可以就是爽快的愛笑的漂亮大嫂，甚至前面那兩個形容詞比漂

亮更重要了。

苗苑是簡單的人，簡單人不喜歡複雜，她繞不過你，她就不喜歡你。幸而穆紗也是直性子，一個女孩子從小美到大，如果沒有太過的生活慾望，個性多半簡單直接，因為沒有什麼事需要她花費心計培養城府。像這樣的兩個人一拍即合是再順理成章也沒有的事，因為陳默的工作忙時間受限制，到最後反而是苗苑陪遊的時候更多。

她帶著老鄭和穆紗去她的小店，豪邁的像一個大俠似的揮手，說放開量的吃。穆紗痛苦的捂住臉說我恨妳！

美食是減肥的天敵。鄭楷隨手從架子上拿了培根麵包咬下一大口，臉上僵了僵：「妳做的？」苗苑得意的點點頭，把自己擺成個茶壺樣。

苗苑的人間小店在臨窗面設了一張小圓桌幾把座椅，平時供客人們歇腳放包用，非休息日的下午，店堂裡空蕩蕩的，連街面上都沒有幾個人。鄭楷老實不客氣的在架子上八八七七拿了一盤吃的，與苗苑她們坐到桌邊。

穆紗看著苗苑笑，指指鄭楷說：「妳別理他，上輩子餓死鬼投的胎。」

苗苑連連擺手說：「哪裡的話，現在都是自己家的東西，大哥喜歡吃我高興著呢。」

「大氣……」老鄭豎起大拇指衝著穆紗抱怨：「妳還戳我，我就說了，我兄弟媳婦，大氣，就是這麼大氣！」

穆紗無奈，低頭笑了笑。

「我操，這他媽什麼運道！」老鄭忽然拍桌子感慨，把苗苑和穆紗都唬一跳：「你信不信，陳默那小子，這輩子沒什麼別的好，就是運氣好，老天爺賞飯吃，他那是天生的順啊，幹什麼都不費勁。」

苗苑眨眨眼說：「不會吧！」陳默多可憐啊，攤這麼個媽，聽說小時候連爹都不親。工作這麼忙，一點閒工夫都沒有，還說過去的工作更忙，要這樣的也叫運氣好，苗苑都不知道那運氣不好得慘成什麼樣兒。

「有些事嘛，過去久了，我跟妳說說也沒關係。」鄭楷濃眉一揚，虎目生輝，穆紗偏頭悶笑。尋常人看著鄭楷那張臉多半就一個感覺——忠厚粗魯！其實日子過久了才知道完全不是那個理兒，猛張飛，心思細膩頭腦靈活。

穆紗輕輕踢一踢自己老公的腿：哎這麼單純的小姑娘你也好意思哄！

鄭楷還她一個眼色：我這也叫哄人？妳就是沒見過會哄人的！

苗苑看不透他們夫妻之間你來我往，一心的雀躍全在陳默身上，她雙手握拳捧在胸口，像一隻好奇的土撥鼠那樣萬般期待的看著鄭楷。鄭楷索性從頭說起，想當年陳默剛剛入隊的時候他就已經在兼副隊的職了，鄭楷第一眼看見陳默就覺得這小夥子有料，可是後來才知道這麼有料，工作那個刻苦，全隊都比不上他，基地槍械庫凡是他能摸得著的槍型他都細細的練過，全隊樣槍的彈道參數都是他做的。

苗苑捂著嘴輕輕笑，那是他喜歡，他玩得高興著呢。話是這麼說沒錯啊，老鄭不服氣，可是當兵的喜歡槍那也是一種天分吧，別人練久了要生厭，他越練越歡實……原本鄭楷只是想讓苗苑多瞭解點陳默，好多對他體諒些，可是說著說著卻入了情。他是軍人，曾經也站在中華陸軍單兵的頂峰笑傲過江湖。雖然對外說起來都是特種兵，都曾經官至少校副隊長，但是鄭楷自己知道是有差別的。

這輩子他只羨慕過兩個人，一個是夏明朗，一個就是陳默。夏明朗他看得透，那是他看著從一個囂張狂傲的小子怎樣一步步成長起來的，夏明朗的天分的確高能力的確強，但是那種高度與強度他看得懂，也知道那人是怎麼練出來的，可是陳默他們都看不懂。

陳默好像橫空出世就這麼落在了麒麟，他們隊裡。天生的軍人，可怕的軍人，所有人費盡心思努力想到達到素質他好像天生就有。不知疲倦，無所畏懼，鎮定得幾乎不像人。鄭楷發現他好像很難向苗苑解釋他的感覺，他眼中的陳默；因為苗苑不懂，她一個柔柔弱弱的小姑娘不會懂得什麼叫軍人的素質，什麼叫天生槍神。她不可能體會那種生死一線之際狙擊手式的絕頂冷靜是多麼的難得與令人崇敬，她也不會明白陳默的傳說，他的成就會在麒麟那樣偉大的地方流傳下去，他甚至比夏明朗更像一個傳說，因為他神秘。

她不懂，都不會懂。

鄭楷忽然覺得沮喪，他想起夏明朗說過的：為什麼不結婚，不想找個老婆過日子？因為沒意思，這輩子最大的成就她不懂，這輩子幹過最驕傲的事，她不覺得。鄭楷從來沒這種想法，因為他從不覺得自己了不起，可是鄭楷覺得陳默了不起。他有些沮喪卻急切的向苗苑解釋，陳默，他真的不是一般人，第一次實戰，真正會打死人的那種，當然，打壞人。

可是壞人也是人，陳默第一次，九發子彈殺了八個人，除了一個需要補槍，別都是眉心中彈。回來之後整個心理小組都炸了，可是他沒事，他好好的，一點問題都沒有。還有一次，零下三、四十度的天氣，陳默胸口中彈大量失血，就這種情況下他還可以在八百米的距離上狙殺……鄭楷忽然閉上嘴，因為苗苑的頭垂得越來越低，穆紗偷偷在他腰上掐了一把，無聲的拍著苗苑的脊背，鄭楷很懊惱，他太心急了，這麼血淋淋的事，苗苑再大氣也是個小姑娘，嚇著她了。

「他這個人就是這樣！」苗苑小聲抽泣著：「因為從小沒人把他當回事，他自己也不把自己當回事。什麼都不要，都不知道心疼自己，你們都不知道我剛認識他那會他過得什麼日子。宿舍裡跟雪洞一樣，衣服全是軍裝。不知道吃不知道穿不知道休息，也不見他發火也沒見他犯急，我想看他一個笑模樣都不容易，也不知道跟我在一塊兒他是不是高興……」

鄭楷目瞪口呆的愣了，有些事情很邪門，好像並不如你想像的，時間的長度並不能決定一切，他忽然發現十年戰友，他也不能說他就比苗苑更瞭解陳默。苗苑抹了抹眼淚：「現在好多了，都跟原來都不一樣了。大哥我知道你想說什麼，你說的那些槍啊，狙擊手是吧，我是不太懂的，我以後會想辦法……去弄弄懂。但是我覺得陳默沒你說的那麼厲害，他只是……他就是，都不知道自己應該被人心疼。」

鄭楷一時之間不知道說什麼好，他無措的伸出手去想幫苗苑擦擦眼淚，蒲扇大的手幾乎把苗苑整張臉都包進去。「妳……妳挺好的，真的，挺好的！」鄭楷拙手笨腳，樣子憨厚無比，他忽然覺得那個永遠正確的夏明朗其實也不一定對。是的，其實有那麼多人懂得陳默做為一名軍人的價值，可是，只有這個嬌小的女孩子，明白，他生為一個人的需要。

穆紗忽然捂住嘴暴笑，伸手指了指窗外，鄭楷剛一回頭就看到陳默困惑的站在外面瞧著他，只隔著一道透明的玻璃牆，近在咫尺的距離，鄭楷連忙把手收回來，竄出門外。

穆紗拍桌子大笑，苗苑無比茫然的看過來，臉頰上還帶著淚跡，穆紗萬般憐愛的給苗苑擦乾淨臉，笑著說：「妳真可愛，連我都想愛上妳。」

苗苑有些害羞。

穆紗非常認真的看著苗苑，慢慢的說：「說真的，聽了妳和陳默結婚的事，我真的非常非常的妒嫉妳。」

苗苑驚訝的睜大了眼睛。穆紗嘆氣：「妳都不知道，妳有多幸福！」

「哪有啊，他那個媽，我也不容易的！」苗苑不服氣。

「可是至少陳默在妳身邊。」

「哪有啊，他一個禮拜要值四天班。」苗苑一想起這層就委屈的不得了。

穆紗呵呵笑：「我有一年就見了鄭楷四天。」

苗苑驚呆了。

5

家家都有本難唸的經，家家都有。幸福的日子總是相似的，只有不幸福才會生出各種枝節。

與苗苑不同，穆紗有個好婆婆，特別親特別寵愛，比親媽更疼三分，像鄭楷說的，這個老婆最後能守住，他媽有一半的功勞。但是穆紗有她的痛，新婚、懷孕、生子，最甜蜜最激情最脆弱最需要愛的日子裡，老公都不在身邊。那個男人在千里之外，某一個模糊的地方，連去探親都得提前約好，要不然很可能碰不上人。

要見他很難很難，要天時地利人和，有一次鄭楷下午三點打電話告訴她人正在廣州，明天有半天假，可以外出。穆紗馬上請假訂票開車去哈爾濱，趕晚上七點的飛機直穿整個中國。當天晚上十一點相遇，第二天中午十一點分離，十二個小時什麼都沒幹，兩個人坐在賓館套間的大床上相互看著，怎麼都看不夠，不覺得餓也不會睏，連說什麼都忘記了，只是長久的凝視。

到後來，模模糊糊的知道了一點丈夫工作的性質，就更怕，有時候十天半個月接不到電話整個人都是空的，心驚肉跳，看到長途號碼的陌生來電都不敢接，生怕有個人沉重哀傷的告訴她一個噩耗。

「妳能想像嗎？」穆紗明麗的雙眸中蒙著淚光：「我晚上睡下，躺在床上，不知道這分鐘他是不是還活著。」苗苑不自覺張大了嘴，然後緊緊捂上。「那種感覺最難熬，我怕了。我那時候想，這男人有什麼好？死就死了，死在外面算了。」

「可是……可是妳還在堅持。」苗苑小聲說。

「因為捨不得。」穆紗笑了笑，臉上有異樣的光彩，那一刻苗苑覺得她美得驚心動魄。

「這個男人沒什麼好的，可我就是稀罕他，別人再好我也不稀罕。他就算對不起我，再對不起我，他至少有一樣好，他從來都不曾讓我在愛中感覺卑微，他寵我，真心的。」

穆紗溫柔的看著苗苑：「我是真的嫉妒妳，我寧願面對十個壞婆婆我也要一個能在我身邊的男人。妳現在還小，經歷得太少，很快妳就會發現一個婆婆真的什麼都不算，妳真正需要面對的是他的職業。妳要能忍受有一樣東西他們心裡比妳更重要，他們不能像別的男人那樣說辭職就辭職，炒老闆魷魚就因為妳不高興。妳很快會明白，分離還不是最可怕的東西，最可怕的，是隨時隨地的不在。不在，就算這一刻還在妳身邊，下一秒也會不在，隨時隨地的被征招，在妳最需要他的時候，有一個命令比妳更重要……」

苗苑忽然想起了那個清冷的日子，那場車禍，陳默不在的日子。他不在。苗苑忽然有些唾棄自己，就因為他一次不在，妳就跑了，如果他不來追妳呢？

「妳嫁給了一個軍人，從此別無選擇，妳要把自己的心變得很硬很硬，妳要自己能堅強，能照顧一個家，別讓他太擔心。妳要能保護他，明白嗎？」穆紗垂下眼睫，眼淚滑落。

苗苑有些笨拙的站起來把穆紗抱進懷裡：「穆姐姐……都過去了，我們都會好的。」

門外，陳默被鄭楷拉著一路走到拐角，雖然他也知道陳默不至於以為自己在調戲他老婆，可是鄭楷仍然感覺大囧，這輩子少有的丟人現眼，心裡咬牙切齒。

「我們這次來，是有任務的你知道吧？」鄭楷臉上燒得有點紅，站在風裡也不覺得冷。

陳默點了點頭。「陸臻那小子，還有夏明朗，老說你們小倆口都不像是會過日子的人，當然主要是你。」

陳默又點了點頭。「然後呢，我就想啊，你小子他媽的油鹽不進啊，我就想先跟弟妹去扯扯，讓她對你增加瞭解，沒想到扯過了點，弟妹就……就哭了嘛……」

陳默輕輕的喔了一聲，調子略拖得長了些，鄭楷忽然警覺：「你小子是不是在看我笑話。」

陳默微微的笑了，他退了一步，防著老鄭出手找回來，可是鄭楷卻愣了，指著陳默的臉說：「自己摸摸，你笑了。」陳默當然沒摸，笑沒笑他還是知道的，他只是詫異的看著鄭楷。

鄭楷卻嘆了口氣：「你真的和以前不一樣了，你以前沒那閒心逗樂子，你以前也不怎麼笑。」

陳默揚起了眉毛：「人總是會變的，我覺得我在變好。」

「是啊！」鄭楷伸手攬住陳默的肩。

他們在街上繞了一圈，走到馬路對面去再繞回來，在這個角度可以看到坐在蛋糕店窗邊的苗苑與穆紗。

鄭楷說：「你嫂子正在進行組織任務，你放心，她對小姑娘比我能多了，唉，早知道就應該直接讓她上，我幫你就成了。來吧，有什麼想問的只管問，我知無不言。」

陳默仔細想了想，又覺得此刻一切都好，似乎也沒什麼特別想問的，他從來遇到的都是瑣事，兵來將擋水來土掩的那種，出現一次解決一次，下次很可能又是一件新問題。時間久了，又發現所謂的過日子好像就是這樣，層出不窮的瑣事，細細碎碎的磨，他已經有些懂得苗苑的意思，沒有是非沒有對錯，他也贊同陳正平的心願，家和萬事興。

陳默覺得他現在還好。

鄭楷想了想，問道：「為什麼，娶她做老婆？」

陳默一愣，有些詫異的看著他。

鄭楷擺了擺手，說道：「我不是說苗苗不好，這姑娘好，好姑娘，但是天下好姑娘也不少，為什麼找她做老婆，你想過沒有？」

陳默略略垂下視線：「天下有不少好姑娘，但是別人我不認識，也不打算認識。」

鄭楷悶笑：「就這樣？」

陳默說：「如果硬要問為什麼，我也說不好，但是看著她我很安心，我信她，我的老婆就得跟我一輩子。你知道，像我這種人，找老婆，沒錢不能幹沒關係，長得漂不漂亮也不重要，但是，任何時候都不能在背後捅我一刀。」

「不錯嘛！你小子比我當年好多了，你哥我那時候哪知道什麼叫老婆啊，就知道娶了個漂亮妞，抱著睡覺美啊！可這日子不還是過來了嘛？」鄭楷大聲笑著拍陳默的肩：「陸臻他就是娘娘腔，嘰嘰歪歪扯得你好像明天要散夥了一樣，他自己名堂多就以為別人也跟他似的一肚子彎彎繞，也就……哎，不是一家人不進一家門啊。我就說了，男人過日子那有那麼精細的，吵吵架逗逗嘴裝裝孫子哄哄老婆開心，過日子不就是這樣嗎？」

兩個大老爺們站在風裡談著老婆經，陳默看著鄭楷點頭，臉上沒有太多的表情，可是眸中帶了一點點笑，分外的亮。

「當年你走，是嫂子的要求嗎？」陳默問。

「也不算是，」鄭楷的笑容一斂，有些沉重：「她沒說叫我回去，她說這輩子就跟我耗上了，我想幹就幹多久都成，反正這家她撐著，兒子她能養……但是，她說現在這日子她過一年得老十歲，她就怕活不到我回家。」鄭楷自嘲的笑了：「我當時，那滋味啊……我就想，鄭楷你他媽就是一犢子，操蛋玩意兒，你算什麼貨，人家好好的如花以玉的黃花大閨女跟著你守活寡，缺德啊！我要問我那時候想不想走，拍胸脯子老子不想，我還能幹，跟兄弟們在一起多爽啊！可是……」

鄭楷伸手攬住陳默的肩膀：「哥以前老是跟你們說，男人大丈夫要幹的是事業，就不應該把精力花在女人身上，我現在也是這話。但是有一個女人是不一樣的，那是老婆，什麼叫老婆，能為了你死扛的女人。為她啊，花多少工夫都應該。」

陳默忽然笑了笑，他想起了歡呼雀躍著做超人狀高喊：「苗苑加油！」的那個苗苑，那雙手雖然小，那肩膀多麼柔弱，可是從不見她絕望，總是在哭泣之後又滿懷希望的笑，眉眼彎彎的窩在他的懷裡，像一叢溫柔的火。

鄭楷一時有些愣，眼前這個陳默看起來簡直有些陌生，但是變好看了。不是說換了便裝，五官長好了，都不是。以前的陳默也挺帥的，全隊共認的帥，可那時候他不好看，甚至沒人敢看他。

聽說愛情能讓一個男人成長，婚姻讓男人成熟，這話酸是酸了點，其實也蠻有道理的。

由陸臻攛掇的一場婚後教育課沒對陳默有太大的影響，倒是讓苗苑的小心靈震動不已，首先，她端正了態度，其次，她找出了不足……最後，她訂下了目標。

穆紗說陳默不像她家老鄭目前已經轉做刑警了，大部分軍人將來都有轉業的問題，三十多歲從部隊上退下來，如果一時找不到適當的工作那是很麻煩的。在部隊上手下管著好幾百號兵，呼風喚雨的，轉到地方上本來就憋悶，如果家裡花銷跟不上，必要的生活水準都維持不了，那麼日子就難過了，男人一定會很受傷。

貧賤夫妻百事哀，一個男人窮凶極惡小心巴拉的想賺錢的樣子是最難看的。所以一定要從現在開始就做好

規劃，要有那種經濟準備去應付一個男人事業的低潮。苗苑深以為然，那是她的陳默呀，如果她的陳默不能威風凜凜帥氣又拉風的活著，卻成了被一文錢難倒的英雄漢，那得多麼的悲摧，這要讓她情何以堪！？苗苑覺得自己還是太幼稚太沒有前瞻性了，她痛定思痛之餘從此人生有了新的目標。

於是，她毅然決然的改了ＱＱ（即時通）簽名檔：好好工作，努力賺錢，為在十年之內能把陳默當成小白臉來養而奮鬥！！

苗苑有個很好的習慣就是喜歡把決心表在ＱＱ簽名檔上，頗有點公開透明請人民群眾都來監督的味道，當然這通常也挺有效果，比如說在簽名檔寫上：早睡早起，我要身體好！那麼，到了十一點總會有人提醒她去睡覺。

可是像這樣的十年計畫，苗苑不能確定這麼幹是否有效，可是，這畢竟是最有誠意的發誓法了，她的朋友們看到此簽名檔，多半笑得極賊，甚至還出現了不少變種，比如說：好好工作，努力賺錢，為在十年之內能把房管所當成小白臉來養而奮鬥！！

苗苑很滿意，因為陳默要比房管所好養多了。可是沒過幾天，遠在北京的陸臻同志忽然心癢，想要小八一卦，看看他之前派出的說客到底有沒有圓滿的完成任務。很可惜，陳默過河拆橋，三句話問不到半個重點；鄭楷乍乎乎的，倒想教育他怎麼處夫妻之道……小陸中校於是鬱悶了。

鬱悶了的陸中校忽然眼前一亮，對的，陳默是個鐵蛋，連蒼蠅都找不到縫，但是可愛的小苗苗那就是一個香香軟軟ＱＱ的牛奶布丁，找她套話……開玩笑，陸臻自信十個苗苑都抵不上半個自個兒！

陸臻記得當時去西安吃飯，小苗苑給過他一個ＱＱ號碼，雖然時過境遷，可是陸臻還是輕而易舉的把號碼從記事本裡找了出來，所以說，擁有一種良好的生活習慣是多麼的必要。陸臻想到就做，隨手下了個ＱＱ登入，電腦螢幕的右下角彈出一個小小的對話框：外網監控。

陸臻嘿嘿一笑，心想，控吧控吧……讓你們看看我黨我軍優秀幹部的家庭生活。可是，事實上……那天，陸臻連一個字都沒有跟苗苑聊上，他在看到苗苑ＱＱ簽名檔的第一眼就傻了。陸臻用力揉了揉眼睛，把那句話從頭到尾小聲唸了三遍，然後捶桌狂笑了十分鐘，從轉椅上翻了下去。

外面加班的工作人員聽到響聲跑進來，驚訝的看著他們精明強幹的上司笑得像個傻瓜一樣趴在地上爬也爬不起來，陸臻捂著肚子揮手，說出去出去，沒事……他掙扎著爬回去坐好，把整個ＱＱ對話方塊截圖另存，略做提示，轉發給了夏明朗。

春節前後都是訓練淡季，冬訓已過，春訓未至，夏明朗最近的生活規律極為健康，結果直到早上八點才看到這條陸臻中校發於午夜的郵件提示。夏隊長盯著那條提示看了三秒種，曲指給自己彈出一支菸點上，開始一天的工作。這一天的工作很常規，訓練，計畫，開會，報告……有些繁瑣但不難應付。一直做到晚上八、九點鐘，夏明朗關閉最後一個工作程式，長長了呼出一口氣，轉了轉脖子，起身給自己換了一杯新茶。

綠茶，茶葉是去年的，但是存得很好，熱水沖下去，茶香青澀濃鬱。夏隊長眯起眼極愜意的喝上一口茶，滑鼠輕點，把陸臻的郵件點開……軍網內部的速度其實挺快的，於是圖片附件幾乎就像彈出來似的佈滿螢幕，夏明朗定睛一看，一口茶水噴出，濕了整個螢幕。可憐的夏隊長咳得七死八活的扯袖子去擦螢幕，擦到一半時定睛再看，差點沒把桌子又給捶出一個洞來。

我操，這年頭……夏明朗心想，這年頭……你說這年頭還有什麼事是人不敢幹的，這人有多大膽，這地就有多大產啊這是！夏明朗深感自己看走眼了，別看人姑娘生得小，人小心不小啊！那句話怎麼說得來著，心有多大，舞臺就有多大！這小宇宙爆發起來，杠杠的！夏明朗把圖片傳去列印室，噴墨彩印，四十張，他連夜糊滿了全基地兩個食堂的招貼欄，長排黏好，那叫一個氣壯山河。第二天早上整個基地都暴了，陳默……啊啊啊，陳默啊！！

人民群眾紛紛感慨不是一家人不進一家門。夏明朗在午飯時教育手下兄弟，男人，什麼叫男人，那得有魅力！什麼叫新時代的好男人，走在路上要有回頭率；泡上妞，咱追求回床率；娶了老婆，那得有回養率。你們看哈，養老婆不算本事，讓老婆養，那才叫本事！一中隊集體聞言起哄，紛紛表示夏隊長文成武德江湖一統，素質過硬思想進步，一定能早日完成讓老婆養的鴻圖大業。

夏明朗淡然一笑，心想你們這幫土豆，自然不能體會有夫人養的幸福。那一天，麒麟基地如此歡樂，雖然人已不在，但是兄弟是一輩子的，流水的營盤鐵打的兵，離開了的兄弟如今家庭幸福美滿，是所有人的開心事。雖然一個男人被女人當小白臉養，這話好像聽起來都不是什麼好事，但是陳默不會，因為那是陳默，這句話用在陳默身上只有無敵的喜劇。

方進忍了再忍，忍了又忍，終於還是沒忍住給陳默打了一個電話。方進問，你知道苗苗嫂QQ簽名是什麼吧？

陳默說，QQ簽名是什麼。方進囧然，扭捏了良久之後低聲啊啊勸道，你找個機會看看吧。

陳默有些困惑，他想了想去原傑辦公室找原傑。小原中尉正在努力的趕報告，忽然自家死神隊長杵到近前面無表情的問：「你有沒有我老婆的QQ號？」

原傑大驚，嚇得心臟都停掉一拍。

「有沒有？」陳默問。

「有有QQ……」原傑不敢說謊，可又忙不迭的解釋：「那個，朝陽，朝陽她讓我加的，說以後，以後聯絡起來會方便點……」原傑語無倫次手忙腳亂，開軟體上QQ搜索「人間苗」按兩下點開……

陳默的眼神毒辣，瞬間掃到關鍵處，輕唔了一聲，傾身湊近細看。原傑只覺得泰山壓頂，那氣場，壓得他話都說不上來。他茫然又無辜的看著陳默的下巴，眨巴了好一陣眼睛，卻看到陳默臉上露出一絲模糊的似笑非笑的柔和，原傑茫茫然轉過頭無意中瞥到螢幕兩個關鍵字，陳默，小白臉……

原傑知道自己撐不住，一把捂住了嘴巴。

陳默低頭看了他一眼，原傑的眼珠子驚慌失措的亂跑，他生怕自己一開口就笑出來，於是拼命吸氣，憋得臉上發青，陳默一聲不吭的走開了。原傑強撐著忍了一會兒，像做賊似的小心翼翼的爬出去看了看，確定走廊上空蕩蕩無一人，頓時暴笑出聲，捧著肚子癱在門口站不起來。辦公室內的其他人紛紛投以關切的目光，原傑笑得喘不過氣來，伸手指著電腦：去看去看……

於是，很快的，辦公樓裡傳出一聲又一聲壓抑的狂笑。其實部隊遠比地方上八卦，好事壞事通通傳千里，冰山死神陳默同志的小白臉事件像一個風暴那樣迅速的擴張，轉眼間成為了西安市武警總隊無人不知無人不曉的傳說。

據說，當然是據說，總隊長在某次開會之後關愛的拍著陳默的肩膀問：要不要給你家那位評個擁軍模範標兵什麼的。據說，當然還是據說，陳默鎮定而從容的回答：您決定吧。

苗苑是遲鈍的人，她到很久之後才從成大嫂那裡收到消息，苗苑無比惆悵的想，我的標兵呢？我都打算自費給國家養軍官了，我怎麼不是擁軍哪裡不模範啊……身為一個從小到大沒有得到過任何獎狀的孩子，苗苑真心期待她也能有面錦旗掛掛，就像，電視裡演的那樣。

第四章

親愛的，我們不要分開好不好

三月春近，草長鶯飛，小警察陶治傷口長齊出院，成了人間的常客。苗苑看到他有一種微妙的情懷，類似於你的生命好像有我入了點股，總是很關切。

陶治感動之餘琢磨著救命之恩何以為報，本當以身相許，很可惜，他肯她還不肯呢，人家那男人不是一般人，要打估計是打不過的，一個手指就能摁死他（這句話為陳述句無修辭手法運用）。但是陶治身為新時代正直有為宅青年，一向秉承著有仇報仇，有恩報恩的Jump系生活原則，眼下恩債肉償是不成了，他就考慮是不是能賣點腦力好平了這筆帳。

陶治試探著向苗苑建議說：「我給妳弄一個網站吧，買點網路空間做點頁面，介紹介紹產品，再整個BBS也好招點會員什麼，妳隔三差五的上去教人做做蛋糕，炒炒網路人氣。將來弄好了，還能線上下單，那就是電子商務啊！」

「你會啊！」苗苑被唬得一愣一愣的，睜大了一雙杏仁眼，裡面閃得都是崇拜與景仰的光芒。

小警察陶治破碎的自尊心在這一刻得到了極大的滿足，他極淡然的抓了抓頭髮說：「小意思嘛！」

天下事難者不會，會者不難，陶治是正職的網警，四年專業培訓N年自我攻關，老爹是業餘攝影發燒友，從膠片機開始就在玩單眼，剛進大學又被女朋友拐進動漫社幹了無數美工活，江湖人稱PS小天王，招牌就是你給我一台電腦，我還你一個世界。

所以，如果陶治放話說我要給你弄個小網站，那真是，小意思……就像陳默說我幫你把那個人給斃了那麼

的小意思，好吧，這個例子舉得不恰當了一些。總之，事實就是陶治想到就幹，極富行動力把這個事給辦了起來，還不到一週，小網站已經似模似樣的建立了。

陶治自從工作後就總是在折騰公安局那素面仰天的黃臉婆，再不就是監控那些神奇的關鍵字，好久不搞這等風花雪月，工作幹得極為投入，聲光電……flash特效一把一把的。苗苑拿了地址，每天晚上刷一刷，就像在看自己的屋子，添磚加瓦硬裝修精裝修軟裝修，一步一步從無到有，感覺這簡直就是神奇。如果不是Q Q簽名檔已經被陳默同志牢牢佔據，她簡直想昭告天下：我認識了一隻神桃兒！

神桃兒建立完整個分頁檔，用他的話來說，房子造好了，得入住了，入住什麼呢？蛋糕！美麗的蛋糕照片！聖人云：吾從未見好德如好色者也！所以你看那網上賣得最好的商品，總有無敵的賣相與PS（Photoshop）。

陶治在Q Q上說給我傳點照片，我給妳P一下（用Photoshop美化圖片）。苗苑很羞愧，她還沒給她的蛋糕娃拍過照片，當然如果需要的話她可以明天去拍一點，她有一台八百萬畫素的SONY卡片機，陶治看到SONY那四個字母時嘴角一抽，看到卡片二字直接暈了，他用上鄙視的小表情說，「得了，別折騰了，我改天回家把我的裝備拿過來，我來給妳拍！別墅都造好了，還差那幾身衣服嗎？」

苗苑心花怒放。

陶治是技術宅，屬於宅得比較有追求有技術那一群人，他為求效果專門買了一套簡易打光台，帶上他的單眼，帶上他的鏡頭、他的手柄、三角架……零零總總，裝好一個拖箱挑了個春光明媚的下午殺去苗苑家。

苗同學開門看見他還想客氣：「哎呀呀，你看這麼麻煩，其實我家裡也有相機的。」可是一轉身看到陶治殺氣騰騰的黑色拖箱，再看看自己巴掌大的小相機，苗苑知趣的閉上了嘴。

陶冶想盡可能的利用自然光，他一個個房間看光源，最後選定了客廳向陽的那一面，落地的玻璃窗拉開到底，陽光溫溫柔柔的漫進來，背後加一塊打光板，光線正好。陳默正在午睡，雖然陶冶跳過了臥室沒看，可是被他這麼一折騰也醒了，穿好衣服出門，正看到苗苑在撥弄陶冶的長槍短炮，陶冶在旁邊默默的看著，一臉低調的驕傲，陳默走過去摸了摸苗苑的頭髮。苗苑興奮的轉過臉，現炒現賣的向陳默展示型號參數與用途。光線不等人，選好了就要抓緊拍，為了方便看照片，陶冶和苗苑兩台筆電齊齊放在地毯上，苗苑負責擺盤換蛋糕做裝飾，陶冶負責咔嚓。陶冶咔嚓了一陣，忽然發現陳默不見了，轉頭四望，正看到傳說中的冰山死神陳默少校捲袖子拎了一塊抹布走進書房，陶冶嚇得一個寒顫，扯著苗苑說：「你們家陳默做家務事啊？」

「不會啊！」苗苑茫然：「我做啊……哦，你說打掃環境哦，他幹的。」

陶冶瞠目結舌，整張臉化為一個難以置信的囧字。

「你什麼表情？」苗苑嫌棄的指著他：「分開做家務不應該嗎？他也不能在家吃白飯啊！」陶冶一動不動的維持著那張囧字臉，進而看苗苑的眼神都加了三分景仰。苗苑自覺得意非凡，但其實這工作還真不是苗苑給派的。本來嘛，陳默一週回家沒幾天，而且苗苑自小就能幹，手腳靈便，買菜做飯又是主要業餘愛好，原本苗苑覺得陳默能湊合著給洗個碗就不錯了。可是結婚沒多久，倒是陳默先受不了，他也不是嫌苗苑不乾淨，他是嫌她不整齊。

苗苑起初覺得這項罪名太受傷，她堂堂一個姑娘家被一大老爺們說邋遢這臉面她得往哪兒擱啊！於是拼命努力奮鬥為尊嚴而戰，可是無論她怎麼幹陳默都不滿意，苗苑最後終於怒了：行啊，姑娘我就這生活規格我也

活了二十多年了，你要真嫌我拾掇得不好，你自己收拾唄！

有些人最喜歡指手劃腳，把別人的工作一步步批評，說一千遍的「你應該……」，但是陳默不會，陳默會說「我來」，他開始捲袖子。等他風捲殘雲一般的收拾完整個屋子，苗苑終於絕望的意識到她這輩子也不可能達到陳默的生活規格了。餐桌，東西不能擺過三件，一個紙巾盒幾個碗墊，再加一個花瓶到頂；電視櫃上只有電視；沙發上只有沙發墊；然而最可怕的是衣櫃，那裡面所有的衣服都被順過，從長到短，從薄到厚排得有如待檢閱的士兵，所有的襯衫、T恤都被摺成了一個大小。

苗苑淚流滿面，她說陳默，我真的不可能幹成這樣。陳默平靜的摸摸她，口氣淡淡的說，我來吧。

苗苑長長的鬆了一口氣，心想那沒問題，你愛怎麼折騰自己折騰。苗苑有個阿姨略有潔癖，但是自己不幹總愛抱怨，她很擔心陳默也會這樣。這層顧慮消失之後，苗苑開始強烈懷疑是不是把所有的T恤都疊成一種大小會有著某種變態的成就感。

但是陳默說不是的，這只是一種簡單的習慣，並且這麼做很方便。方便……苗苑聽著心裡直抖，但是陳默幹活可怕的快，最多一小時，整個屋子從裡到外都能順完，苗苑偶爾陰險的琢磨，陳默將來如果找不到工作，就讓他去做家政吧……會很賺的，而且技驚四座。

即使是再相愛的伴侶，新婚同居都像是一場冒險，你在慢慢的向他展示自己，二十四小時的自己，他不曾看過的懶散與私密。而你也在慢慢的感覺他，那個與感覺中不一樣的他。

所有的女神與男神都在這一刻節節崩潰，脫去炫美的榮光化為普通人。

可是苗苑總覺得她不是的，她的陳默有各種各樣的怪癖，很怪，但是她都覺得可愛。與陳默一起的生活越來越像是種探秘，好像在挖寶藏一樣，每時每刻都會有匪夷所思的發現，起初她驚訝，然後她驚奇，最後她開始樂此不疲的挖掘陳默的與眾不同。

她在想，我嫁了一個神。

陳默不喜歡陌生人，他很少笑極少動怒，他對外人幾乎沒有任何表情。陳默看完電視會把遙控器放在茶几上一個固定的地方，苗苑曾經神叨叨的測量過，誤差不會超過三毫米。陳默不喜歡逛街，不喜歡百貨公司，他最恨小飾品店，但是他有可怕的記憶力，只要走一次，他能把所有的東西都記下來。

當然，他也能輕而易舉的告訴妳，妳的那條灰色呢褲，在哪一個櫃子的哪一層的第幾條褲子之下。

……陶冶很詫異，他想，雖然陳默會做家務這個現實於他而言衝擊力是大了一點，可是苗苑這姑娘既然已經跟他結婚這麼久了，按理說在這個問題上應該已經很淡定了。可是為什麼他也只是提了這麼一下，但是現在連他都鎮定的破石而出了，苗苑怎麼還維持著一臉神遊的微笑，眼神像在做夢……

陶冶用力的戳一戳苗苑，示意，幹活啦！！

苗苑如夢初醒。陳默很快的就完成了他的整理工作，把一個略顯雜亂的家打造得有如軍品，結果接下來陶冶的感覺就有那麼一點不太好了。據苗苑說陳默沒什麼娛樂愛好，平時難得有空閒也就是看個電視，CCTV-7或者CCTV-10，也不太挑，有什麼看什麼。所以陳默做完工作選擇在客廳的沙發坐下打開電視，那簡直就是再順理成章也不過的事，可是陶冶卻漸漸的，感覺到一種如芒在背的壓力。

起初，這種感覺是很淡的，陶冶常常拍著拍著就忘記陳默的存在，然後疑惑電視開著給誰看呢，無意中將頭一轉，看到面無表情的陳默虎踞一隅，自己把自己嚇一大跳。

被驚嚇的次數多了之後，陶冶就忍不住時不時的想要確定一下陳默在幹嘛，於是情況開始變得不對了。因為無論他怎麼的偽裝不經意，幾乎在他看向陳默的瞬間，陳默都會調轉視線對上他，陶冶頓時大窘，有如捉賊見贓。而最要命的是陳默的目光中彷彿沒有一點感情，無機質一般無驚無奇，沒有詢問也沒有困惑，好像就是那麼單純的看著，陶冶連忙尷尬的轉過頭，他也淡然的收回視線繼續去看電視，陶冶被他看了幾眼之後全身都開始不舒服起來。

初春時節，春寒料峭，可憐的陶冶小同志在陳默不經意的存在感中後背隱隱冒汗，終於相信陳默那名頭來得不虛。為了掩飾這種莫名的緊張，陶冶摸出手機在苗苑擺盤的間隙裡頻頻發消息以顯示自己很忙很鎮定，然後又匆匆忙忙的扔下手機拍照。無奈架子擺得再好也是心抖手不穩，無敵兔子份量不輕，拍出來的照片十張震掉八張，糊到一塌糊塗。

陶冶很心碎，什麼叫氣場，這就叫氣場啊！啊啊啊！更可惜福無雙至禍不單行，就在陶冶哀嚎的同時，他悲摧的發現手機找不見了，失去這一裝淡定的利器，陶冶越發的手足無措起來。只見他一邊無辜的安慰著自己：我很忙啊，我很鎮定！一邊在地毯上東摸西摸翻翻找找。

不一會兒，連苗苑都看出問題來了，詫異的問道：「你怎麼了？」

陶冶強笑：「沒事沒事，手機找不到了。」

苗苑唔了一聲，轉頭看向陳默，陶冶一時莫名，卻見陳默一聲不吭的起身走過來，伸手抬起一節沙發，陶冶駭然看到自己的手機端端正正的躺在沙發下。陶冶這記嚇得不輕，眼巴巴的看向陳默，連自個兒的東西都忘記撈，陳默等了他三秒鐘，抬腿把東西踢出來，再次一聲不吭的走了。

「神吧！」苗苑笑眯眯的。陶冶愣愣的點頭，下巴掉了下來。

「這算什麼，我跟你說，還有更神的！」苗苑眉歡眼笑：「陳默，他剛剛發了幾條短信。」

陳默說：「我沒注意，十八到二十條。」

不會吧！陶冶大驚失色，手忙腳亂的一數，果然，二十一條！這……這是什麼回事，陶冶震驚了，眨巴著無辜而心慌的小眼神巴巴的看著苗苑。苗苑笑得異常開心，就像一個小女孩在展示她最心愛最美麗的布娃娃，歡喜得不知道怎麼辦才好的樣子，眼角眉稍都是得意。

她同情的看陶冶說：「神吧！這就是特異功能！」

「真……真的嗎？可是，他為什麼……」陶冶結結巴巴的。

「放心吧，沒事，他沒盯著你，要不然肯定是準確的數目！」

苗苑嘿嘿笑：「跟你說，神著呢，我以前兩年丟三隻手機兩次錢包，自從跟他在一塊，我再也沒有丟過一分錢。」

啊……陶冶緩緩轉頭，極糾結而景仰的看向陳默。天色漸暗，苗苑見陶冶漸漸心慌氣短兼手震，以為小同志這就累了，心裡琢磨著這娃真是比女孩子還吃不得苦，同時又心疼，你看人家大傷初癒就熱心腸的來幫忙，好人啊！苗苑這麼一心疼就體貼上了，擺擺手說不拍了，反正也拍了這麼多了，挑挑總是能用的，餓了不？我們把蛋糕吃掉吧！

陶冶聞言長長吐出一口氣。苗苑這次帶回家十幾塊蛋糕，都是店內最招牌的招牌，拍完照在茶几上一字擺開，氣勢磅礴。苗苑直接拿了拍照用時的叉子瓷盤穩穩的托起一塊巧克力軟心蛋糕遞給陳默。

陶冶這會兒對陳默同志的一舉一動都分外上心，想像中勇猛的前特種兵中隊長吃東西時似乎也應該龍精虎猛，但是陳默的表現讓他大失所望，緩慢的細緻的……如果不是那個詞用在陳默身上實在與身分太不相符，陶冶感覺那模樣簡直有幾分優雅的味道。

陶冶搖了搖頭把那些囧囧有神的ＹＹ（幻想）趕出大腦，專心致志的去對付自己的份額。陶冶不太嗜甜，苗苑貼心的給了他一份茶几系列，有鹹有淡，都不太甜膩，這是陶冶的最愛。等他津津有味的幹掉一個茶具再抬頭，猛然又瞪大了眼睛，他發現陳默面前的盤子空了兩個。苗苑眼神夢幻的像在看什麼瑰寶似的看著陳默，正在把第三個蛋糕往瓷盤裡移。

總共十六款蛋糕，就在陶冶吃完一份茶几四個小蛋糕的同時，陳默幹掉了七個完整的全份。

陶冶百思不解，心中感嘆：這真是，貓一樣的吃相，豬一樣的食量。

這第一次的拍攝之旅在陶冶看來是異常糟糕的，而究其原因，他覺得問題還是出在陳默身上，這個有如芒刺一般的人物可以寂寂無聲的給人以無窮壓力，陶冶認為那嚴重的影響到了自己的技術發揮。於是，他在苗苑送他出社區的路上一臉鄭重的向苗苑建議：下次，能不能找個陳默不在家的時間拍照。

苗苑一愣，眉頭皺起有些捏扭的。這樣不太好吧！苗苑說。

陶冶錯愕，轉而大悟，頓時大驚。他臉皮薄，一下子紅了臉，尷尬的說了聲再見就拖著箱子頭也不回的紮進了夜色中。真是活見鬼啊活見鬼！陶冶痛心疾首的檢討自己，明明就沒那個心啊，好端端的犯什麼渾呢？怎麼能亂說話呢？他回想著苗苑錯愕驚異的眼神，把自己唾棄上一百零八遍，自以為已經參破陳默的特異功能之迷，於是更加沮喪，你瞧瞧連人家老公都盯上你了！你說好好的鬧點什麼誤會不好，偏偏枉擔上這副虛名，最要命的是，他自問完全沒那個心思把這虛名做坐嘛！你看人家小倆口郎情妾意的多好，他小哥一個好大青年，大學剛剛畢業也沒多久連晚婚年齡都沒到，他連女朋友都沒興趣找，怎麼會去撬別人的老婆，尤其是……陳默的老婆！

陶冶一想起陳默的眼神就全身發冷，幾乎痛哭流涕，陳默大爺啊陳默大爺，小弟我真的真的沒想跟您搶老婆啊！

陶冶在這清冷的早春夜晚抱頭呻吟，下定決心一定要找機會拔了陳默心頭那根刺。

2

第一批蛋糕的照片拍好之後，苗苑的人間小站正式公開上線，陶冶幫她去各大美食網站貼了些廣告，配套還建起了好幾個ＱＱ群，隨時通告消息交流美食資訊。

因為是全新的舉措，顧客們好奇又買帳，一時間生意火爆的不得了。苗苑嚐到了甜頭，忙不迭的催促陶冶快點開拍第二季。

平心而論，陶冶是真的怕了陳默，可是一看到苗姑娘在ＱＱ上忽閃忽閃的大眼睛又於心不忍。然後轉而一想，我怕什麼呀，做賊才心虛呢，我又不想偷，我怕個什麼呢……陶冶強烈的猶豫著，從心底裡明白了一個詞：威攝力！

所謂威攝力，那就是連好人看著你都害怕。就這樣，陶冶為了避嫌，為了力證自己沒有覬覦之心，下次去苗苑家裡拍照時稍帶上了程衛華程吃貨。基本上要在下班後忽悠程衛華去幹點什麼是很容易的事，程警官家在外地，西安城裡沒有半個親戚，業餘時間除了加班就是鬼混，不加班不鬼混的日子嘴裡就閒出個鳥來。

於是，陶冶也就是忽悠著程衛華說要不要跟我到苗苗家幹活去，有免費的人間精品蛋糕可以吃，程警官便欣然的，答應了！

蛋糕篇第二季，陶冶敲定好程衛華的檔期和苗苑約了時間，當然這次上門陶冶專門挑了個有陳默的晚上。他自覺這次有人給堵槍眼，頓時臉不紅氣不喘心定手穩，閃光燈刷刷的。

程衛華是個閒不住的人，一手托著剛剛拍完功成身退的某個蛋糕吃得津津有味，一邊七手八腳的指揮苗苑怎麼裝盤子陶治怎麼找角度。苗姑娘很樂為人徒，讓程衛華指揮得非常有成就感，陶治自持專業，對他充耳不聞，讓程警官比較失望。這邊與兩位小朋友遊戲了一番，程衛華又開始不甘寂寞的想要挑戰陳默。

陳默正在看探索發現頻道，程衛華探頭過去陪著他看了一會兒，老氣橫秋的開始評論。陳默轉頭看了他兩眼，極淡的目光，完全沒有什麼情緒的樣子，當然更看不出有怒氣。程衛華忽然就失去了說話的興趣，摸摸鼻子，又興高采烈的去指揮苗苑了。

因為陶治專心致志發揮出色，這次的拍攝速度很快，甚至靈感如源，大有現場處理現場成片的豪情。苗苑磨好豆子，給他煮上一壺咖啡，陶治喝完精神大振，壓一壓手指說看我的！

陶治做好一張圖就直接傳給苗苑，同一個路由器（註5）名下的內部無線網，速度極快。苗苑捧著筆電窩到陳默懷裡坐好，小臉繃得一本正經，眉頭微皺，十足的認真樣。

程衛華不想與陳默坐得太近，陡然沒了大玩具，無奈之下只能去看陶治做圖，陶治被他擾得不厭其煩，隨手塞過去一台PSP說您先玩一會兒，程衛華很不爽的開機，看到螢幕上凌波零一張冰封的臉。

「喲！」程衛華頓時笑了：「我一直以為你跟我得隔著輩呢，怎麼你這品味這麼過時啊！」

「萬年榜神知道不？什麼叫經典知道不？」陶治煩躁了。

「什麼東西？」苗苑一向好奇。

程衛華把PSP亮給她看，苗苑笑了：「這有什麼啊，我現在還控著殺生丸呢，都快十年了！」

程衛華搖頭說真土啊真是老土。陶治淡然的抬起頭，淡然的說道：「殺生丸啊，我好像還COS過他。」

果然，如陶治所料想的，一石激起千層浪。程衛華頗不相信的上下打量他，苗苑則驚叫出聲，她興奮了。

陳默平靜的伸手扶住筆電，苗同學就像一隻餓了三天的小兔子那樣蹦躂了過去。

「在哪裡在哪裡……有沒有照片，我要看！」苗苑非常激動。

程衛華揚了揚眉毛：「無圖無真相。」

陶冶在心裡切一聲，打開一個資料夾，挑出一張圖片點開，苗苑倒吸一口涼氣，轉頭盯著陶冶的臉看了三分鐘。程衛華扶著下巴，嘴裡嘖嘖有聲：「還真是你啊！」

陶冶傲然淡定著，其實心裡樂開了花，他彷若不在意的小聲嘟弄著這算什麼呀，手指輕按向下，刷刷跳過幾張，畫面色調一改——火紅的拳皇八神庵。

程衛華啊哦一聲，半張著嘴，上上下下把陶冶看了個透，陶冶面無表情的接受這種注視，得意之心在瞬間狂張。

哎呀呀，苗苑搓著手說：「真想不到陶陶你還有這一面啊！」

那邊動靜太大終於引起了陳默的一點注意，程衛華搶過滑鼠往下按，火紅的拳皇眸光染血，殺氣騰騰的擺出各種造型，眼角暈開黑色的陰影，頗有幾分妖邪的狠勁。程衛華與苗苑不停的驚嘆著，程衛華按得興起，刷刷的往下翻，忽然畫面一改，變成了濃重肅殺的灰，曠野城牆上站了兩個古裝的男女，陶冶一愣，變了臉色。

苗苑指著畫面上男人說：「這個是誰啊！」

「呂布。」陶冶笑得僵硬，悄沒聲的試圖順回滑鼠的控制權。

程衛華手快又往下翻了一頁，忽然沉吟道：「不對啊！」

註5：路由器（router）是一種電腦網路連線設備。

陶治猛然撲上去，暗的不行，他只得明搶了。程衛華連忙把滑鼠扔給苗苑：「不對……不對！這小子扮得是貂嬋！」

苗苑眼見陶治殺過來，捧著滑鼠大喊：「陳默，幫我把他拎走！」

陶治只覺身上一輕四肢已經懸空，也不知道陳默用了什麼手法，手腳都被束住發不出力，不等他回神已經一頭紮到了沙發上，還真是被拎走的。苗苑對著圖片左看右看還有些不能相信，拉著陳默坐下：「你說呢？」

陳默只掃了一眼，說道：「是他。」

「真的啊？」

「顱骨線條是一樣的。」事已至此，陶治自知無力回天，他刨啊刨啊，在沙發上刨出一個坑，把自己的頭埋了進去，哀聲嘆氣的，「我沒臉見人了！」

程衛華看了直笑，「你把頭埋了有什麼用，屁股還在外面呢！」

倒是苗苑看不得人有委屈，連忙安慰說：「沒事沒事！還挺漂亮的。」

陶治恨聲連連，「妝都重成那樣了，還有什麼漂不漂亮的，妳把陳默交給我，我還妳一個埃及豔后……」

嘩拉一下，房間裡陡然一靜，一排烏鴉嘎嘎飛過。

苗苑小心翼翼的抬頭看著陳默的眼色說：「真的啊！」

陳默眼眸微眯的看向她，苗苑連忙笑著說：「哎呀，陶陶你為什麼要扮貂嬋啊！」

陶治雖然深受打擊，不過恢復得也還算快，他鬱悶的把腦袋瓜子從座墊底下抽出來，訴說了一頓心酸的往事。遙想當年，社團剛剛成立，百廢待興，參加了個COS（角色扮演）比賽算是開團盛事。社團大人但求一鳴驚人，找來一名兩米的呂布，不求在品質上勝過對手，但求在高度上俯視群雄。結果全團的女Coser（玩角色扮演的人）沒有一個達到一百七十二公分，陶冶就這麼趕鴨子上架男扮女裝，反正他彼時還算青澀，四肢纖細，挺瘦的，關鍵是還真挺瘦的。陶冶說著說著自己興奮起來，連說帶比劃。當然，算上鞋跟，一位二百零五公分的呂布與一位一百八十五公分的貂嬋還是相當讓人驚嘆的組合。

陶冶號稱當時連他的錘子都比別的女Coser大一號，那些小姑娘只能拎著花錘怯生生的站，只有他隨便一揮就風生水起，遠遠看去，還真是一位英姿颯爽的嬌俏佳人。不過，也就是此役激發了陶冶的健身慾望，後來社長大人突發奇想要出漢室風流，還缺一位趙飛燕，得得瑟瑟（得意）的跑來找陶冶。陶冶一聲不吭的扒了衣服展示自己小有所成的肱二頭肌，社長大人悲淚而去：肌肉什麼的，最討厭了！（社長大人是女滴）

程衛華最喜歡聽別人不開心的事來尋開心，所以聽得極為投入；苗苑最喜歡奇聞八卦，也是聽得一臉神往；只有陳默眼神空白，因為此事的笑點於他而言實在相隔太遠。好在苗苑當陳默的老婆當久了，總是會當出一些心得來，及時發現自己親愛的老公不能入戲，便體貼的拈起一塊酥點來餵養他，於是皆大歡喜，大家都找到了自己的滿足。

良辰美景，如花美眷，如此賞心樂事，正所謂只羨鴛鴦不羨仙。苗苑做人一向有些遲鈍甜膩，而陳默，即使他能敏銳的在瞬間發現在場所有人的情緒變化，他卻也不會因為程衛華和陶冶的小小嫉妒就勸苗苑收斂些，倒是索性垂下眉目，把苗姑娘抱上膝頭更近些。

陶冶頓時就感覺到一陣尷尬，這空間的氣場好像被這兩人佔全了，自己端坐於此顯得那麼多餘。當陳默捉著苗苑的手吃完最後一點碎屑，堪堪抬頭時，陶冶的心酸往事也進行到了尾聲。陶冶發現陳默又看了他一眼，而這一眼與之前不同，這次的目光中多了一些東西，某種真正可以稱為威攝力的東西，陶治心驚膽戰的猜度著，這是在逐客了麼。

於是，小陶警官偷偷的遞了一個眼色給老程警官：哎，兄弟，吃飽了沒？吃飽撤呼了！

可是一向機敏的程衛華卻沒接他這個茬，那張永遠都不正經的臉上破天荒顯出幾分肅然，眼神專注的……甚至對陳默明顯帶著一些詢問意味的眼神視若無睹。

陶治嚇了一大跳，連忙跳到程衛華身邊去，佯裝收電腦暗地裡猛扯他的衣角。程衛華忽然笑了笑，陶治剛剛把心放下，就聽著他用力捅自己：「哎，有女朋友沒有啊？」陶治叫苦不迭，嚷嚷著：「要你管啊！我才多大啊！」

「什麼你才多大，他才多大的。」程衛華瞪起眼：「又是老何說的對不對？什麼男人要先立業後成家，先辦案後戀愛……屁！我跟你說，你別聽他的。他自己老婆孩子熱炕頭，回家熱菜熱飯熱被窩，他那是忽悠你，明白嗎？結婚了戀愛了哪有那麼多閒工夫給他賣命啊！他還說男人三十一支花呢，我現在也快三十了，你看我像朵花嗎？」

苗苑噗哧一聲笑噴。程衛華馬上找到了同盟軍，指著陳默嚷：「你看看，人家陳隊長那老婆找的，你多跟人學學。」苗苑笑眯眯的抬起手：「報告，是我先追他的。」

程衛華長長的哦了一聲，拍大腿，一把攬住陶治：「你瞧瞧，我就說了，女人呢還就是這個年紀的最好，多好啊！還能看上咱。你說你再拖，小姑娘都讓人挑光了，剩下的要麼就難纏，要麼就看不上咱！」

人來瘋啊！陶治想掙卻偏偏掙脫不開，他這回是真窘，臉上漲紅都不敢抬頭看人。陶治同志宅男本色，雖然上天入地好像就沒他不知道的，朋友也多男女都有，可就是只野一張嘴一雙爪子。一上真格的，那是羞澀的一塌糊塗，純情的稀裡嘩啦。他眼睜睜看到苗苑若有所思的托起下巴，簡直就是一臉想要做媒的前奏，終於忍不住上了重手反抗。

程衛華倒是機警，三五下就把陶冶壓制下去，這一動手又勾起了程警官的糟心事，他隨手把陶冶推出去，指著鼻子數落：「你說你啊，就這麼兩下三腳貓的功夫也敢出來現，還吃苦不記苦……」

陶冶咬住嘴角，很不高興的默默蹲著。

苗苑看不下去了過來打圓場，拉著程衛華說：「沒關係啦，以後讓陳默教教他，會好的。」

程衛華一聽竟然來了興致，搓動著指節說：「那正好啊，不如咱們先過兩手讓這小子看看？」

陶冶與苗苑齊齊驚愕的瞪大了眼，平心而論，陶冶的眼神還是有些期待的，倒是苗苑一臉的同情與不可置信。

陳默慢慢走到程衛華面前去，動了動脖子，全身上下發出一連串輕微的骨節爆響。程衛華揚起眉毛，笑了。他隨手抓了一個勺子就當是兇器，迎面向陳默撲過去：「瞧好了，看人怎麼還手的。」

陶冶連忙盯緊了陳默，可是這……給國小學生上微積分那不是瞎扯麼，陶冶就覺著眼前一花，陳默的腿那就不知道是怎麼抬的，準之又準的奔著程衛華的手腕去了，程衛華側身避開，陳默順勢就劈了下去……空間小，程衛華再往旁邊讓一步就是電視櫃了，他不能砸了陳默家的電視機，避無可避之下只能和陳默對了一腳。陳默的腳跟砸在他的小腿側面，程衛華呲牙裂嘴的甩了甩腿，腳尖一點又撲了上去，陳默一連往後退了好幾步，赤腳踩到飯廳的地磚上。

到這時候連苗苑都看出來情況不對了，人來瘋不是這麼發的，程衛華這架式也太認真了。苗苑與陶治緊張的面面相覷，猶豫著是不是要上去拉架，陳默忽然走回來指著他們倆說：「站到沙發上去！」

陶治被他那眼神掃得渾身一個激靈，拉起苗苑就往沙發上跳，兩個人可憐巴巴的蹲著觀戰，陳默已經把茶几拉開清出一大塊空地。

苗苑怯生生的說：「你小心點啊！」

程衛華笑道：「放心，打不死妳男人。」

苗苑咬牙，心想我是擔心你！

程衛華摘了眼鏡扔給陶治，一轉身又向陳默撲過去，其實程衛華站直了也能和陳默差不多高，只是不像陳默那麼條平板直的，視覺上就矮了一截，可是真要纏鬥起來，身材上倒是不吃虧。

原本軍用格鬥與警用擒拿目的不同，招式也不一樣，軍人要的是快準狠殺，警察則力求要在保障對方生命安全的前提下剝奪其反抗能力，所以如果單就這一點，當警察是很憋屈的。用程警官的話來說跟當兵的幹架太吃虧了，那簡直就是夫妻倆搞情趣啊，一個要往死裡打，一個要不傷人，根本就是老婆打老公。

可是這事擱到陳默與程衛華身上，又有了微妙的不同，陳默是高手，真正出手斷命的高手，可是程衛華再怎麼人來瘋，好壞也是個警官，眼下這情況說好聽點就叫友好切磋，總不能切著切著真把人給切死了。而程衛華就沒什麼好怕了，他大可以玩命，手上有活全使出來，反正陳默都不至於被他打壞嘍……就這麼一出一進，陳默的發揮大打一個折扣與程衛華纏在一起，一時分不出上下。

陶治看得血都熱了，他一向聽說程衛華能打，市局刑偵三處頭把交椅。可是無奈這傢伙生得小白臉，架一

副很奸邪的無框眼鏡，平日裡裝得人模狗樣，鬼混時流氓本色，面對上司一身正氣，欺負下屬奸滑狡詐，從頭到腳沒有一根頭髮絲的硬漢氣質。陶治耳聞不得目睹，時間一長也就不那麼相信了，只是依稀感覺程衛華應該能打，卻沒想到他這麼能打。

除了一開始試的兩招，他與陳默出手都重，而且全都偏好腿上功夫，力量頗大，砰砰砰直擊到肉的悶響聽得陶治膽戰心驚。

苗苑看打架是門外漢中的門外漢，可是陳默沒有一下秒殺了程衛華，反倒還挨了幾下，她立刻就心疼了。心疼的苗姑娘扯著陶治直嚷嚷，怎麼辦啊怎麼辦，你去讓他們停下來吧。

陶治欲哭無淚，都打成這樣了還怎麼停啊，這倆都是一個手指頭就能摁死我的主，讓我插上去拉架，那不是上趕著炮灰嘛！而且他頭都痛死了，程衛華這傢伙平時最賴皮不過，萬事只出一張嘴，能不動手就不動手，能不動腳就不動腳，天曉得他現在發哪門子的瘋，陶治真想哭了。

這邊兩位小朋友著急的蹲在沙發上六神無主，那邊的陳默終於在程衛華想飛膝撲殺他的時候找到一個機會。拼著給挨上一點，陳默單肘擋住那邊的腿上攻勢，一記凌厲的直拳全力揮出……

陳默是狙擊手，好槍手需要保護雙手，所以陳默幹架幾乎不出拳，結果程衛華打久了就默認陳默不會出拳，一時不察被搗在小腹上，騰空飛出去一米多，摔在地毯上，就此安生了。

因為老婆心疼了，喊停了，陳默也就想收工了，這記重擊下得不輕，程衛華一手按住傷處，慢慢的把自己蜷起來，右手一下一下的在地上捶著，陳默知道他在給自己讀秒，好挺過最疼的那一陣，還是嚴陣以待的等著他，苗苑和陶冶嚇得大氣都不敢喘。

十幾秒鐘後程衛華終於抬起頭，笑了，對著陳默樹起大拇指說：「不錯，爽！」

苗苑連忙向陳默飛撲過去，陶冶則氣極敗壞的從沙發跳下來：「你到底想幹嘛！」我靠，第一次上人家裡來就打成這樣，陶冶氣得八竅都生煙，老子回頭怎麼見人啊！

「幹嘛呢，拉著個臉！」程衛華滿不在乎的拉著陶冶站起來：「切磋一下，像陳隊長這樣的高手，不常見的！」

「你……」陶冶心想不是我火星了就是你火星了，咱倆總得有一個不是地球人。而另一邊的苗苑檢查完了陳默全身上下，確定一個細碎零件也沒損壞，終於顧得上關心程衛華了，她有些膽怯的問：「要給你拿藥箱麼！」

程衛華搖了搖頭說不用，自己摸索著舒展筋骨，表情有點扭曲。陶冶你了半天最後還是只能你出那句老話：「你他媽想幹嘛！」可憐那素來標榜自己很有情操的陶冶同志也被迫爆粗口了。

程衛華很不爽的指著他：「你他媽乍呼什麼呢？老子骨頭癢了，想找人打一架，我揍你沒難度，當然只能找他了。」陶冶錯愕於這人怎麼就能把一件匪夷所思的事說得如此理直氣壯，而更匪夷所思的是，他居然就這樣拍拍屁股就走人了，陶冶氣得吐血，來不及收拾自己那一大堆的攝影器材，只能先給苗苑交待一句：我回頭過來拿。胡亂的把筆電塞進包裡，急匆匆的追了出去。

可憐以苗同學那反射弧完全不能適應如此變故，她茫然的看看客廳，再茫然的看看大門，又茫然的看看陳默。

「這是怎麼回事啊！」

陳默揉了揉她的頭髮說：「他心情不好。」

「呃……你怎麼知道？」

「感覺。」

苗苑深深的困惑了。真好像演戲一樣，莫名其妙起了個頭，莫名其妙的又散了。

客廳裡東西攤了一地，苗苑忌憚陶冶那一堆貴重的器材也沒敢收，腦子裡亂蓬蓬的，一邊心不在焉的刷著網路上的八卦，一邊上ＱＱ。陳默一聲不吭的站在窗戶邊，這就是陳默在思考的POSE，苗苑目前已經習以為常不會覺得奇怪。

陳默不喜歡八卦，但是過耳不忘，任何事只要是經過了他，總會留下點什麼印象，程衛華這個人他確定聽說過，關於這人的事蹟他有一種模糊的不太好的印象。陳默半垂著眼簾，腦子裡像翻書一樣嘩啦啦的翻著。終於讓他抓到一點渺茫的印象，他開了自己的電腦直接搜索，關鍵字幾番調整之後找到了他需要的新聞。

苗苑托著下巴看著他問：「陳默你在幹嘛！」

陳默說：「找點東西。」

「那你說程警官今天本來好好的，怎麼就忽然就……」

「那是他自己的問題，別擔心。」陳默安撫的笑了笑。

苗苑愁眉苦臉的還在動她的腦子，一見鍾情這種爛戲目前連韓劇都不演了，人生又不是萬能穿越瑪麗蘇，她當然沒那麼自戀會覺得程衛華在為她發什麼神經。然而苗苑到底是女孩子，雖然已經死會了，面對憂傷的英俊小生還是會偶爾同情心洋溢。她不好意思追著陳默問，別的男人的名字總是不能在自己老公面前提得太頻繁，只能自己默默糾結。正在她心神不定的檔口上，右下角的ＱＱ小企鵝忽然跳起來，苗苑一看是陶冶，倒是吃了一驚。

「有人在嗎？」陶冶問。

苗苑連忙回覆：「在在在，你現在在哪兒？」

「局裡，查點東西。那什麼，我就是上來跟你說一聲，我剛剛問清楚了，老程他今天純粹觸景傷情，自發性發瘋，跟妳一毛錢關係都沒有，總之妳別擔心，讓你們家陳默也放心。」

苗苑大囧：「你還真去問啊，會跟我有什麼關係啊！」

陶冶打出一個義正辭嚴的表情：「當然要問啊，你們一個是我兄弟一個我姐妹，還是我介紹認識的，萬一要爆出什麼人品事件，回頭我怎麼做人啊，我怎麼向陳隊長交待呢？」

苗苑見他越說越不著調了，連忙插樓硬塞進去一句：「那老程到底是為什麼呢？」

陶冶一下就啞了，苗苑就看著ＱＱ對話方塊裡那行「正在輸入」的小字閃了又閃，可半晌也沒跳出一句話來，她忍不住又問了一遍。陶冶送給她一個捂臉貓的造型說：「你別問了，我答應他不說的……又不是什麼好事。」

苗苑很鬱悶，身為一個八卦愛好者，對於陶冶這種明目張膽的「我知道啊我知道啊我知道啊，我就是不說我就是不說我就是不說……」的行為深惡痛絕。那叫一個胸悶啊，百爪撓心。苗姑娘正想就這一惡劣行徑對陶冶展開批評再教育，對話方塊裡跳出一行字：「稍等，老程電話……」

苗苑等得百感交集。似乎是等了好一會兒，陶冶終於回來了，一出手就是四條寬海帶淚。苗苑一驚說怎麼了。陶冶悲悲切切的打出一行字：「老程讓我過去陪他喝酒。」

苗苑關切的：「你肚子剛開過刀。」

陶冶迎風悲淚：「我刀口還沒長齊呢。」

苗苑說：「不去成不？」

陶冶悲傷的：「不行！老程說他今天說了那麼多不開心的事讓我開心了，所以我也要幹一點不開心的事情，讓他開心一下。」

苗苑囧得不知道發什麼表情給陶冶好，最後怯怯的提議說：「要不然你少喝點，你喝啤酒，讓他喝白酒。」

「沒用的！」陶治用盡了他所有悲傷的表情來表現他的絕望：「老程是九三學社。」

「呃……」

「啤酒三瓶！紅酒三瓶！白酒三瓶！」

苗苑的手指抖了抖，回覆五個字：「你節哀順變。」

苗苑看著那頭像暗下去，心中小小不安。陳默走過來撫了撫她的頭頂，苗苑偏過頭在陳默掌心裡蹭一蹭：

「陳默，我有點擔心耶！會不會出事啊！」

陳默拉一下對話紀錄，淡淡的說道：「不會的。」

苗苑忽然就心定了。把剩下的蛋糕放回冰箱，把茶几拉回原位，再簡單收拾了屋子，苗苑捧著電腦窩到陳默懷裡，開始了她刷八卦看小說上淘寶的日常休閒娛樂。只是無意中抬起頭，卻看到陳默目不轉睛的看著自己，那眼神太專注，苗苑心跳漏下一拍，刷得紅了臉。

「看什麼呢？」苗苑低頭絞衣角。

「看妳。」

「我有什麼好看的。」

……

陳默沒說什麼，低頭吻了吻苗苑的瀏海，又把她抱緊了一些。苗苑只覺得心都要化了，多好啊，最好最好的老公。時針走過十一點，苗苑就覺得睏了，伸個懶腰正打算要睡覺，卻發現陳默拿出車鑰匙準備要出門。

「這麼晚了還上哪兒去？」苗苑一陣詫異。

「送他們回去。」陳默見苗苑還眨巴著眼睛回不過神的模樣，又補充了一句：「陶冶和程衛華。」苗苑恍然大悟，是啊，老程心情不好，小陶酒量不成。

「打個電話給陶冶，問他們在哪裡。」陳默說。

苗苑剛剛撥通電話，就聽到那一邊呼嘯的北風與陶冶慘兮兮的哀嚎：「姐，妳又怎麼啦！」

「那個，你們在哪兒啊，晚上怎麼回去，要不要去接你們！」苗苑生怕他聽不清，扯著嗓子喊。陶冶嗷的一聲差點哭出來，說：「姐啊，妳就是那救苦救難的觀世音菩薩，您救苦救難算無遺策，我們在大雁塔，南廣場噴水池這邊，妳快點來救我吧！他在發酒瘋，我好想不認識他…￥@．#$%&*…不要搶我手機啊！程衛……」

苗苑目瞪口呆的看著自己的手機愣了兩秒鐘，強烈的預感到場面會很丟人、情況會很糟糕，最後無奈的說：「要不然我陪你一起去吧！」

陳默點了點頭，讓苗苑多加了一件毛衣。坐在車上還好，可是到地方一下車，苗苑就覺得寒風割面，她縮頭縮腦的縮在陳默身後，暗暗吐槽神奇的程警官，三更半夜的大冷的天去哪兒喝酒不好，非得奔這空曠大野地的。

陳默的眼神毒辣，諾大個廣場，略掃幾眼就找了目標。別看更深夜重，在這個點廣場上還是有人，三三兩兩的遊人與情侶各自緩緩而行。程衛華吼著不成調的歌橫衝直撞，從噴水池跑向慈恩寺，沿途驚起一灘鴻鷺，是人的不是人的，但凡有個人形的全招惹了個遍，陶冶忙不迭的跟在他身後道歉……

「對不起，他喝醉了。」

「對不起，他失戀了。」

「對不起，他心情不好！」

「對不起，他老婆死了……」

程衛華轉身一拳打在他胸口，陶冶差點一口氣沒轉過來就得背過去。再好的脾氣拖到現在也磨得差不多了，這年頭誰也不是能受氣的，陶冶漲紅了臉，眼睛瞪大了一圈，一句話卡在喉嚨口：你他媽去死吧你，老子不管了！這話也不長，可是不知道怎麼的，愣是吐不出來，兩個人大眼瞪小眼就這麼瞪著，僵了！

苗苑輕輕扯了扯陳默的袖子，陳默走過去站到程衛華面前：「行了嗎？」

程衛華歪著頭看了他一會兒，忽然問：「兄弟，幾點了？」

陳默低頭看錶：「十一點四十八分。」

「讓我再歇會兒？」程衛華搓了搓臉，把酒瓶子扔唐僧腳跟前，一屁股坐到地上。

「十二點。」陳默說。陶冶這下徹底傻了，頭頂青煙繚繞。這算什麼？啊？這叫什麼？這貨真價實的藉酒裝瘋呀！這這……這難道是看我好欺負麼！苗苑一看他臉色不對，連忙拉到一邊安撫。

陳默十二點準時出手，拎起程衛華一條胳膊就往回走，程衛華一路掙扎：「哎，我自己能走。」

苗苑扯著陶冶小聲說：「你看，你是比陳默好欺負。」陶冶鬱得心口碎大石。陶冶本來想，老子死也不跟這人渣坐一起。好在程衛華識實務，搶先坐了副駕駛位，倒是免了一場糾結。

陳默首先回家讓陶冶收拾相機，苗苑睏了，哈欠連天的索性也就先回去睡了。陶冶收拾好裝備下樓，陳默先把他送回家，最後繞了半個圈子送程衛華去警局宿舍。程衛華一路無話，臨近了目的地才像是活泛了一點，笑著說：「謝啦啊！」

陳默沒說什麼，安靜的開著車。程衛華轉頭瞅瞅他，又笑道：「你別繃著個臉……哎，你不會像陶冶那傻小子一樣，也以為我對你老婆什麼想法吧？哎，不會吧，這我可是冤枉的啊！就你那老婆……哦當然我不是說她不好，可是……」

程衛華見陳默一直不吭聲，即便以他那麼精明老道的目力都看不出陳默心底的情緒，終於也有些急了：「我操！這麼說你能明白吧……我也用槍，手槍，在我們局子算不錯的，五十米生人勿近。可拉到六百米，我就沒戲了，但是你能打，一千米你也能打。我是挺羡慕的，可我是羡慕你能打一千，不是想要你那把槍。好槍哪兒都有，擱我手上就打不了這麼遠。」

「不試試怎麼知道。」陳默說。

程衛華嘻笑：「拿你的槍給我試啊？」

陳默猛然一腳剎車到底，轉頭瞪過去，程衛華全身寒毛一乍，腎上腺素陡然急升，他連忙舉起手說：「開玩笑的，真的……開玩笑，這這這……兄弟我不對，這話不能亂說……」

陳默慢慢收回視線，再次發動汽車，程衛華長長的鬆了口氣，卻樂了：「哎，兄弟，我覺得你這人挺有意思。」

陳默沒搭腔，不過他覺得這人也挺有意思，雖然他一直不明白為什麼那麼多人會怕他，但是被他這麼瞪過，還能立馬纏上來的主，這世上真沒幾個。

「其實你這個人挺不錯的，跟他們說得不太一樣，你看，咱們也不熟，還勞動你跑一趟。」

「舉手之勞。」

「哎，我說。」程衛華終於忍不住戳陳默：「你說你吧，小日子過得甜甜蜜蜜，我要是你啊，我樂得就上天去了，你怎麼還這樣呢？成天拉個臉給誰看呢？」

陳默……

「要我說啊，你得對你媳婦再好一點，別成天跟人繃著個臉，跟欠你多少錢似的，你那媳婦挺不錯的，會心疼人，又能幹，慣得你大爺二五八萬的……」

因為提到了苗苑，陳默嘴角的線條不自覺柔和了些。程衛華指著他樂了：「笑啦……嘿！」

陳默索性真笑了笑，倒把程衛華看得有些愣，那是什麼感覺……冰雪剎融，瞬間春暖，一時花開……某種彷彿不正常的卻讓人心底柔軟的味道。程衛華慢慢沉靜下來，笑著說：「你還別不信啊，真的，我勸你一句，你別以為現在對她已經挺好的，沒呢……差遠了……」

「不會的。」陳默說：「我能保住她。」

程衛華瞳孔一縮，毫無徵兆的出手，左手掌緣切向陳默的頸側，陳默抬手格住。

「你他媽真不是個東西。」程衛華咬牙切齒的。

「下車。」陳默說：「到了。」程衛華一看還真到了，鬱了，怏怏的收回手，掏菸給自己點上一支，深深的抽了一口，又把菸盒向陳默亮了亮，陳默輕輕搖頭，把車子靠邊熄火。程衛華抽完一支又點上第二支，陳默發動引擎，說：「下車。」程衛華相當不滿的瞪過來。

「她會等我。」陳默說。程衛華一愣，樂了，眉開眼笑的拍著陳默的胸口說：「不錯不錯不錯，孺子可教！」他興高采烈的開門下車，嘴裡叨唸著兄弟啊，哥認識你了，改天有空喝酒……

陳默出聲叫住他，程衛華有些詫異的彎下腰，單手撐在車門上。「你知道我單位在哪裡，想打架來找我。」

夜很深，卻沒有風，路燈在很遠的地方，只有一團朦朧的黃。

程衛華指間的菸捲慢慢燃下去，一線清煙筆直的上升化開在夜色中。陳默坐在車裡，儀錶盤上黯淡的燈光模糊的勾出他的輪廓，然而目似寒星。程衛華感覺到一種冰冷的真誠，那麼冷，那麼生硬的，好像硌得人會疼，可那是真的，最真實的，不帶任何附加條件的關懷。他慢慢的笑了，指著陳默說：「行，我認識你了。」

那天晚上，苗苑睡得半夢半醒中終於感覺到陳默上床緊緊的抱住她，她轉身摸了摸陳默的臉頰，含糊的問：「他們都沒事吧。」

陳默把臉埋在她頸邊，輕輕點了點頭。

「那就好。」

苗苑睏得睜不開眼睛，縮在陳默懷裡很快就睡熟了。

不打不相識，後來陶冶聽說程衛華因此與陳默處得很好很好，他開始覺得這個世界上只剩下他這麼一個正常人了。苗苑安慰他，放心吧，你不會寂寞的，有我陪你。

詩人說乍暖還寒時候，最難將息。苗苑倒是沒覺得這有什麼難將息的，只因為她最近遇上了更讓她睡不好的事。

關於，一個孩子。其實按說她年紀也不大，跟陳默結婚也沒多久，類似生小孩這種事，如果沒有別的什麼人在身邊對比著，沒有長輩催著，一年半載的是提不上議事日程，是可以順其自然的。可苦命的是這一切的一切，苗苑都有。

蘇沫孕程過半，身子已經日漸顯山露水，眼角眉梢一脈新母親的期待神采，成天唸她的媽媽經，並且對於苗苑沒有能夠即時的跟上她前進的腳步深深引以為恨。而何月笛是婦產科名醫，自婚後就敲打著，年紀輕生小孩容易恢復，妳還小，陳默也不小了，高齡生產會影響優生優育……及等等一系列的問題。

而最後，真正讓苗苑覺得這事實在是拖不得是韋太后，某日，當太后狐疑的看向她小腹的眼神化為真實的問句之後。苗苑就覺得這實在也是一個問題啊，這成天被人當下不了蛋的母雞這麼看著，也真是蠻不舒服的。當然，關鍵是，這母雞自己也蠻想下蛋的。

人說外事不決問谷歌（google），內事不決問百度，房事不決問天涯……苗苑把她所有能利用的關鍵字都組合搜索了一番，在消化完大量資訊之後她深深的困惑了。她怎麼著，都覺得自己的生活習慣也算不錯，陳默的

生活習慣更是健康得不可能更健康，如果……各方面都不應該有問題，可是為什麼，她就是沒懷孕呢？

苗苑鬱悶的跟沫沫抱怨良久，沫沫終於忍不住建議，說你找個大醫院去瞧瞧吧，這年頭污染這麼重，大家的身體都沒得好，我表舅家的新媳婦也是，什麼脾胃虛寒什麼什麼的……也是吃了半年中藥才懷上的。

苗苑是醫生的女兒，打小就知道有病得治早治早好，倒是不會諱疾忌醫。她悄悄的找了個時間徹底去檢查了一次，幾天後結論下來——優質土壤！

這……這這這，這事情就奇怪了嘛，一塊優質土壤沒有理由光播種不發芽不開花啊！

苗苑與沫沫大眼瞪大眼的瞪著，蘇沫顫微微的說要不然，妳讓你們家陳默也去查一下？苗苑說不會吧！是啊，不會吧。兩個女人極度困惑的困惑了。但是困惑歸困惑，問題還是要解決的，而且現代社會，咱們得珍愛生命講究科學。苗苑與沫沫商量了半天，回家編了個完美的理由，類似默默你也不小了，我們也得考慮生小孩了，你看這年頭都講究個優生優育啥的，我們（重音）是不是應該先去檢查一下，我（重音）該調理還是得調理，BLABLABLA……

其實陳默在生小孩這個問題上沒有任何知識儲備，也就沒有任何路線方針，基本上苗苑說什麼他都會答應。於是挑了個陳默有假的日子再次殺回，週末，門診拿號的隊伍排得老長，苗苑又是心酸又是忐忑，你說這年頭生不出小孩的夫妻怎麼就這麼多呢？當然隔壁要做人工流產的隊伍也是一樣的長，所以說，這世道啊，想生的生不出，不想生的卻懷上了。

檢查報告是苗苑一個人去拿的，坐在那裡看著醫生大姐欲言又止的吞吐表情，她直覺的預感到了不對頭。然後，醫生用一種請節哀順變其實也不是沒有辦法的和藹口吻讓她接受了一個事實：妳的丈夫精子活力不夠，畸變率偏高，所以你們很難依靠自然方式成功懷孕。

事後，苗苑一直覺得那真是個好醫生，是她的眼神和音調讓她得以鎮定，否則她大概會當場飆淚。因為在那個瞬間，某些非常不好的，會讓她真心恐懼的回憶衝進了她的腦海，令她彷徨無計。

苗苑聲音顫抖的說那怎麼辦。醫生平靜的說總會有辦法的。苗苑想，一定，會有辦法的，媽媽一定會有辦法的。苗苑莫名的不想在路上打電話商量這件事，好像滿大街都是人，都會看她。她心急火燎的叫車回家，不料卻撞上晚高峰堵在路上動彈不得，苗苑看著前前後後沒有盡頭的車龍，心慌得好像空掉了一樣，眼淚流下來都不覺得，全身泛涼。

計程車司機嚇了一跳，說妳怎麼哭了。

苗苑看著玻璃窗用力擦了擦眼睛，她說沒什麼，我家裡出了點事，我有點擔心。司機同情的安慰說別擔心，船到橋頭自然直的。

真的嗎？苗苑想，可是她真擔心陳默這條船會直接撞在橋墩上。回家後苗苑給自己倒了一杯酒，喝下去之後鎮定了一些，胃裡也暖了起來。苗苑想這是最艱難的時刻我一定得挺過去，我的幸福不能出一點錯。她打了個電話讓陳默工作完了快點回來，然後撥通了自己母親的手機，她說何月笛同志，請妳把手上所有的工作都停下來，我需要妳幫我。

何月笛當場被唬得不輕，心裡嗔怪著，這丫頭又搞什麼鬼。然而等她聽完苗苑急切的痛訴之後也立刻驚慌了起來，她連忙催促苗苑快點把病歷卡診斷書掃描發給她。掃描器這種東西，一般人家裡哪會有，苗苑情急之下只能用相機拍，一頁一頁攤在茶几上調微距拍下來，再銳化處理壓縮打包給何月笛發過去。好在她最近因為拍蛋糕向陶治學了不少攝影技術，雖然字跡模糊看來吃力，可基本上都能看清。

在沙發上操作電腦畢竟不方便，苗苑抱著筆電去書房著急處理照片發郵件。起初聽到開門聲她並沒有多在意，可是很快的，苗苑意識到不對頭衝出去，陳默一目十行，已經看完了所有的化驗單和病歷卡。

「陳默？」苗苑一時膽怯。

「好像不太好。」陳默皺起眉頭。苗苑剛想出聲安慰，何月笛已經大略看完情況電話追到。

「去接電話。」陳默輕聲說。

苗苑有些猶疑不停，忽然衝過去抱了抱陳默說：「等我啊！」

她拿了手機去臥室打，幾乎是下意識的反應，她並不希望陳默會聽到她們母女的對話。何月笛是職業醫生，而且專業對口，類似的病歷沒見過成千，總聽過有上百，剛剛乍然聽到消息身為母親的何月笛先把自己嚇了一跳，現在情緒鎮定下來，屬於何醫生那一面的職業素養漸漸控制了慌張。看病，古時說望聞問切，其實現在也全需要，何月笛盡量和緩的安撫苗苑，事情沒那麼嚴重，一切都會有辦法，但是必須要首先得到陳默的配合。醫生與病人之間的交流很重要，無論那個醫生是不是她，但是陳默得首先願意去面對現實。

苗苑抽泣著問：「妳覺得他會嗎？」

何月笛說：「我想不出來他為什麼不會，這也不是什麼大不了的事，搞不好他只是因為三天前剛剛泡了一次桑拿。其實妳的情緒對他很重要，妳不要嚇他，別讓他覺得太尷尬，問題嚴重。」

苗苑想了很久，很堅決的說：「我們要回來治。」

何月笛嘆了一口氣說：「行。」

「不，」苗苑忽然又變了卦：「不能在家裡……」

「苗苗，」何月笛柔聲打斷自己焦慮的女兒：「我再說一次，妳的情緒對他現在很重要，別讓他覺得妳這麼緊張，另外，我明白妳的意思，我當年有個同學現在在南京，你們把假請下來，我陪你們過去。」

「媽，妳真好。」苗苑用力擦了擦眼淚，拍著自己的臉頰讓肌肉放鬆些，她最後有些遲疑的說：「這個事，別告訴爸。」

何月笛欲言又止，最後淡淡的嘆息了一聲，卻只說，妳放心。妳放心……苗苑想我怎麼可能會放心，在她看來陳默就像一柄硬劍一塊白布，那麼硬冷乾淨，純粹又驕傲。她想不出來如果劍刃上蹦了個口子，白布上染了塵土會變成什麼樣。她傷心的想我其實是可以不介意的，但是她害怕那把劍會自己碎掉，然後她再也拼不回去——她的陳默！

陳默站在客廳裡，天色已經有些暗了，落日如融化的鐵水，黃昏爬進這城市的每一個視窗，那是一種輝煌的美麗。苗苑幾乎有些癡迷的看著陳默在火光中有如刀裁的側影，如此完美，容不得半點閃失。

「苗苑。」

「哦，在！」苗苑像是忽然受了驚。

陳默看了她一眼之後視線沉下去：「是這樣的，我想，如果，因為這個理由，妳想跟我離婚的話，我是可以接受的。」

苗苑全身汗毛都乍了起來，她聽到自己大吼：「憑什麼？」

陳默有些錯愕，他看到自己永遠溫柔的貓咪像一隻母獅那樣炸開了毛髮氣勢洶洶的衝了過來。掂起腳來訓人的感覺實在太糟糕，苗苑用力把陳默推得跌坐到沙發上，好佔領居高臨下的角度。她用盡自己最兇的聲音吼出來：「憑什麼？啊？又不是我的錯，你憑什麼不要我？」

苗苑紅透了眼眶，泫然欲泣的模樣。陳默仰起臉看向她，有如子夜的雙眼，那是無可形容的黑。

「我沒有不要妳，我只是想……」他慢慢伸出手拉苗苑坐到自己雙腿上。

「沒有只是！」苗苑幾乎有些強硬的攬住陳默的脖子抱進懷裡：「你不要怕，我不會讓人欺負你的，我跟我媽說好了，過幾天我們把假請好去南京，她有同學在那裡。她們一定可以想出辦法來的，一定可以的……然後，就算不行，大不了我們不要小孩了嘛，其實也沒什麼大不了的，你說對不對，現在很多人都不想生的。你媽再問起來，就說是我不想，反正她拿我沒辦法。要……要要要是實在不行，我們還能讓我媽給我們抱一個，反正她們醫院每年都有生出來沒人要的小孩，只要……只要是健康的都一樣，對吧，我們從小養，對他好好的，他就是我們的孩子了……」

陳默側過臉，耳朵貼到苗苑的胸口，那薄薄的胸腔裡有一顆小心臟撲通撲通跳得極亂，那驚慌失措的頻率讓陳默曾經在怎樣的絕境都沒有亂過的心緒也晃了一晃。他聽著苗苑強作鎮定的話，聲音裡帶著抑不住的哭腔，卻是記憶中她最強硬時刻。陳默忽然覺得有些心疼，其實他還真不擔心有人會因為這個那個的什麼事，真的欺負他瞧不起他什麼的，他相信沒人敢，他也是真的不在乎。

有人是誰？陳默想，那必然是我不關心的陌生人。然而，此刻這個驚慌失措的小女人惶恐的樣子讓他覺得困惑而心軟，他慢慢的撫摸著苗苑的背脊說：「我不怕，我都聽妳的。」

「真的？」苗苑頓時欣喜，有些不相信似的盯著陳默的臉。

「真的。」陳默點一下頭，其實只要妳不怕，我又有什麼好怕的。

這一次，苗苑以她前所未有強硬態度一手操辦了整個進程，他們在週六晚上直飛南京，而何月笛已經先行一步趕到，訂了賓館房間。陳默隨苗苑敲門進去，卻只看到何月笛一個人在，隨口問道：「爸呢？」

「他家裡還有事。」何月笛有些疲憊，她把苗苑帶來的資料又仔細翻看一下，才彷彿忽然想起來似的對苗苑說：「出去買點水果吧，明天見妳張阿姨別空著手。」

苗苑哦一聲，匆匆就往外跑，陳默本想陪著一起，卻被何月笛攔下了，她只說你先休息，明天可能會累。陳默看到何月笛眼神閃爍，知道她有話對自己說，也就沒再堅持。

何月笛聽到房門關好，才指著面前的圈椅說：「坐。」

陳默聽話的坐過去。

「我要首先告訴你一個事，可能你就能理解苗苗現在的心情。」何月笛揉了揉眉心：「苗苗從小有一個表姐玩得特別好，出去念書又都在一個城市裡，關係走得很親。她表姐戀愛結婚苗苗都一直參合著，最後還給人做伴娘，跟那個男孩子也很熟。苗苗一直很喜歡她那個姐夫，覺得他脾氣好會心疼人，她那時候還唸叨說將來要嫁給這樣的丈夫。但是後來，他們結婚一年多了都沒有懷孕，不過他們倆的情況要比你們現在複雜一點。但是……」

何月笛頓了頓，有些悲哀：「其實在我看來，辦法總是會有的，就算最後真的沒有辦法了，還能好聚好散。但是後來他們兩個的情緒都變得很壞，相互怨恨、戳傷、離婚、分手，說不清是誰起的頭，但最後就是變成了這樣。那一陣，苗苗很傷心，提起來就會哭，好像她自己失戀了那樣，她可能覺得她的一個信念被破滅

了。」

陳默想起之前苗苑那驚慌失措的表情，那麼害怕，原本以為她在擔心沒有自己的骨肉，其實她是害怕會與他分開。陳默慢慢覺得自己的心臟在融化，很軟，很暖的化開。

「我是個醫生，這樣的事我看過很多，其實現在像你這樣的病例很常見，但是個體會放大自己的感覺。其實……在我經歷了這麼多年以後，我覺得，女人……尤其是女人，女人有時候並不那麼在乎男人遇到了怎樣的客觀上的困難，在乎的是男人們在這些困難面前的表現。有些男人很灑脫、寬容，他們一直堅強樂觀，給女人希望，能諒她們的犧牲。而有些，變得自怨自憐，容易被激怒，敏感而不知好歹。」

「我明白。」陳默說。何月笛有些欣慰的笑了笑：「我跟你說這些，也是希望你能放鬆些，我是個醫生，我不會對你有不必要看法；而苗苗她現在，我覺得她好像更擔心你會不高興。她甚至，要求我別把這件事告訴老苗，苗苗長這麼大，還從來沒什麼事會瞞過她爹，我現在感覺如果不是我剛好還能幫上忙的話，她甚至都不會告訴我。說真的我沒見過她這樣子，這丫頭從小就沒什麼主意也不堪大任。我不知道你能不能理解，她現在好像在……試圖，在你的身邊給你攔上……她想擋在你周圍。」

陳默輕聲說：「其實不用這樣的。」

「我也這麼覺得，但是她很怕，我也勸不了她，我只能來勸你。我希望說，無論你覺得她做這些有沒有必要，但是你一定要體諒她的心情。我自己的女兒，不是我自誇，一個女人做到這樣不容易。」

「我知道。」陳默說。

「我自己的女兒，我很瞭解，她喜歡你，你對她好，讓她開心，別的她什麼都能不計較，但是……如果，就像她說的，如果她的陳默變得讓她不認識了，她會很難過。」

「那您覺得我現在應該怎麼做？」陳默問。

「你好像也不用做什麼。」何月笛想了想：「配合她，可能的話，感謝她。」

陳默很鄭重的點了一下頭說：「我會的。」

5

苗苑很快的買了一些水果和零食回來，或者她自有心事，並沒有發現母親與陳默的神色間有了變化。只是那天晚上陳默要求和她住一間，這多少讓苗苑感到一些詫異，陳默從不是固執的人，而且丟下何月笛一個人似乎也不太好，但是何月笛也同樣態度強硬的把小倆口推出了門，這更讓苗苑覺得莫名其妙。

匆匆洗完澡，苗苑一心想著要早點兒睡，陳默翻身抱住她，將那只小巧的腦袋扣進懷裡。

「妳放心，我不會變的，我不會像他那樣。」陳默說：「沒有什麼可以影響我……除了妳。」

苗苑忽然就哭了，那是強忍了多時的眼淚，一直沒能流下來過，此刻無聲無息的沾濕了陳默的胸口。「我媽跟你說了雲姐的事嗎？」

「是的。」

「我……我真的很害怕，雲姐後來對我說，其實她很後悔，她很後悔為什麼一開始要和姐夫吵架，一開始總是覺得自己很委屈，不給姐夫留餘地，後來才知道如果人都沒有了，連委屈都沒機會。我知道他們都在後悔，可是沒辦法了，那些話都說過了，架都打了，心都傷透了，涼了就熱不起來了。」苗苑緊緊的抱住陳默：「所以我就想，我一定不能讓我們，也變成那樣。」

「不會的！」陳默溫柔的撫過苗苑的長髮。

「陳默，」苗苑開了燈拉陳默坐起來：「我們可不可以這樣子，我們以後都不要吵架好不好，我們要好好的。我真的很喜歡你，只要你一直都像現在這樣，只要你還愛我，還疼我，只要你像現在這樣對我好……我們其實什麼都不用怕的對不對？」

陳默吻住苗苑的嘴唇說好。

何月笛的南京同學姓張，是個保養得當的中年婦人，有些微胖的圓白臉，眉目略帶著嚴厲。陳默隨著苗苑叫她張阿姨，苗苑把大包小包塞到她手裡，笑得很甜。張阿姨頗有些無奈的看著何月笛說：「妳啊妳，有必要跟我這麼客氣嗎？」

何月笛笑了笑：「妳侄女孝敬妳，拿著吧。」

陳默不知道這算不算是特別優待，因為張醫生與他在辦公室裡好像閒聊似的討論情況，旁邊沒有半個人。平心而論，陳默是非常合作的病人，因為他沒有尋常人的諱忌。但是陳默良好得令人髮指的生活習慣讓張醫生的眉頭越鎖越深，沉默了良久之後她試探著問道：「你之前，有沒有經歷過類似放射性輻射，或者，化學品污染。」

「有。」陳默說。

「什麼時候？」

「大概時間可以嗎？」

「可以，」張醫生著急的：「重點是距離現在多久了。」

「最短兩到三年前。」

啊……張醫生的神色緩下去，失望的。

「怎麼了？」陳默問。

「是這樣，人體有會自己的修復週期，所以有些情況是暫時的，很可能過上一年兩年各項指標就能恢復到正常值，但是，如果你確定最後的誘因都在兩年前，那情況就不那麼樂觀了，很可能最終恢復需要再過個三、五年，但你的年紀畢竟不小了。」

「那現在怎麼辦？」

「目前……的情況，我建議你們可以先做人工授精，如果不行的話，我們再嘗試人工體外授精，也就是俗稱的試管嬰兒。其實正常來說，像你現在的情況站在醫生的角度，我應該建議你們再等，因為即便在授精之前我們會對你的精子做一些篩選，但是胎兒出現畸變的可能性仍然會高於正常人。不過我主要考慮到你現在的年紀，再等下去，風險反而會更大。所以懷孕之後你們需要即時做產檢，好在有月笛幫你們把關，希望不會有大問題。」

陳默咬住下唇，半晌，問道：「苗苑要動手術嗎？」

「需要動一個小手術，這個倒可以放心，畢竟這項技術已經很成熟。」

「我要和她商量一下。」

張醫生拍了拍陳默的肩膀說：「應該的。」

苗苑自然沒有拒絕。陳默不知道他們醫生是怎麼算的，最後出結論說自然受孕的機率為百分之一到百分之二，人工授精百分之十，試管嬰兒百分之四十。陳默覺得這事很有趣，這讓他聯想起曾經他們執行任務的時候。透過瞄準鏡看向世界，報告說目標百分之百或者百分之八十。那不是說明你可以看到百分之八十的人體或者整個人，有時候你的視野只有一個乒乓球大，但那是百分之百，而有時，你能看到大半人體在你槍口下招搖，卻是百分之零。所以尋找並把握關鍵，是每一個狙擊手的職業本能。而所謂的百分之八十，其實是指你會有百分之八十的把握……一槍斃命！那種感覺很神奇，不是說你開十槍有八個人會死，而是說在這種情況下，你開十次槍，你的目標可能死八次。

很奇怪吧！很怪異的邏輯，但是陳默之前沒多想過。而此時的陳默也只是覺得有些感慨：原來人的出生與死去一樣，都是別人在為你計算著機率。

起初苗苑在看到資料之後本能的希望選擇百分之四十的那一項，她像所有的普通老百姓那樣，單純的相信數字標籤。可是後來聽說試管嬰兒需要陳默在南京待很久，而且越是接近自然受孕的方法對胎兒更有利，苗苑馬上又打消了自己的那個主意。

所以，有時候說服一個女人很簡單，只要讓她相信那是對她老公和孩子都好。原本像這樣簡單的小手術，在家門口選擇個有資歷的大醫院做做也就可以了，可是源於苗苑的小小堅持，陳默還是多追加了幾天年假，陪她留在南京完成第一輪的手術。醫生說這一次你們有一成的把握會成功，陳默心想這真是低得令人難以接受的命中率，好在這一次他們求得是生不是死，你會有很多補槍的機會。

生命永遠與死亡不同，生命的可貴在於永遠不必絕望。

那天晚上，當他們再一次回到西安，自己的家裡。苗苑關上燈，悄悄摸索陳默肌肉緊實的腰側，帶著某種暗示。陳默有些詫異的看著暗處那雙流波的眼，輕輕的吻了吻她的臉頰說：「睡吧，最近妳。」苗苑用力吻上

陳默的嘴唇說別……

有時候激情源於陌生，有時候快感因為熟悉，因為每一個動作都合心意，每一種反應都能體貼……所謂纏綿，像一束絲，一張網，細細密密的繞緊，產生彷彿絞殺的窒息感，卻有濃厚的安寧與暢快。

陳默在激情後片刻的失神中聽到苗苑說：如果懷孕了，就是這一次……陳默忽然驚覺，他想起很久之前陸臻說過的，如果你愛得足夠深，你就會渴望被她吞沒。一直以來陳默都以為是自己在努力，努力去深愛，感受這人間的情愛，可是又常常不得門而入，他一直以為得把自己縮得很小才能夠被吞沒，卻沒想到，在他反反覆覆的掙扎中，苗苑已經悄無聲息的包裹住他。

當所有最堅硬的、最尖銳的、最脆弱的……甚至最微不足道的都被人用溫柔對待，當你感覺到這一點時，就已經被吞沒。陳默想，如果這就是深愛，那的確讓人無法割捨。

陳默的運氣很好，而苗苑將這推定為心誠則靈，半個月多之後孕檢，苗苑看著狹長紙帶上的兩條分隔號興奮的差點蹦起來。何月笛彷彿可以透過電話直接目睹她寶貝女兒的冒失樣，焦慮的訓訴說我的祖宗，妳最近給我安生點！她嚴詞厲令陳默看好苗苑，懷孕的前三個月都危險期。

陳默笑著說好，一定會的。

苗苑威脅似的向他呲牙，用那種久違了的，好像無辜小兔子一般的沒有殺傷力的兇狠表情。但是苗苑一把火燒光了之前所有的病理化驗單據與診斷書，她非常堅決的要求何月笛與陳默同時忘記這件事，因為那就是不存在的。何月笛非常無奈於自己女兒的這種幼稚，只是基於母親的立場，她也沒法提醒苗苑萬一產檢出現異常妳還是得再來一次，只能寄希望於冥冥中的運數。而陳默則悚然心驚，他像是忽然看到了這個女孩深藏在甜蜜柔膩的外表之下的絕決。

是的，她單純無害，然而，如果她真正傷了心，她會迅速決然的忘記你，徹底的，彷彿從來沒有存在過。

這的年頭孕婦都是寶，女王樣公主待遇，連韋若祺聽到苗苑懷孕後態度都和緩了不少，苗苑還暗暗感慨過老人家的智慧，果然還沒生小孩，婆媳矛盾就是在減少了。陳默三十多歲，也算是老來得子，尤其是結婚生子這一類最普通也不過的人間煙火落在他身上總好像有特別引人矚目的效果，一時間苗苗接到慰問電話不絕。

方進在電話裡老三老四的吩咐苗苑說：我要小子。

苗苑不屑的嗔他，沒關係，生閨女你就別當那個乾爹了。方進大急，連忙表示雖然他要的是小子，但是生了閨女也是他的，乾爹是當定了的。

而韋若祺畢竟是被我黨培養了多少年的國家幹部，雖然偶爾也流露出如果是男孫就好了的渴望來，倒是也沒有說出諸如妳去醫院查一下，如果是女兒就流掉，要努力生兒子之類的雷人話。甚至最近這兩次上門，還給了她一些補品，簡直讓苗苑有點受寵若驚的困惑，苗苑是最樂意投桃報李的人，一時間婆媳互動產生了一些鬆動的跡象，讓兩位陳先生心懷甚慰。

可惜，好景不長，很快的苗苑感覺到如果這就是太后的關愛的話，她現在寧願回到太后當年完全不稀得關愛她的時刻。好吧，雖然大商場的購物卡拿著也是很爽的，看著就挺精貴的燕窩偶爾吃一下也頗有一種飛身成仙女的神聖感，但是如果這一切需要讓她被一個自己並不喜歡的老太婆橫挑鼻子豎挑眼從頭挑到腳……她還是寧願不要了。韋若祺對苗苑的不滿意是全方面的，從穿衣戴帽到待人接物到……工作環境，從妳坐沒坐相站沒站相，高興就笑傷心就哭，到妳為什麼喜歡粉紅色蕾絲邊。

苗苑知道她今年已經二十四，已婚，並且已經懷孕。但是她完全不覺得這些標籤有必要讓她改變自己的衣櫃，尤其是連陳默都沒有表示出不滿的時候。她仍然喜歡不那麼精緻的眉毛，不喜歡化妝，喜歡可愛的像水果一樣的便宜飾品，喜歡那些讓她看起來有如十八歲的衣服。

苗苑覺得我們總是會老的，所以不用著急，要努力年輕，只要出門見人時還不讓人噁心。但韋若祺顯然是不欣賞的，那種如同稚嫩小生物的氣場讓她莫名的惱火，她同樣不能接受她的媳婦穿著四百多塊錢的白色娃娃領大衣笑嘻嘻的站在她面前，帽子上綴著可笑的大顆兔毛球，還試圖讓她認可這樣很漂亮。

清明時近，因為過年時沒有回老家，這一次韋若祺要求陳默請假，並帶上他們一起回老家掃墓。據蘇媽媽與王媽媽的聯合分析這就是緩和，這就是在釋出善意，所以苗苑雖然覺得挺累的，還是很盡心盡力的準備了所有的禮物，甚至還考慮到太后的品味，在蘇會賢的指點下買了一件剪裁瘦削的黑色風衣。

當然苗苑自覺那衣服上身她就老了十歲，而且卡得她腰不夠細、腿不夠長、臉上太圓……好在她現在懷孕了不用穿高跟鞋，然而這更加致命的讓她看起來腰更不細、腿更不長、臉上更圓。

苗苑痛苦的腹誹，這簡直就是受罪。不過韋若祺這次看了她就沒怎麼太數落，這多少讓她覺得還有那麼一點值得，好在一年也就見這麼一次老家人。用苗江的話說，妳就當是坐牢，也給我把牢坐下來吧。

苗苑的心情很悲摧，她彆扭的問陳默說你覺得我現在這樣好不好看，陳默看了她一會兒忽然笑起來，吻了吻她的額頭說你穿什麼都好看。

苗苑越發悲摧的感覺到什麼叫教會徒弟餓死師傅，另外把一個男人往聰明培養的風險巨大。

韋家在十里八鄉很有名，因為韋若祺官做得夠大，正處是一個縣級市市長的行政級別，所以她完全可以在鎮上擺出市長的派頭，更別說家裡還有一位廳級幹部撐腰。關於韋家長女自強不息光宗耀祖的故事，在附近幾個鄉鎮都是一段勵志的佳話，所以韋若祺回去一次的聲勢浩大。當然在苗苑的印象中那就是連綿不斷的飯局，從官宴吃到家宴，從這家吃到那家……

起初還好一些，不過是一些官面兒上的宴請，到後來七大姑八大姨上陣，風向忽然就不對了，席間的話題從韋處長的兒子真有出息，媳婦年輕漂亮，陳老先生什麼時候再出來主持工作……陡然轉向了，陳默你這樣是不行的，婚怎麼能這麼結；陳默你那樣是不行的，你媽媽養你這麼大容易麼，你怎麼能讓她傷心；陳默你這樣那樣都是不合常理的，過年怎能……

苗苑一邊默默的啃著雞腿，一邊默默腹誹，哪裡來的規矩誰家的常理，中國這麼大，憑什麼你們張張嘴就全代表了，韓國來的麼？她聽著那些婆婆阿姨們時而義憤，時而痛心疾首，雖然那些大棒表面上全打在了陳默身上，可是以苗苑那並不玲瓏的心竅都聽出了濃濃的指桑罵槐。

而事實上，對於苗苑來說，在任何時候，指責陳默都會比指責她，更讓苗同學感覺憤怒。

當然，白斬雞還是很好吃的，貨真價實的，苗苑很阿Q的安慰自己，妳看，好歹還有雞吃。她自從懷上了之後就變得特別能吃，飯量比原來漲了三倍不止，而且酷愛高蛋白食品——也就是俗話說的肉。

陳默有些憂慮，因為用肉眼就能看出苗苑不開心，但是這姑娘又似乎還沒到要發飆的程度，他就不知道是不是應該提醒她，陳默畢竟是個男人，在對待任何老婆有可能會生氣的問題，總是多一事不如少一事，最好上帝保佑，你其實不在意！

可惜天不隨人願，最後一頓飯是韋若祺唯一那個留在本地的親妹妹請的，關係最親近於是說話最不客氣，苗苑聽到最後幾欲發飆。好嘛，合著沒結婚就妳羞辱我，婚禮上不幫我，結婚後給我甩臉子擺架子……這些，都成應該的啦？合著我忍得內傷，不跟妳計較，到頭來我一身的錯，陳默一身的錯？這到底哪家的歪理哪家的怪禮數？當長輩怎麼了？當長輩的比小輩多活了那麼些年，不是應該更聰明更懂事兒更知道應該怎麼心疼人好好過日子麼？怎麼反而脾氣更大更任性，有錯還不認，反而要小輩兒來遷就？

苗苑想不通，這不是她這麼多年來受到的教育學到的道理，她甚至差點拍桌子就想反駁，可是看著陳默無奈的沉靜與韋若祺那難以形容的驕傲，她又默默的把筷子伸向了一塊雞。

陶冶曾經對她說，你永遠都不能跟一個純流氓吵架，因為他會把你的人格拖到跟他一樣的水準，然後用他豐富的經驗打敗你！

當時，陶陶口中的那位流氓是程衛華。苗苑不無沮喪的想：是啊，我根本不應該和這些不講道理的人說理，因為她們把我的道理也整成沒理，然後用她們豐富的經驗打敗我……好在，陳默還是講理的！

這樣就可以了……唉。那天晚上，苗苑無論如何都睡不著，她越想越是想不通，她完全搞不懂韋太后的心理，讓別人，當著自己的面，罵自己的兒子，這樣很開心嗎？！苗苑憤憤然的抱怨，太欺負人了，XP不發威，就當我是DOS。我們佔你什麼便宜了？做錯什麼了？我哥結婚，包全部婚宴，全新裝修房，女孩子帶上衣服進門，十萬塊錢買一個鑽戒一個翠鐲子當嫁妝。

我哥家虧了嗎？虧了嗎？我大伯說了，現在家裡都是一個，爭到最後還不都是他們的，家裡有錢花得起就花了，花不起的小倆口自己賺去，跟親家不算那三瓜兩棗的，小夫妻好好過日子是正經。女孩子嫁一次損一次，肯結婚總是奔著長久過的，難道誰家還貪那點便宜就嫁人？

陳默摸摸她的頭髮說算了，我都不計較了，妳也別計較了。

苗苑憤然，那怎麼行，你是我老公嘛！欺負你就是欺負我！苗苑揮舞著雙手說我們巨蟹也是有鉗子的！

陳默愣了一下，問巨蟹？他心想妳是屬蛇的吧。苗苑的注意力被轉移，扯著陳默講起了星座學。因為陶冶最近暗戀明戀市局某警花被婉拒，拒絕的理由為：我們星座不合。陶冶身為一個技術宅，被人以如此技術性的問題給PASS了，在黯然神傷之餘就把所有的精力投入到了新技術開發上，結果越鑽越深。幾週之後已經儼然占星術士，閒沒事就扯著人間蛋糕房與他局子裡的同事們聊星座，把一群小姑娘大小夥唬得一愣一愣的，苗苑由此知道了原來我們巨蟹座是這樣的啊，還蠻像的呢，而陳默，用陶冶的話說，其實那些星座網站介紹天蠍的時候連一個字都不用寫，只要放一張陳默的照片就OK了，陳默會用他神秘而強悍的眼神告訴大家什麼叫——天蠍～蠍……蠍……（後面的顫音被苗苑用法棍敲出來的）苗苑雖然用法棍教訓了陶冶，但其實她還真覺得陶陶算得挺準的。

陳默一邊慶幸苗苑忘記了之前的話題，一邊錯愕的聽著苗苑描述天蠍座的種種特點，我……我是這樣的？

最後，苗苑總結陳詞，眨著星星亮的小眼神看著陳默問道：「你看吧，很準的！」

「星座，」陳默慢吞吞的說：「妳覺得，在那個月裡生出來的人，都像我這樣？」

呃……苗苑一愣，傻了！全中國有十三億人口，於是，從理論上來說，全中國有一億個陳默！瘋掉了！

苗苑想，我為什麼會相信這麼離譜的東西？所謂發飆，究其根源也就是一種發洩，完全是當時當地心理情緒的集中表現，所以即使第二天早上苗苑醒過來自己也疑惑昨個夜裡怎麼就莫名其妙的轉了方向，可到底也沒有那個心性把火氣再發一次。

算了，過去了就是過去了，古人都說道不同不相為謀呢，苗苑心想她與韋若祺在時間有代溝，在地域上有鴻溝，在思想上又怎能沒一點小山溝？

臨行前韋家的老少親朋都過來送回禮，花花綠綠的盒子裝了一後備箱。其實苗苑對韋家大姨後院裡那幾隻定時上山吃蟲子的土雞很覬覦，實在不行，家門口菜裡那幾行田地新鮮的蔬菜也是她極眼熱的，可惜了，完全沒人有給她的意思，苗苑眼巴巴的走了。

回去之後，所有的大姑娘小媳婦及她們的母親們都詳細的向她打聽了一路行程細節，苗苑事無鉅細一一相告。老人們紛紛表示：娃啊，成了，是這個味兒，這也是在示好啊！妳也別嫌人說話不好聽不是，畢竟人心裡有結的，總要讓人家出出那口氣，現在大張旗鼓的說過一通，也就是給自己臺階下了。

苗苑長舒一口氣，心想這可真不容易啊，這以進為退玩得太有技術含量，也太看得起她的眼力了，幸虧她沒有當場跟人吵起來呀！要不然，不是全完啦！不過話說回來，雖然她是不在乎韋若祺對她的態度，可要當真忍一時可得風平浪靜，退一步就有望處成沫沫與米媽媽那樣，苗苑也是有那麼幾分嚮往的，甚至頗為殷勤的在韋若祺面前裝了幾回大齡盛裝女青年，讓太后一時心懷甚慰，家庭氣氛好到一個巔峰。

苗苑很得意，就差指天畫地向世人宣告：你看，這樣的婆婆，也讓我拿下！神在冥冥中睜開倦倦的眼，仁慈的看著她。當苗苑還是一個小LOLI的時候，有位仁兄送給她一本書，名叫《不可承受生命之輕》，據說只要能把這本書看懂了，你就成熟了。可惜苗苑努力的看啊看，看了十幾次都沒能突破十頁以上，直到她再也不急於成熟為止。

由此，苗苑就覺得至少她的生命中不可承受的絕不是輕，而是重！比如說，當年韋若祺輕視她的時候，她就不覺得那是個多了不起的大事，可是現在韋若祺看重她了，麻煩就來了。

苗苑很鬱悶，她直覺預感這樣下去不行，可是還沒等她想出頭緒，韋若祺已經攻勢迅猛的把前沿陣地推到了苗苑的眉睫之前。

苗苑到現在都清晰的記得那一天。那是個五月裡非常好的日子，天氣晴朗，陽光明媚，那天吳姐做得飯特別好吃，苗苑忍不住還添了一次，飯桌上，他們討論了一些有關寶寶的小問題，氣氛融洽。

午飯後，陳默陪著陳正平去社區的花園裡散步，苗苑陪韋若祺看電視，她還十分乖巧的給韋太后削了個蘋果，讓韋若祺鳳顏頗悅，苗苑剛剛鬆下一口氣，就聽著韋若祺沉聲問：「妳的學歷是怎麼回事？什麼樣的大專？」

「呃……」苗苑愣了愣：「師專，就是普通的大專。」

「國家承認的吧？」韋若祺又追了一句。

「是的。」苗苑悶聲點頭，每個人都有自己的心傷，苗苑從小唸書就不行，那是她永遠都不想提及的一處硬傷。

「才大專，」韋若祺重重的嘆了一口氣說：「現在讓妳去自考也來不及了。」

苗苑臉上發紅，有些不耐。

「這樣，把頭抬起來……我跟妳說話呢。現在自學本科妳是來不及了，而且管得太死也不好做手腳，妳還是直接考研（研究所）。」

「考研？」苗苑大驚，簡直懷疑自己的耳朵。

「是的，我問過了，大專畢業兩年也是能考研的，就是麻煩點，當然主要是麻煩我。」韋若祺以有所指的看了苗苑一眼：「不過妳也要爭氣，我給妳鋪好路，剩下的就得妳自己走。就現在趕盡的趁生小孩，把工作辭了先把英語補起來，專業課我給妳找人輔導，過兩天我先帶妳去導師那邊……」

「這這……這個……媽，我不行的！」苗苑終於聽懂了，相信韋若祺不是在開玩笑，嚇得語無倫次的連忙拒絕。

「什麼行不行的？有誰天生就行的？」韋若祺頓時不高興起來，苗苑那麼差的學歷底子要幫她找回來容易嗎？她問了多少人，托了多少關係才理出這麼個脈絡來，一環環相扣，路子能通下去，碼頭能拜到正主。

「不是的，媽……我真的就不是個唸書的材料，我英語特差的，考三級就費了老大的勁兒了，現在都丟了好幾年了，我根本就不行了。」苗苑急得要命，拼命的辯解想要打消韋若祺那有如晴天霹靂一般的驚人打算。

從小到大，唸書於苗苑而言就不啻是一場噩夢，而且一夢多少年，記性差，理解力更差，英語不好，數學更不好。於是，可想而知，在那段萬般皆下品唯有讀書高的極具中國特色的青少年時代，苗苑熬得有多麼的艱辛。她必須不斷的跟自己做鬥爭，不斷的克服諸如：我是不是弱智，我是不是差生，我是不是壞小孩……這種種的自我否定自我懷疑自我唾棄。苗苑甚至認定這就是為什麼她會長成現在這麼個軟軟的弱弱的沒主意沒主見的模樣，一點都不像她媽。

因為沒自信嘛。

在中國這塊神奇的土地上，你讓一個成績不好的小孩子怎麼可能會有自信？後來，畢業了，工作了，苗苑才慢慢的從那種廢物感裡爬出來，開始覺得自己也挺能的，也是有本事的，所以當韋若祺說到考研，苗苑直接腦補的就是另外兩字——地獄！

要了命了，她連大學都考不上，怎麼可能唸得出研究生，而且她唸來幹嘛？！難道她可以把那張證書糊牆上，每塊蛋糕多收兩塊錢？？

「妳這孩子到底是怎麼回事？」韋若祺看著苗苑那一臉的愁苦與惶恐，氣就不打一處來，聲音一提頓時透出幾分厲色：「想當初，我和妳爸哪有這麼好的條件，還不都是自己苦出來拼出來的，現在路都鋪到妳眼皮底下了，妳還嫌腳疼是吧！」

「不是的，」苗苑看著牆上的鐘，心想陳默怎麼還不回來：「主要是我現在也用不上啊！幹我們這行的不講究這個，我唸了來也沒用的。」

「你們那行，我說，妳是打算一輩子都不想幹點正經事了，是不是？」

「我這怎麼就不是正經事呢？」苗苑終於有點生氣了。

「就妳……得，我也不跟你吵，就妳那點腦子也就只能看這麼遠。」韋若祺揮了揮手：「我老實跟妳說了

吧，妳別當我巴著你，是妳硬要嫁進我們家的，不是我請妳來的。妳看妳現在，學歷，學歷跟不上；見識，見識沒有；氣質，氣質跟不上……將來，妳是我兒媳婦，是我孫子的媽，我再不樂意，我還是得帶妳出去見人。妳能不能給自己爭點氣，自學本科我估摸著就妳那點腦子妳也考不過，我都沒考慮。唸個在職的MPA能有多大點難度，難的都在外面，可那些事我不用妳管，妳現在就只要安心本分唸那麼點書，妳還跟我說不行？」

苗苑深吸了好幾口氣，才把胸口那翻湧的火氣壓下去，她僵著臉，盡可能和顏悅色的解釋：「媽，我……知道您也是為我好！可是妳看吧，我現在做得好好的，每個月收入比陳默都多好幾倍呢，夠我們花的了，您就別給我們操這份心了。而且店我自己盤下來了，也不能說不幹就不幹吧！」

「盤下來了？」韋若祺一愣，倒也不在意：「那再盤出去不就行了，怕虧本是吧？小家子氣。放心，這事我給妳辦，虧不了妳。」

7

「話不是這麼說的好不好！」苗苑到底還是忍不住飆上了：「我喜歡做蛋糕，我做得挺好的，真的！前幾天報上還誇我呢。可您現在讓我去唸研究生，那個什麼MPA我唸出來幹嘛呢？然後我也去坐辦公室？我不會那個，我幹不了，妳看連我媽都不管我了，妳幹嘛非得硬拉著我呢？」

韋若祺沒料想苗苑還敢對她吼，登時冷笑：「妳還好意思說妳媽！就是因為妳媽沒把妳教好，才讓我現在這麼麻煩。」

「妳怎麼說話呢？憑什麼說我媽？」苗苑火了。

「我以為我樂意跟妳說話呢？要不是為了陳默，我才懶得跟妳開口。」韋若祺寸步不讓。

苗苑氣結：「要不是為了陳默，妳以為我樂意跟妳說話呢……」

韋若祺勃然大怒，她萬萬沒想到那個素來乖順得幾乎有點噁心的小白兔居然還敢齜牙，怒火直衝頭頂，不過千分之一秒的反應，右手已經揮出去，結結實實的一個巴掌蓋在苗苑臉上，「啪」的一聲脆響，把兩人都驚得一愣。

苗苑一下跳起來，眼睛瞪得滾圓，韋若祺亦不甘示弱，站起身，傲然的俯視她。在韋若祺的記憶中，至少十年，最少最少也有十年，沒有人這樣對待過她。有權利教訓她的人，她不會得罪；她會放肆的對象則沒那個膽量。韋若祺一直認定，這個世界上有一定的規則存在，包括人與人之間的地位，這樣，這個世界才不會亂套。她一直認定，苗苑與自己，地位已經被牢牢的固定了，一個是婆婆一個是媳婦，婆婆天然的擁有某種權力，而此時她根本還沒動用這種權力，她簡直像一個模範標準的好婆婆那樣盡心盡力的在為媳婦著想，而這個女孩子……未免太過不知好歹。

苗苑緊緊的捂住臉，手掌下熱辣辣的，左邊的眼睛裡不自覺的湧出淚水，讓她的視野變得模糊不清。

「妳打我？」她還沒能回神，幾乎覺得不可置信：「我爸都沒有打過我，妳居然打我？」

韋若祺不置可否，吳姐怯怯的從房間裡出來勸架，拉著韋若祺退開一步，韋若祺自知有點過，正想順階而下……

「妳別走！」苗苑忽然吼起來：「妳別走，妳有種再打我一下！」苗苑氣得七竅生煙，腦子裡燒成一鍋粥，她只恨自己怎麼就反應那麼慢，當時就應該要一巴掌找回去，居然還傻愣在那裡，白白錯過最佳還手時機……

「怎麼了？」韋若祺被她這麼一吼，倒有點摸不著頭腦，一時間進退不得，勢態再一次僵持。

吳姐急得要命，不知道拉哪個好，這時候門鈴聲響起簡直就像救命，她連忙跑過去開門，口裡唸叨著，阿彌陀佛你們總算是回來了……陳默疑惑的扶著陳正平走進客廳，抬眼一掃，整個房間的空氣都凝固了。一種極度冰冷肅殺的煞氣瞬間壓過原本劍拔弩張的火爆，吳姐嚇得腳軟，哆哆嗦嗦的退了出去。

「怎麼回事？」陳默問。

「你媽打我！」也不知怎麼的，苗苑一看到陳默心裡的火氣就沒了，只覺得委屈，眼淚大顆大顆的湧出來，她淚眼朦朧的看過去，見陳默嘴角抿起一聲不吭，頓時心灰意冷，涼得發透。

「算了，算了，這日子沒法過了，我們倆離婚算了……」苗苑胡亂的抹著眼淚，扭頭就走，陳默就站在門口，擦身而過時牢牢的扣住她的手。

「幹嘛啊？」苗苑手腕吃痛，更是大怒：「連你也要打我是吧？」

陳默也不說話，扯住苗苑就往前走，韋若祺看見他過來，直覺反應嚇退了好幾步，轉瞬間又想起這混蛋是她親兒子，頓時氣極了喊道：「陳默，你想幹嘛！」

陳默在韋若祺面前三步站定，低頭凝視了她幾秒，直挺挺的跪了下去，韋若祺嚇了一大跳，手足無措。

「媽，我是你兒子。」陳默說：「您要打我，要罵我，我沒二話。但苗苑是我老婆，您不能動她。她有什麼錯，有什麼地方讓您不滿意了，您告訴我，該她的錯我會教訓她，但是您自己不能動那個手。我在她們家的時候，她家人對我非常好，她媽把人交給我，我就得保護她，我不會讓任何人傷到她，包括您在內！」

韋若祺張口欲辯，卻發現她根本不敢直視陳默的眼睛，眼前這個兒子簡直是陌生的，她這才發現原來這麼多年他一直讓著她，原來她的兒子真的發怒了，是這樣的。原來這麼多年來，他都沒有真正生她的氣，今天終於發火了，卻是為了一個外人。

「你給我滾！」韋若祺由然的絕望，心口冰涼徹骨陳默深深的看了她一眼，帶上苗苑轉身就走。

關門聲響過很久很久，陳正平才慢慢坐下來：「又怎麼了？妳怎麼能打人呢？」

韋若祺心酸之極，歇斯底里的大喊：「怪我？你怪我？我好心好意我有什麼錯，我錯就錯在生出那個狼心狗肺的兒子，娶回個好媳婦，不幹人事，不知好歹！」

「妳還想怎麼樣？」陳正平握著拐杖用力搗著地面：「妳還嫌這個家裡不夠冷清是不是？妳這個人啊，一輩子就不知道妳兒子要什麼。妳這輩子就不知道要給人留點餘地！妳以為妳讓他滾了他會怕嗎？妳聽他那個

意思，人家小姑娘對他知冷知熱的，人家娘家對他多客氣，妳鬧吧，再鬧，由著妳那個破性子使勁的鬧，再鬧幾次，妳兒子就是人家的了，人家爹媽可樂意接手呢！是哪，妳兒子有人品的，不會真的不管我們，怎麼管呢，生病落痛的過來看看，付付醫藥費。妳在乎嗎？反正我不在乎，錢我有的是，人我請得起，可那不是我兒子！」

韋若祺愣了，心口疼，腦子裡也疼，好像全身上下沒有一個地方是好的，偏偏想哭還哭不出來，眼淚凝在眼眶裡，憋得腦仁像要炸開來似的。她用一種幾乎是虛弱的聲音極度委屈的哭訴著，來龍去脈，她的打算，苗苑的不可理喻。

「我年齡就快到了，年底就要退了，你的身體在那裡，也不可能再出來幹了，我為什麼……我為了什麼？我為了我自己嗎？」韋若祺心中氣苦。

陳正平聽完長長嘆氣：「妳知道妳這輩子就毀在什麼上面嗎？自以為是！總以為自己是對的，什麼都聽不進，好心都讓妳辦成壞事。」

這世上或者有人能在盛怒時也聽得進忠告，但那絕不會是韋若祺，陳正平說完這句也倦了，蹣跚垂步，拄起拐杖慢慢的躲進書房裡。韋若祺終於感覺到眼眶裡熱辣辣的，好像有什麼液體在流出來，可她又不想哭了，此刻這房間裡空無一人，陳默走了，陳正平也走了，她這把辛酸淚，又流給誰看呢？

苗苑那皮膚素來愛顯印子，一會兒的工夫，紅通通的掌印已經漲起來，半張臉腫得像豬頭，走在路上半條街的人都在盯著她看。苗苑心裡又是惱火又是委屈，一出小區大門就迫不及待的叫車。陳默一直緊緊的抓著她的手腕，一聲不吭的坐著，臉色鐵青，計程車司機被這把邪火壓著，連大氣兒都沒敢喘一下，悄沒聲兒的把兩人送回了家。

平心而論，聽完陳默當時在韋若祺面前說得那幾句話，苗苑心裡已經不生氣了，可是這一路過來擺這麼大個臭臉又算什麼意思，她只覺莫名其妙。

苗苑記得網上說，家庭暴力這種事可一絕不可二，第一次就要鬧得天崩地裂，要讓對方明白妳的立場妳的底限，明白妳對此深惡痛絕，絕對不能讓他打順了手。這次雖然不是陳默的錯，可那畢竟也是他媽，苗苑感覺如果讓韋若祺這此打順了手也絕對是件可怕的事。苗苑思前想後也沒覺得自己有什麼地方出了錯，於是也就心安理得唬上了臉，就這麼跟陳默僵持著。

她心想你嚇我？別人怕你，我可不怕你！剛一進家門，苗苑就嚷嚷著想要先發制人，她努力掙扎著想要脫出手腕，陳默也不理她，一腳踢開房門，輕而易舉的捉住她的雙手把人推到床上。苗苑頓時火大，一翻身就想坐起來，被陳默緊緊的捏住了雙肩。

「閉嘴！」陳默啞聲低吼。

苗苑倒吸了一口冷氣，一肚子的話都堵在了喉嚨口，她看到陳默的眼底有一絲血色的紅印，非常駭人的模樣，苗苑不自覺的抬起手，想要觸碰他，卻又有些怯怯的蜷起手指，停在了中途。

「陳默？」苗苑有些慌了。

「從今天開始，就從現在，妳再敢說離婚，我明天就把字簽好拿給妳。」陳默說：「妳知道我這個人的，我說到做到。」

苗苑頓時傻了。陳默慢慢鬆開手，牙根咬緊，肌肉綳出剛直的線條。苗苑呆呆的看著他，不知道說什麼好，半晌，陳默像終於受不了似的轉身離開，書房的門重重關上，巨大的聲響嚇得苗苑一哆嗦。

苗苑獨自愣了好久也沒醒過神，這這……這算什麼事呀！陳默這算是在發哪門子的瘋啊？現實與想像天差地別，這種時候不是應該要柔情蜜意的道個歉，然後許諾會永遠保護她才對麼？怎麼……

苗苑一邊窩火一邊委屈，生起氣來把床邊的大兔子拎過來使勁兒的捶，死陳默罵了一千遍，終於累了，一頭紮進枕頭裡放聲大哭起來。

真是見鬼了，這麼些日子她為了誰？好好的改髮型，改衣著，留心那些本來不關心的國家大事，說話做事都小心謹慎的她為什麼？還不是為了大家相處能融洽點，為了他那個媽能別這麼硌應人。苗苑越想越難過，忍不住就想跳起來去書房找陳默：這樣不行，我們兩個得再擺擺道理，我哪裡做得不好了，你憑什麼還敢對我吼？

門外響起輕微的腳步聲，一時近了一時又遠，終於，推開門進來，苗苑堵氣把臉埋在枕頭堆裡假裝聽不到，一個還帶著濕意的硬乎乎的東西碰了碰她的肩，苗苑氣呼呼的把頭抬起來瞪過去，卻看到陳默站在床邊，手裡拿著一盒切碎了的蘋果。

苗苑愣了一會兒，抽了抽鼻子一骨碌爬起來，她兇巴巴的把盒子搶下來抱進懷裡，含糊不清的嚷道：「叉子呢？讓我用手抓啊！」

陳默連忙出去給她拿了一枝。苗苑買吃食都不小氣，這蘋果按理應該是很好吃的，可是她慢慢的嚼著，一時味如嚼蠟，一時又覺得甜得過分，於是心情也就像這蘋果那樣，一時歡喜一時惱火。苗苑抹了抹眼淚，彷彿已經很滄桑似的感慨：「看來我得多買點蘋果備著。」

「一個就行了。」陳默說。

「那夏天沒蘋果了怎麼辦？」

陳默躊躇了一下，問道：「西瓜妳吃嗎？」

苗苑終於忍不住笑了。

「宵夜吃嗎？」苗苑說。

「吃。」陳默馬上點頭。

現在是下午三點，窗外陽光明媚，苗苑在廚房裡煮著酒釀小圓子——當宵夜。

當然，平心而論她現在還怒著，且不論之前積蓄下來的宿怨，就單單說今天，莫名其妙的就讓她換工作了，莫名其妙的吵起來還連累她媽，莫名其妙的居然還給她一巴掌……回到家，陳默沒有一點柔情半分歉意不說，竟然還敢吼她，眼睛瞪得那麼兇，苗苑想起來就是一陣惱火。這麼些個亂七八糟的麻煩事目前全鬱在心裡，沉甸甸的全壓著，可她還是爬起來煮宵夜了，因為陳默已經先給她切了個蘋果。

這種無言的默契很難形容，苗苑只是朦朧的感覺到：好吧，雖然我是有理由生氣的，有權利擺擺樣子的，可是既然陳默已經搬梯子過來了，就先下吧，還有什麼話，等咱們回平地了再細說。

苗苑想起結婚之初他們兩個鬧冷戰，拖了好幾天拖到三更半夜才和解；現在就好多了嘛，當天下午茶時分就能坐下來一起吃宵夜了。

這是什麼？這就是進步啊！苗苑失手放了太多的糖，小圓子甜得幾乎有點膩，好在煮得不多，兩個人一人一小碗慢慢的吃著。苗苑看著自己碗裡白乎乎軟綿綿的粉圓，慢慢解釋方才發生的事，韋若祺讓她去考研她不樂意什麼的，言及對方父母，苗苑的理智說你得留下點餘地，可是情感在說到那一巴掌的時候還是爆了。

「我爸從來都沒有打過我，我媽都有十幾年沒打我了。」苗苑很憤怒：「她還打我巴掌，我媽都沒打過我巴掌。」

陳默低聲說著對不起，伸手摸了摸苗苑的臉頰，指下的皮肉紅腫著微微發熱，陳默像有些燙到似的縮了手。

苗苑狠狠的瞪了一眼陳默，不滿的控訴：「你也不幫我，回家還對我吼，我才叫倒楣呢……」

「別說離婚，我不想聽。」陳默一手捏著勺子指節繃得發白。

「我當時都氣糊塗了，你就跟我較這個真？」苗苑大怒，聲音提了好幾度。

「我知道妳這次不是認真的，可是我不想聽，妳知道我這個人很當真，我不想聽妳說那兩個字，我受不了。從小我媽就這樣，氣頭上什麼話都能說，我不喜歡，我不喜歡妳也這樣。就算將來哪天妳真的跟我過不下去了，也別說。家裡錢在哪裡妳知道，妳要什麼都拿走，我什麼都給妳，離婚就別再回來，這輩子別讓我看見妳。」

苗苑看到陳默眼眶發紅，原本，陳默的瞳仁是黑色的，那是一種閃著堅硬冷光的純粹的黑，可是此刻生出波動，那是一種無可形容的近乎於心痛的溫柔。

「你你……你別難受啊，是我不好，我亂說話，我以後再也不說了，我保證。」苗苑馬上慌了手腳，心疼的一塌糊塗。

陳默慢慢的把苗苑拉近，抱到腿上，他又聽到那單薄的胸脯中驚慌亂跳的小心臟。他原以為，柔弱會是這個女孩最大的優點，這樣，他就能憑藉他的強硬束縛她，帶著她一併走下去。可是現在才發現不是的，再柔弱的女孩子都可以逃開他，只要她真的想離開；其實再強硬的女孩子也能陪伴他，只要她真的願意陪伴。是的，其實那一切的一切中，真正重要的，是她是否願意，她是否願意堅持。

「我真的很喜歡妳，妳別這樣。」陳默交錯雙臂把苗苑鎖在懷裡。別這樣，輕易就失望，輕易就放棄，像原來一樣。別這樣，以為還能分手，以為總能離婚，像別人那樣。

別這樣，我不喜歡。

8

「我知道，我知道呀，我以後再也不說了，」苗苑急得眼淚直流：「我保證，我們都要好好的，我們不分開，我們一家子……」苗苑拉過陳默的手放在自己小腹上：「一家子，還有寶寶，我們都好好過。我怎麼會跟你離婚呢？你那麼好，我怎麼捨得離開你。」

「我不好，也不行。」陳默說。

「行行，你不好我們也不離婚，我打你，我把你教好。」苗苑有些想笑，眼眶濕了又乾：「我們怎麼都不散夥，吵架了也要和好，就算不愛了，我們就再談一次戀愛。」

「我這輩子呀，都跟你耗著。」苗苑忽然笑了笑，她緊緊的抱住陳默，反反覆覆的撫摸著他的臉。

這仍然不是苗苑心中期待的結果，現實與想像還是相差甚遠，然而，苗苑這時已經顧不上了。陳默牢固的擁抱著她，也被她抱緊，那天下午，他們就這樣長久的相對，苗苑哭過又笑，笑中卻還有淚。他們慢慢的說著各自的心裡話，對未來的期待，種種的憂慮，這才發現，原來表面上蜜裡調油的小日子背後也有無數瑣碎的煩惱。

你的家庭，我的家庭，原來都是壓力；你的心思，我的心思，其實都讓人捉摸不透。

苗苑有一種模糊的感覺，有些什麼東西在腦海中清晰了，卻又抓不住。她一直在想怎麼了，發生什麼事了，到底什麼地方錯了，我要怎麼辦，她想得頭都疼了，晚上睡也睡不著，卻還是想不明白。

夜靜更深，陳默把臉埋在她頸邊睡得很安靜，有很微弱的呼吸聲，伴著淡淡的溫暖的氣息從皮膚上掠過。

苗苑知道他已經睡著了。

起初，她是分辨不出來的，陳默無論睡著醒著都很安靜，幾乎聽不到呼吸與心跳的聲音，好像沒有生命的物體。最初時苗苑都沒機會聽到陳默睡著的呼吸，陳默總是比她更晚入睡，只要她一動就會醒來。後來慢慢的……不知從什麼時候開始，陳默改變了他的習慣，而苗苑並沒有察覺，直到有一天她聽了鄭楷的話，去找一些有關狙擊手的書來看，才明白警覺對於陳默來說是多麼根深蒂固的習慣，才明白這種改變意味著什麼。

似乎我們總是這樣，不知道手裡已經握著怎樣的關鍵，總以為得不到的更重要。

苗苑慢慢轉過身，在極近的距離看著陳默，月色很淡，連輪廓都照不分明。陳默有著很單薄的嘴唇和挺直的鼻子，劍眉濃黑修長，眼角鋒利，這樣硬朗的五官湊在一起幾乎是不好看的，可是卻讓她一見傾心。

為什麼？誰知道？彷彿從第一眼開始她就這麼認定了，陳默是這個世界上最帥的男人，沫沫說妳這叫花癡，可是苗苑不在乎，花癡就花癡了有什麼不好，至少她嫁給了她眼中最帥的男人，那是別人沒有的幸福。

似乎長久以來都是這樣，陳默是她眼中的神，那個無所不能的男人，她背後的高山與大樹。

苗苑喜歡這樣，那就是她夢想中丈夫的範本，他可以不聰明也沒什麼錢，不會說甜言蜜語也不會浪漫的小把戲，可是他忠誠大度，正直強大，永遠都能保護她，寵愛她，只有她。而她則乖乖的做一個快樂的小女人，一心一意的愛著他，照顧他的飲食起居，讓他開心，讓他快樂，為他生一個孩子，相夫教子……這就是最美麗的人生。

苗苑一直認定陳默是完美的，就算差那麼一點，她也會蒙上雙眼告訴自己就是的，即使毛病出大了蒙上眼睛也繞不開了，她還可以勸自己忍受，她一直堅信，只要有愛什麼都沒關係，她相信陳默值得所有。

是啊，愛怎麼可以沒有寬容？我們背靠大樹乘蔭的時候，偶爾，也要忍受樹上掉下來的毛毛蟲。她當真就是這麼想的，她以為她遇到了最好的，她也已經為他做到了最好的，她以為就這樣……就可以了，她可以坐下來，背靠著她的大樹，無所思慮的幸福著。她最親愛的老公，無所不能的陳默會為她擋去所有的風霜雨雪，所有她不擅長的，她期待著他會為她完成的。

那是她的騎士，會待她如公主！可是現在，在這個平凡而平靜的夜晚，在所有人都開始入夢的時刻，她的夢忽然醒了。回憶如潮水一般湧來，她一下子想起了很多很多，從最初的相識到相愛，從分手到相遇，到結婚……她想起陳默曾經不知所措的愕然，想起他渴望挽回時的真誠，想他快樂時的笑容，想起他的無奈，他難得的憤怒……她發現自己好像從來都沒有試圖好好去瞭解他，站在他的腦子裡想想這些到底是為什麼。想想他是誰，他能幹什麼，不能幹什麼；他喜歡什麼，不喜歡什麼。

她好像總是那樣一廂情願的愛著他，對他好，渴望著他的回應，如果他恰好給對了就狂喜，給錯了就失望惱火。她就那麼單薄的愛著他，還以為，這已經是極限。她想起今天陳默跪在他母親面前時的眼神，想起……他眼底那一線紅印，彷彿會流淚似的。苗苑靜靜的看著陳默熟睡時微微皺起的眉心，那裡有一團模糊的陰影，她低頭吻一吻他，心裡難過得不得了。很難過很難過的時候，反而不會哭。

她今生最愛的男人，也不過是個普通人而已，他彈無虛發，他打架很厲害，人人都怕他，可那也沒有用。拋開那一切，他不過是個木訥的笨男人，儘管他也很努力，可是他仍然沒辦法擺平他母親，甚至永遠也搞不明白她那些細膩的小心思，於是……也就永遠都沒辦法好好保護她。

他不會是她萬能的騎士！

苗苑鄭重的告訴自己，不，他不是！他除了笨一點，木一點，偶爾也會不能依靠，會辜負她，會忽略她……然而，苗苑仍然無比的慶幸，真好，他們還相愛！他們還可以帶著愛情的有色眼鏡，就能過濾很多苦，留下更多的甜，彷彿被朦蔽了雙眼，只看到虛幻的愛人。

愛情讓人愚笨了，不是嗎？可這點愚笨是多麼重要，因為現實多殘酷，只有笨蛋才會相信我們真的能相愛到老。

這世上有多少人能一輩子都過得清楚明白條理分明？不能的，我們連自己的未來都搞不清楚，又怎麼可能一眼看清共同的將來？

苗苑自認她只是個笨笨的小女人，她不是那麼傑出的人才，她只想糊裡糊塗快快樂樂的過完這一輩子。她想起之前媽媽說過的一句話：女孩子，婚前要睜大眼，婚後要學會閉上眼。她結婚前睜大了眼睛找，找到了這輩子最喜歡的男人，現在她決定閉上眼，如果連她的陳默也沒法保護她，讓她滿意，她決定自己保護自己，保護她的愛情不會被細碎的失望磨穿。

苗苑悄悄的握起拳頭，她相信，她可以的。

那天晚上陳默一直睡得不熟，總覺得苗苑很不安份，可是疲憊讓他不願意醒來，只是把苗苑抱得更緊。清晨時分，陽光透過窗簾漫進來，陳默感覺到苗苑用一種非常大刀闊斧的姿態坐起了身。

「這麼早？」陳默有些疑惑。

「陳默，我們是確定不會離婚的，是吧？」苗苑異常嚴肅的看著他。

「當然！」陳默馬上清醒了，醒得很透。

「那麼，你總歸不會不要你媽的，對吧！」

「是的。」陳默說。

「行。」苗苑點了點頭，乾淨俐落的穿衣服從床上爬起來。

「怎麼了？」陳默覺得不安。

「沒事，你早上請一會兒假，陪我去你媽那兒走一趟。」

陳默登時愣了。苗苑倒了水，嘩嘩的刷牙，非常有幹勁的樣子。

陳默站在旁邊有些摸不著頭腦，他試探著問：「今天嗎？」

「是啊，反正都得說，遲還不如早，有些話我得跟你媽說說清楚，」苗苑用沾濕的手指拍一拍陳默的臉，笑了：「別怕，我不是去吵架的。我跟她說道理。」

妳跟她說道理？陳默開始覺得頭疼了。可是苗苑現在連走路都帶著風，這個樣子的苗苑是攔不住的。她穿上了自己最喜歡的衣服，梳了個自己最喜歡的髮型，戴上閃閃發亮的水晶蝴蝶耳環，還給自己抹了點唇彩。她在陳默面前轉了一圈，笑嘻嘻的說，可愛嗎？你必須忍受我這個樣子，直到我三十歲。

陳默連忙點頭，他只擔心這丫頭別轉轉跌一跤，事實上，當吳姐開門看到他們倆時，那表情活脫脫就像見了鬼，來得太早，陳正平還沒起床，韋若祺正在吃早飯。苗苑一本正經的坐到韋若祺面前，一字一句的問：

「能給我一點時間嗎？」

韋若祺錯愕的差點嗆著，她本以為這姑娘這輩子都不會再出現，可萬萬沒想到她大搖大擺的就來了，還這麼快。

陳正平在房裡一疊聲的催韋若祺進去幫他穿衣服，外面那三個硬的硬、狠的狠、笨的笨，沒一個省心的主，他要親自坐鎮。

苗苑端端正正的坐在客廳裡等，雙手放在膝蓋上，像一個正在等待高考的學生。陳默攬上她的肩試圖抱一抱她，被苗苑固執的甩開了。

陳正平穿好衣服蹣跚的走到苗苑面前坐下，他神色慈祥地用一種幾乎是恨鐵不成鋼的語調說道：「昨天的事，妳也別往心裡去，妳媽她家就這家風，她叔叔五十多歲的時候還被她爺爺打得滿院子跑……」

「可我家沒這家風！」苗苑馬上說。

「那是，是的，打人當然是她不對，我昨天就已經說過她了，她這個人啊……」

「爸，能不能先讓我說幾句話，我要跟媽說點事，你們能不能都先聽我說，別打斷我。」苗苑睜大了一雙烏亮的眼睛，擺出一本正經逼視的模樣，一個從來都不堅持的人忽然執著起來，是會讓人不自覺想退讓的。

陳正平馬上溫和的笑了笑。

苗苑把臉轉向韋若祺的方向，表情嚴肅的要命：「首先，妳昨天打了我一巴掌，過去就過去了，我也不打算找回來，但是從今天開始，如果妳再敢打我，我一定會打回去！」

韋若祺大吃一驚，眼神頓時銳利起來。苗苑不甘示弱：「妳別瞪我，我這不是為了我自己，我這是幫我媽討公道。我國小畢業以後就再沒人打過我，做錯事，我媽都跟我說道理。她養我到這麼大不容易，她自己心情不好的時候都沒拿我撒過氣，所以我不能讓人白打了，那樣對我媽不公平。」

韋若祺一時語塞，咬牙切齒。

「第二，我知道妳是陳默的媽，妳養了陳默是我婆婆，可是我們兩個人還是平等的。妳沒什麼高過我的，我也不覺得欠了妳什麼，所以，請以後別老是對我那樣指手劃腳的。是的，沒有妳就沒有陳默，妳養了我老公三十年，可將來我還得照顧妳兒子六十年，妳也不吃虧！第三，因為我們兩個是平等的，所以我有權選擇自己想過的生活。我不偷不搶憑本事吃飯，我沒覺得有什麼好丟人的。我養得起自己也養得活陳默，將來也養得起我兒子。我知道您想幫我是為我好，但是您的好，不一定就是我的好，我謝謝了！」

苗苑像連珠炮似的一口氣說完，胸口起伏，微微的喘著氣，她迅速的掃了那三人一眼，馬上說：「我要說的都說完了，你們還有什麼要說的嗎？」

屋裡另外那三位被她這一大串歪理給震著了，都還不及回神，超人變身也沒這麼狠的，一百八十度急轉，小白兔換上了鐵齒鋼牙，是個人都要愣上三愣。

苗苑略等了一秒鐘，馬上拉著陳默站起來鞠了個躬：「爸，媽，那沒什麼事我們先走了。」

變故迭起，陳正平根本還想不出要說什麼，就眼睜睜的看著陳默被扯走了。苗苑很想飛奔，如果不是陳默硬拉著她，她大概真能跑起來。多厲害啊，她太牛了，她真的說出來了，唬得太后一愣一愣的。陳默被苗苑飛揚的神采所感染，心情輕鬆了一些，笑道：「怎麼開心成這樣？」

「當然開心啊！我容易嘛我，我想了半夜呢！就怕到時候說不出來，要不然讓你爸一打岔，全打亂了。」

苗苑握緊拳頭放在自己胸前：「沫子說大家相處要先立規矩，我現在想想呢，也是我自己懶，老是指望著混過去，結果越混越僵了。不過呢，陳默啊你放心，我不會欺負你媽的，我不是壞人。我就是，也不能讓她欺負了。」

陳默無奈的點了點頭，用力揉亂了苗苑的頭髮，這丫頭連珠炮似的一打，不知道後繼又得怎麼收場。

「我媽她……其實沒有惡意。」陳默斟酌著用詞：「她就這脾氣。」

「我知道啊！我沒說她想害我什麼，我就受不了她那個勁兒，好像我們是她手裡的……玩具似的，想怎麼擺弄怎麼擺弄，指東就不能往西。人不能想怎麼樣就怎麼樣吧，我還覺得自己是公主呢，我還想全世界的帥哥都聽我說話呢……可能嘛！」苗苑滿不在乎的揮揮手：「算了，上班去了，晚上回來吃飯嗎？」

「回。」陳默說。

他看著苗苑的背影混入人流，每一個城市在早高峰時都有熙熙攘攘的人流，他的苗苑就那樣消失無蹤影。

而陳默卻覺得自己還能看見她等車的樣子，又恢復了活力的笑臉，翹首期待著下一輛公車的到來。

這女孩有一種讓他看不懂的神奇才能，陳默無法形容那到底是什麼，可是，他很喜歡，因為他知道那是他不擁有的，甚至是他們全家人都不擁有的。

在回駐地的路上，陳正平給陳默打了電話詢問苗苑的情況，陳默說：「挺好的，她就這麼多要求，她說出來就舒服了。」

陳正平緩緩的哦了一聲。

陳默說：「她從小就是那麼過的，所以不習慣我媽那樣。」

陳正平默然不言。

「不過，她還在提要求，爸……你明白的。」

「我知道。」陳正平說：「這丫頭心底不壞。」

陳默於是也沉默了。

半晌，陳正平說道：「你媽現在還是很難受，她很失望。」

陳默想了想，說道：「我小時候，一直希望我媽能別那樣。我記得有一次，她讓我晚上吃速食麵，我忘了，放學熱了點飯。她回家打我一頓，說我撒謊，怎麼可能會忘了。我也一直失望，可她還是我媽。」

陳正平啞了很久，長長嘆道：「都怪我。」

「沒關係，我知道你們忙。」陳默頓了頓：「爸，你勸勸我媽……家和萬事興。」

第五章

我愛你，我的寶貝

陸臻少校說過，生活是一場持久戰。其實生活還是一場游擊戰，敵退我進，敵進我退……

耳光事件之後苗苑的姿態強硬了很多，而韋若祺則沉寂了很多，婆媳關係又一次降入冰點，兩位陳先生很無奈，同時又慶幸她們好歹還是各自收斂了脾氣，把這一頁揭過，沒有扯住了不依不饒。

苗苑把她的英雄事蹟說給大家聽，所到之處掌聲雷動。沫沫心酸的抹了一把臉說閨女啊，為娘終於不用給妳操心了。苗苑追著她打，馬上被小米截了下來。倒是蘇會賢聽完之後笑著說妳婆婆也算不錯了。苗苑很鬱悶，喃喃的想要分辯。蘇會賢卻說至少她不愚蠢，至少她沒惡意。

苗苑一聽倒也愣了，是啊，這世上損人不利己，一定要折騰得不死不休的人也不少，拼了命使壞心就是想讓兒子媳婦離婚的人也不老少，這麼說起來，韋太后還真算不錯的。

蘇會賢說她生母去世很早，哥哥蘇嘉樹從小無法無天，十幾歲的時候在外地打架差點捅死人。她爸說別管他，讓嘉樹在局子裡待著受點教訓，可繼母暗地裡塞了不少錢，讓她哥好吃好睡成天打電子遊戲。誰都說他們兄妹運氣不錯，遇上的後媽不難相處，可是後來她自己有了孩子卻管得很緊，全然不是這麼教育的。回頭想起來也是啊，別人的兒子，寵壞了有什麼關係，好好教育多費事。

苗苑聽著冷汗連連，蘇會賢又笑了，說我哥那性子，就算親媽在的時候也沒管好過。其實妳婆婆不愛陳默，那是妳的運氣，她不愛他，陳默就只能是妳的，誰也搶不走。最可怕的婆婆是把兒子當皇帝，也要求妳把她兒子當皇帝。

這個彎繞得大了一點，苗苑反應了一陣才回過神，可是回神之後就徹底恍悟了。

她想起她一個表哥，工作好、樣貌好、脾氣也好，能說會道，能吃會玩，可是沒有女人願意嫁給他，他也不熱衷於給自己找個老婆。她想起她那位無比麻利能幹的阿姨與她聽話的兒子……

苗苑心想這倒也不是他們家陳默有多好，只是現在有些男人都被寵得太不像話。陳默縱然有一百個缺點，至少夠大氣夠獨立像個男人，頂天立地。該他出來說一句什麼的時候，在大節都沒站過錯隊，也從不曾與她在細枝末節家長裡短上爭過高低。

苗苑覺著，大概每個人想要的都是不一樣的，她不是沫子，不是聰明能幹的蘇姐姐，她喜歡做藤蔓，她喜歡陳默那樣堅硬的大樹，不會彎不會垮，無敵的安全感，讓她能放心依靠。她自己覺得可以滿足了。

其實上帝偶爾也是會公平的，苗苑在家中失意，店中就得意。

也不知道是白色情人節那天火爆的長隊驚動了眾人，又或者是會賢居的中式細點隨著蘇老闆家的興旺生意更加聲名遠揚，人間蛋糕店這塊牌子在城裡慢慢也有些紅了起來。苗苑又多請了兩個小妹，一個幫著王朝陽收銀，一個幫裡間打下手，於是目前苗苑手握四員大將，也算個正兒八經的小老闆了。

店子紅了就有人找，不光是門前慕名而來的食客在翻倍，背後跟苗苑商量著要大批量訂製餐點的飯店也頗有幾家。雖然之前苗苑與蘇會賢簽的合同上沒有寫明獨家合作，可是苗苑臉皮子薄，總覺得不能幫別人跟蘇姐姐搶生意，都私底下一一回絕了，而且特供給會賢居的那幾款糕點在人間正堂裡也不出售，獨家到底，非常給面子。

有句老話叫無商不奸，其實那是錯的，尤其是餐飲業這種長期生意，唯有誠信才是立業之本。

苗苑一直沒給自己表過功，但蘇會賢都看在眼裡。她是心思極細膩的人，不動聲色間已經把苗苑從可以合作的合作夥伴升格為可以交往的可靠朋友。做生意有來往，做人也是，投桃報李，有時候吃虧也是佔便宜。蘇會賢並沒有主動給苗苑漲價，但是她有好點子，她從來不吝惜教給苗苑。

苗苑有好手藝，蛋糕做得好吃，亦有小聰明，時時花樣翻新。五月份再次上新品，這次的主題是「長安夜」，中西技法混作相當特別。她將香菇雞肉椰漿煮咖喱餡包成餡餅，然後做出瓦當的模樣，在餅皮上壓出「長夜未央」，用澄粉皮裹著鮮奶油混棗泥餡，水晶剔透的一條，這美麗的點心就叫「琉璃袖」，她還做了巧克力味的「大明宮」，辣味的「漢宮飛燕」，還有用中式乳酪和杏仁豆腐做成的「溫柔鄉」。

而蘇會賢一手指點了整個運作，把五款糕點分開五次推出，每次都提前一週出海報、上模型、只試吃……就是不給買。蘇會賢在報社的美食版頗有一些人脈，而此時人間在城中也著實有了一點熱度，於是順理成章的做了個專題錦上添花，生意一下就旺盛起來了。

蘇會賢看準時機讓苗苑換了招牌，正式更名為「人間創意私房點心鋪」，店裡面分設兩種系列，一種是大家都有的大路貨，還有一種就是店主手製的私房花色。小陶冶慷慨的白送了一個LOGO設計，整個店面略換了軟裝修，頓時整體格調就高級了起來。

苗苑一開始不理解，私房是什麼意思，這麼改為什麼，所謂的創意私房貨與普通品成本上又沒什麼差別，賣那麼貴能成嗎？

蘇會賢聯合陶冶一起指點她，這年頭人人都喜歡顯示自己與眾不同，西點又不是白米飯非吃不可，好這一口的人大半矯情並熱愛浪漫主義。他們上豆瓣，看法文片，聽陳綺貞；他們總以為這世界最多只有一千個人活

得與他們一樣，其實這麼想的起碼有一千萬。但是沒關係，就讓他們誤以為人間是那一千人專屬的VIP，他們就會為了這VIP多給三成標價。苗苑捂嘴傻樂，心想原來就這麼簡單，俺也跟著時尚了，小資（註6）了，小眾（註7）了……高學歷化了。

苗苑有時候覺得自己挺小氣，比如說上報了還要裝作若無其事的帶一份回家，陳正平戴著老花鏡很賞臉的仔細讀完了整個版面，韋若祺則面無表情的無視了它。苗苑這時候又覺得自己大氣了，她心想愛看不看吧，至少我一直在妳面前存在著，而且快樂的牛氣的存在著。

苗苑發現婚姻真的會讓人改變很多，原來放不開的放開了，原來豁不出去的豁得出了，原先總覺得自己只是個弱弱的小女人，這也不敢那也不想的，只知道縮起來安安份份的做人，現在忽然覺得天高海闊了。苗苑抱著陳默的肩膀說她的夢想，陳默微微笑著說挺好的，就是我也幫不了妳什麼。苗苑認認真真的看著陳默說不會啊，就是要有你在我心裡才有底。無功受祿，陳默的臉上紅了紅。

不過很快的陳默也派上了用場，蘇會賢的好朋友楊永寧從法國逃婚歸來，在蘇老板那兒四散陪嫁，苗苑見者有份拿了兩套精美的西點圖解。可惜一翻開全是外文，苗苑看著頭都大了。她這一生最恨英文，西點製作就算是內容不深，她也看得極度痛苦。大晚上的開著翻譯軟體一個一個的查單字，陳默探頭過來看看，說：「我來吧。」伸手把書和筆拿了過去。

苗苑怯生生的指著電腦問：「要嗎？」

註6：小資：原為小資產階級的簡稱。泛指學歷較高，收入固定，重視物質與精神享受，追求生活品味與格調的人。
註7：小眾：指在群體之中，人數較少的部分。

陳默搖了搖頭，唰唰唰下筆直譯，跟平常寫字一樣快，苗苑看得眼睛都直了：最萌英語學得好的人了。

那兩套書一套英文一套法文，陳默英文完全能搞定，法文就翻得極為侷促，試了幾頁發現啃不下去，只能先專心對付英文版。雖然陳默辦事效率高，可是畢竟工作忙，一週回家就那麼幾天。苗苑又心疼他，總說慢慢來不用著急的，一次翻譯完了她也試做不過來。可是陳默性格執著，而且難得有機會表達存在感，他幹得頗為滿足，以致於去週末爹媽家也揣著。大家吃完飯坐一起看看電視聊個天，他坐在一旁捧著碩大一本硬皮書下筆如有神。

苗苑一邊與陳正平扯著閒話，眼角的餘光卻忍不住一直飄過去，陳正平心領神會的放過了她，默默旁觀這丫頭傻乎乎的看著自己兒子的背影看了整整半小時。

那天，等陳默他們走後陳正平拽著韋若祺說算了，真的。至少這閨女是真的喜歡妳兒子，陳默坐在那兒一動不動的她就這麼看著他，笑得像花兒一樣。陳默沒結婚就不聽妳的，現在結婚了，這姑娘這麼稀罕他，妳還指他給妳轉個性？

韋若祺黑著臉，默然無言。

這世界，其實太認真你就輸了，至少苗苑是這麼覺著的。上帝給你關了一扇門，你就去找個窗，實在連窗都沒有，還能自己撞個坑，反正就別指著一個地上的死磕。婆婆不稱心，真遺憾，可咱還有老媽；老公不會玩是挺沒勁的，可是他看著妳玩他也不攔著不是？他不光不攔著他還挺樂呵不是？人活就得往好裡想，怎麼舒服怎麼過。

有時候苗苑挺可憐她婆婆的，你說那麼大一個人了，上趕著跟自己兒子媳婦找不痛快，有意思嗎？誰也沒攔著她礙著她，還生怕她老人家發火，都想法兒順著她。就這麼著她還要活得這麼不開心不滿足，那不全是自找的嗎？

苗苑覺得韋若祺真是沒救了，基因問題，她就沒有讓自己幸福的基因。

苗苑和沫沫自從懷上了食量就大漲，再加一個陶冶，三個吃貨撞在一起，成天沒別的目標就指著吃。你家的涼皮，我家的臘肉，網上網下的成天琢磨四下搜羅。總是在傍晚那一撥生意結束之後，三個人就開始鬼鬼崇崇的轉發簡訊。

吃了麼？

沒吃！

沒吃吃點啥？

有毛（什麼）好貨？

我聽說XXX絕B牛氣……

^_^去搶位置！！

一般來說陶冶下班早，就由他去搶位置，苗苑去接上沫沫緊隨其後，如果陳默不值班再叫上陳默。饕餮完成之後分類打包，沫沫捎回店裡給老公，苗苑帶上一份給夥計們加宵夜。每當這時候陶冶就有些受傷，因為他無牽無掛，本想說給爹媽帶點回去，可惜家中母上太不解風情。也是，好好的家裡的飯菜不吃要去外面吃，吃完了還往面前帶，那不是上趕著打臉嘛！

陶冶被甜蜜的小倆口刺激多了，就尋思著自己是不是真的也得找了，於是很快的又失戀一回。「又」這個字在此不僅指代表著事件，還代表了物件，是的，哲人說人不能踏進同一條河流，但是陶冶確定在同一個姑娘身上失戀了兩次。

事情是這樣的，陶冶在上一次告白未果之後，本來是打算放棄的，可是無奈市局忽然開展網路掃黃行動。網監大隊的人手不足，陶冶就被抽調了去幫忙，偏偏那姑娘最近對他甚是和顏悅色，結果日久生情，陶冶心中那未曾磨滅的小火苗又蹭蹭燃燒了起來。此時陶冶的星座研究已經進階頗深，他指著他與她的命盤向那姑娘深情的解釋道，妳看，雖然我們兩個的星座在太陽上不合，但是在月亮上還是合的。警花姑娘忽然興奮起來，啊呀呀，那你幫我算一下我和程警官的星座有多合吧！

晴天霹靂，陶冶當場被雷得外焦裡嫩，香酥透骨。

他拉著那姑娘說姐啊，妳看上誰不好，妳可千萬別往那火坑裡跳啊，那廝決計不是好人，說他流氓，我們那整片的流氓都不答應。人家別人那是客串幾次小混混賺點閒錢，就他是職業的，拿錢當流氓。警花姑娘沉默了兩秒鐘之後目光陡然犀利起來，輕輕哼過一聲：我本來以為你還算個男人，沒想到是這樣的。

陶冶頓時傻眼，深受其傷。

是的，失戀是可以接受的，被拒絕也是可以接受的，但是輸給程衛華是絕對絕對不能接受的……他深深地感覺到這個世界上有眼睛的女人大概是死絕了。

陶冶在悲憤之餘下決心要給自己吃點好的，苗苑和沫沫為了安撫純情少男受傷的小靈魂給他在會賢居包了個小包廂，大門一關好菜點起來，男人吃吧吃吧不是罪。有時候事情就是那麼巧，苗苑出門洗手，居然剛好在過道裡碰上程衛華。程警官一向唯恐天下不亂，聽說陶治又失戀了，頓時喜得笑顏逐開的，不一會兒拎著半瓶白酒從另桌流竄過來。

小玻璃杯子滿上一盅，程衛華笑道：「問天下情為何物，只叫人生死相許……來，哥敬你！」

陶治這會兒看見他就窩火，可是礙於面子又不好明說，氣呼呼的接過來一口悶，把程衛華和苗苑他們都嚇得一愣。陶治是另類酒徒的典型代表，你別讓他沾酒他比誰都乖，而且拼了命的逃酒就是不肯碰；可是萬一讓他喝開了，那就完蛋，不醉不歸啊，那叫一個不醉不歸。

程衛華才愣了一秒鐘就笑了，眼角彎彎的往上挑，笑得那個奸詐。陶治斜睇著眼看過去，心裡那叫一個不爽，他自顧自又滿了一杯，指著程衛華問苗苑她們：「你們說，我們兩個誰帥！」

「你帥！當然是你帥！」苗苑與沫沫異口同聲。

陶治舒心了。程衛華趁熱打鐵錦上添花……迅速的把陶治灌成了灘爛泥，然後……他駐足欣賞了一會兒陶治發酒瘋的傻樣，心滿意足的走了。

苗苑惱火的攔住他直嚷嚷，不會吧，你得幫我把他運回家啊！

程衛華賠笑說哎呀呀陳夫人妳這可就難為我了，我隔壁還有一桌兄弟在等著我呢，再說了，我今兒也喝了開不了車了，要不然上路讓交通大隊的兄弟給扣了那得多丟人啊！說完，程衛華一溜煙兒的跑了，苗苑氣得直跺腳。

沫沫已經快六個月了，挺著個大肚子本來行事就不方便，苗苑雖說還沒顯身子，可是陶治一百八十公分的大小夥子，醉得親娘老子都不認識，正趴在地上耍酒瘋，自己一個孕婦怎麼可能拖得動。苗苑氣得一邊給陳默打電話一邊罵程衛華不是人，好在九點之前陳默都不忙，雖然是值班時間，可是出來接送個人還不算難事。

陳默一向行動迅猛，當他趕到的時候苗苑與沫沫剛好清掃完戰場，陶冶已經基本發完酒瘋趴在一角的沙發上呼呼睡得正香。苗苑一看到陳默就特別高興，連忙從牛蛙盆子裡把之前藏下來的兩隻口水牛蛙撈給陳默吃，又多叫了一份榴槤酥打包，讓陳默帶回去明天當早飯。

本來陳默是打算進門就在服務台把帳先給結了，結果輪值的當班經理章宇一眼就認出來是陳默，連忙笑著擺手說不用了不用了，苗老闆的帳都是打七折直接從貨款裡清掉。

陳默乍然聽到苗老闆三個字微微愣了一下，把拿出來的錢包又放回去，點頭說了一聲謝謝。

章宇看著那道筆直的背影慢慢地融進人群餐火的喧嘩鼎盛處，不自覺有些走神。

蘇會賢從外面進來正巧就看著了這一幕，頓時狠狠的被雷了一下。她一巴掌拍在章宇肩膀上，把人引到落地窗邊隱蔽的地方，非常嚴肅的說：「八仔，雖然你看男人的眼光進步了我很高興，但是這個太誇張了，死透了。」

「什麼話！」章宇臊得滿臉通紅：「我就是在想，陳隊長真是奇怪，苗姑娘比他小這麼多，又老是和年輕小夥子一起吃飯啊，唱歌什麼的，他也不生氣，還過來幫忙。」

「奇怪？」蘇會賢輕輕一笑：「這是最高段位！知道怎麼樣才能保證你的愛人不會靜悄悄的背叛你嗎？就是這樣，首先，你得給她信任，如果你把她每一個異性好友都打死，那從此以後你都不會再知道她有沒有異性好友，所有的地下情都是在地下才能發展出來的，別逼她把光明正大轉地下。然後，你要跟那個人做成朋友，點頭之交也好，生死之交也好。」

「難道這樣人就不會跑了？」

「倒也不一定。只是如果這樣做了，她還跟人跑了，那你也就沒什麼好遺憾的了。」

章宇長嘆一口氣說：「如果趙銳也能這麼想就好了。」

蘇會賢不屑的：「你那個趙銳是腦子有問題好不好，他連你跟我都懷疑，你一個純Gay，我一個死直，我們兩個有半點可能性搞到一起去嗎？我拜託你給我爭點氣把他甩了吧，那小子不是一般的王子病，這幾年我都讓他折騰夠了！」

「趙銳怎麼說，至少……」章宇有些無力。

「至少不出去花！是吧？我就想不通了，兩個人在一起這難道不是最基本的嗎？」

「妳也知道對於我們這圈子來說不是的。」章宇垂頭很無奈的笑了笑。

「見鬼，」蘇會賢很不爽的拍窗子：「早知道當初還不如勸你從了我哥呢。」

「妳覺得我跟蘇嘉樹會有好結果？！」章宇驚得直跳起來。

「那當然不會，只是如果是嘉樹的話，你應該被甩了很久了，你那個一根筋式初戀症候群也就沒機會發作了。」

章宇鬱悶的趴在窗上，正看到陳默架著陶冶出門，他小聲嘀咕著說：「換人是吧，行啊，妳給我介紹個好的啊！我要求也不高，像陳隊長這種的。」

蘇會賢切一聲：「這種品質的男人我不會自己留著麼？」

「喂，別那麼小氣，妳跟我又不是一個消費群，不相交的。」

「怎麼不相交啊？這個世界除了你我，還有蘇嘉樹那號沒節操的男女通吃。」

章宇大笑：「都沒節操了，還算什麼好男人！」

蘇會賢順著章宇的視線往外看，正看到陳默把陶冶扶上車，苗苑站在旁邊看著，月光下小小的面孔不過指甲蓋那麼大，半仰起，看著她的男人，五官模糊不清，流動著晶瑩的光。

多麼幸福的女人！那麼幸福！

這個女人能讓自己很幸福，她看得準，抓得住，忍得起……那是很多很多比她更聰明能幹的女人都不擁有的才能。

「哎。」章宇用手肘碰了碰蘇會賢：「妳家那位，劉昊是不是也這麼高段位啊？」

「你跟他很熟嗎？」蘇會賢冷道。

呃，章宇一愣，心想我都沒怎麼見過他吧。

「我倒是認識他不少朋友，紅顏的……」蘇會賢看著陳默的車遠去，慢慢地說得很輕。

天有不測的風雲，人間有變幻的煙火，有時候人會有某種預感，心神不寧的意識到某些事情正在發生，只是人們也會有某種惰性，矇上眼睛迴避希望它們不存在。

起初陳默以為他的不安來自於家庭，可是該鬧的都鬧過了，該撕破的也都撕破了，所有粉飾的太平都打碎了，最壞的也就已經過去了，未來還能怎麼樣呢？也不過就是那兩個女人老死不相往來了。可是後來，陳默忽然意識到讓他不安的不是韋若祺也不是苗苑，是方進，方進已經快兩個月沒給他打過電話了。

方進一向很囉嗦，扯著什麼仨瓜倆棗的都想彙報，跟他打電話比給自己親媽都勤。陳默記得上次他們通話是苗苑剛懷孕那陣，方進和苗苑在電話裡著實扯了一通有關閨女小子的問題，那麼現在……這麼長時間過去了，發生了什麼？

陳默不打算讓自己想下去，因為，不會好。

可是那天當陸臻在電話用某種不同往常的嘎然沙啞的嗓音說道：「是我，陸臻。」

陳默直接打斷了他：「方進怎麼了？」

陸臻愣了一會兒，笑了：「心有靈犀啊！牛！今兒剛開禁我就找你幫忙了，別說兄弟們辦事繞了你。」

「嚴重嗎？」

「還行吧，其實還好，醫生說癒後還好，可以正常生活。」

陳默慢慢的哦了一聲。

「但現在的問題是這樣，我們本來打算實在不行就送他去國關當教官，嚴頭跟那邊也都聯絡好了，他們當然也很高興。但是方進他那個……擰勁兒上來了硬要退，當然，也怪我不好，最近注意力都在隊長這邊，沒管他。嚴頭那脾氣你也知道，他現在焦頭爛額給個火星都能炸，一怒之下就把文件給批了。」

「那現在呢？」陳默問。

「等我知道的時候手續已經到總參情報部了，追不回來了。」陸臻嘆氣。

「隊長怎麼了？」

「還行吧，隊長這裡一切有我。」

「我能幫什麼？」

「幫忙管著方進，我們都很擔心他，但是我和他爹媽沒一個鎮得住他……」

「沒問題。」陳默說，這不是幫忙，這本來就是他要做的。

「別說沒問題！別現在就說沒問題。」陸臻很嚴肅的打斷他：「你現在要還單身隨你怎麼說，我都不稀得給你打這個電話，直接把人給你送過去了，方小侯也不會扭扭捏捏的不好意思。可是你現在結婚了，有老婆，老婆還懷孕了。你等會和苗苗好好商量一下，態度誠懇點好好說。別張口就是什麼爺們的交情女人靠邊站，你行也行不行也得行。別回頭方進沒事，你們家拆夥了，我也不是沒見過這號囧事。」

「知道，我明白了。」陳默想了想，終究還是沒有開口去問到底怎麼了，損失有多大。有些事無論好壞他都再也插不上手了，知道得越多，也就只能越難受。

苗苑起初聽說方進受傷了要住她們家裡來，心裡自然是有些彆扭的。這日子一波未平一波又起的，怎麼好

像小倆口要過點沒人打擾的安生日子就這麼難？可是再一想那是方小叔啊，那個結婚時給她買了一萬塊錢大鑽戒（雖然最後也沒拿著）的方小叔啊！不久前還聽著他在電話神氣活現呢，要當乾爹得生小子，現在忽然就說受傷了，苗苑就覺得也挺心疼的。再看看陳默一臉的難過，苗苑心裡知道，這事擺在那兒了，妳行也行不行也得行啊！所以，還不如索性推個順水人情呢。

這人情既然做了，索性就給到足，方進來的那天苗苑專門和店裡打了聲招呼陪著陳默一起去火車站接人，雖然陳默沒要求，可是苗苑看得出來，陳默喜歡這樣。兩個人肩並著肩站在火車站外的廣場上等著，苗苑發現陳默拳頭握緊垂在身側，她偏過頭把陳默的手拿起來，把指頭一根根掰直，陳默垂頭看著她笑了笑。因傷退役，聽起來好像很嚴重的樣子，苗苑正尋思著怎麼受傷了還擠火車，方進已經隨著人流從出站口擠了出來。

五月的天氣，不冷不熱的，方進穿著荒漠色的數位迷彩夾克，下身鬆垮垮的套了一條水磨藍的牛仔褲配沙漠靴，一個碩大的行軍包單手背在背上，正在興奮的向陳默揮手。

「默默！」方進從水泄不通的人群中神奇的分開通途衝殺到陳默面前，他先緊緊的擁抱了陳默，再擁抱苗苑，最後把兩個人都抱進懷裡：「我想死你們了！」

苗苑笑著說：「方小叔你看起來不是挺好的嘛！」

方進神氣活現的：「那是，難道妳當爺廢了？」

陳默狠狠的瞪了這兩人一眼，說：「閉嘴，回家！」

陳默轉身在前面領路，方進和苗苑面面相覷，偷偷的吐了一下舌頭。

方進小心翼翼的提問：「苗苗嫂，默默心情不好？」

苗苑小心翼翼的回答：「方小叔，好像是的。」

陳默這一路上都黑著臉，方進一路都陪著笑，苗苑看看這個，再看看那個，最後決定她還是不趟這灘混水了，於是氣溫直降，跌破冰點。

一進門，陳默就對苗苑說妳先去上班，我和方進有事要談。苗苑眨巴眨巴眼睛，見陳默一張臉已經寒到結冰，再看看方進也沒有什麼求救的意思，只能給方小叔送去了一個你自求多福的眼神，笑眯眯的打了個圓場說那我晚上早點回來，我們做點好吃的給方小叔接風。她把接風兩個字唸得特別重，只希望陳默還記得方進是客人。

方進等苗苑出門，隨手就把背包扔到地上，大咧咧的往裡走……

「為什麼？」陳默問。

「什麼為什麼啊……」

方進沒來得及回頭，身後風聲凜厲，陳默已經一腳踹過來，方進反射式的閃開，膝蓋頂上去擋了一下。

陳默伸手扯住方進的衣領把他頂到牆上：「為什麼？」

方進垂下眼簾避開陳默的視線，慢慢掰著陳默的手指掙脫開，他伸出右手抓起一張椅子平舉，幾秒鐘後，手臂開始顫抖。

「爆發力還有點，耐力沒了，槍都拿不穩了我還玩什麼？」

方進脫了外套，翻起右邊短袖給陳默看，原本肌肉紮實的肩膀上傷痕交錯，好像醫生也很無奈，勉強把一堆破布拼綴起來，卻縫得針腳紛亂，接縫處是尚未真正癒合的新生皮肉。

陳默伸手碰了碰，指尖蜷起。

「有點兒背，真的，三筆寫一個寸字，讓爺撞上了。」方進垂頭喪氣地拉椅子坐下：「破片太密，這塊兒又沒防彈衣擋著，一下割深就這樣了。我就想那算什麼事？難不成將來爺出任務還讓新兵蛋子護著我？沒這個理，對吧，所以算啦，咱就別賴著嘛，別害人害己。再說了，其實我之前就有點不太想幹了，你走了我一直不習慣……當然，小花他槍法也很好，可他不是你，你不在我身後，我這心裡就是沒底。本來吧，還仗著爺自個英明神武，可你看現在我自個都不怎麼著了，你走了，小花也不幹了，隊長傷了……」

方進自顧自的說，卻一直沒聽見陳默出聲，心裡發虛偷偷一抬頭，愣了。陳默就在他身前筆直的站著，臉上似乎是沒有什麼表情的，可是眼眶裡閃著光。

「默默？」方進一下就慌了：「那個，那個那個，我不是在抱怨你……」

陳默扳過方進的肩把他抱得很死：「對不起。」

「什麼呀……」方進右手握拳在陳默後背上用力敲了敲：「你，你別這樣，你別難受，啊……我就看不得你們這樣。」

「去國關不好嗎？」陳默幾乎是有些傷感的看著他。

「沒什麼好的，煩著呢！」方進很受不了陳默那眼神，連忙揮揮手，大大咧咧的攬上陳默的脖子往裡間走，他從茶几上拿了個蘋果，隨手在衣服上蹭蹭，一口咬下去，眼睛一亮：「很甜嘛！」

陳默無奈：「苗苗買的。」

「苗苗嫂就是會過日子。」方進一拍大腿，試圖轉移話題。

陳默顯然不會中他這個計，咬死追問：「為什麼不肯去國關？」

方進嘴裡叼著個蘋果，盤腿坐到地毯上，視線斜斜的挑起來與陳默對視，堅持了幾分鐘之後毫無懸念的落敗，他慢慢啃著蘋果說：「你看吧，我們隊那些新來的，算起來在各軍區都是能進特大的水準。就這，在我手裡訓起來，我還覺得他們都挺笨的。可是國關那兒全是學員兵啊，那不就更得操了嘛，多沒意思啊。陳默，真的，你別替我難受，別聽陸臻那小子說的，他就以為我在堵氣，我在鬧是吧？哪有啊，他以為爺是他啊？我是這麼想的：老子十八歲特招，一天沒浪費，從披上那身皮的那天起，子彈管夠，槍撒開用，身邊的兄弟個個厲害，幹的任務全是別人想都不敢想的……這十二年，我覺得爽啊，夠了！當兵，在咱們中國當兵當到爺這份上，也算是沒有什麼遺憾了吧！為國盡忠，老子能幹的都幹了！沒遺憾，真的！現在身體不行了，正好回頭給爹媽盡孝去。當然我據觀察，我們家老爺子還有我媽，所以現階段我先把自個收拾好了，就當是盡孝了。」

方進越說越興奮，眉飛色舞的。陳默一聲不吭的聽著，帶著若有所思的神色，淡淡的沉寂著，方進於是說著說著心裡又開始發虛，他小心翼翼的碰了碰陳默：「哎？你不會像臻兒那樣也想攔著我吧？」

陳默掃了他一眼：「今後有什麼打算。」

方進頓時笑開了花：「我就知道，默默，我就知道！就算誰他媽都覺得老子瘋了，你也能理解我。」

陳默無奈的拍了拍方進的腦袋，他說：「我不理解你。」

方進迅速的洩氣。

「不過你想做什麼我都不攔你。」陳默看著他，忽然笑了。

方進立馬又歡騰起來，指天劃地的：「其實爺也沒什麼大打算，我就想啊，我也老大不小了對吧，五年之內，找個老婆，生個娃。然後你看啊，我們以前老說保衛祖國保衛祖國的，是，咱出任務的時候哪兒都走過，可那看不到什麼，我就尋思著我將來得把咱們這個國家都走一遍，看看老子辛苦十二年都保了點兒啥……」

陳默低頭想了想，問道：「現在隊裡怎麼樣了？」

呃……方進臉上一僵，他口中吹得光輝燦爛的鴻圖大計嘎然停止，像一個氣球吹到了頂點忽然爆開，所有歡樂的氣氛被炸得蕩然無存，只剩下一些疲憊的膠皮四下散落。

僵了一會兒，方進說：「嚴頭，頭兒暫時回來先鎮著，具體事務黃二隊在管。咱們自己隊裡有肖哥和老宋管著，就是你們狙擊組現在沒人，暫時領頭的是衛禮煌，你走了之後正式入隊的，不過那人你見過，就那個名字跟國軍特像的那個……跟咱們一起幹過六十大慶的安保，基本就這樣了。其實這次我特佩服的就是小花，我們以前都覺得這小子處起來有點油，好爭個什麼，不夠實在。可這次，這麼大個黑鍋他一個人背了。」

「到底怎麼回事？」

「怎麼回事？就那麼回事兒唄！」方進有些憤憤的：「出事故了，上面就不高興，你跟他們說客觀難度，你說這仗多難多難，他們不會管的，坐在那裡說話的那幫子人，他們上回拿槍都是猴年馬月了。他們以為自己門兒清，其實他們狗屁不懂的。而且，老將軍不在位了麼，嚴頭又鬥不過他們。就是可惜了小花，剛剛回國啊，我操，他還不如晚倆月回來，就趕不上這一茬兒了。」

陳默沉寂了一會兒，問道：「最後怎麼處理的？」

「按義務兵退出現役。」方進咬牙切齒的。

陳默挑起眉毛，臉上變色。按義務兵退出現役。這比開除軍籍要好一點，比上軍事法庭受刑坐牢要好一點，可是……一世武勳，風去雲散。陳默倒是終於想通了為什麼陸臻認定方進堅持轉業是在堵氣，這的確太像方進會幹出來的事。他看到方進唬著臉，那表情很肅殺，他於是想了想問道：「你錢包呢？」

「什麼錢包？」方進莫名其妙，從褲袋裡抓出一大把皺巴巴的紙幣、憑證、車票，還有各種證件。

陳默在那堆破爛裡扒拉一陣，把身分證先挑出來，七七八八的垃圾扔掉，剩下那些錢抹平了數了數，居然有二千五百多塊，他把自己的錢包拿出來清空，換上方進的東西，最後數了兩百塊錢裝進去。

「默默。」方進哀嚎：「你這給得也太少了。」

「轉業津貼和撫恤金什麼時候下來？」陳默不理他。

「不知道，反正就原來那張卡。哎，陳默，二百塊錢真的太少了，你看這又不比在隊裡，滿大街都是花錢的地方啊。」

「所以不能多給你。」

方進淚流滿面：「你怎麼比我媽管得還緊。」

廢話！陳默心想如果你媽靠得住也就不會托給我了。當然陳默也知道他這種只進不出型的理財方式實在不見得有多高明，可是總好過花錢如流水，見啥都想買。好在苗苑真是個會過日子的主，陳默很慶幸。

他一邊給苗苑打電話通知她晚上多買點菜早點兒回來，一邊看著方進在客廳裡東摸西找，他又拿了一個蘋果在啃，這次因為沒人看著，他連蹭都沒蹭。

無論方進基於什麼理由選擇轉業，可現實終究就是這樣了。陳默不是陸臻，他不喜歡糾結那些理由、原因與過程，他只尊重結果。只要這結果是方進樂意的，他自己的決定，陳默都覺得沒什麼必要去難為他。

陳默從來都不是一個喜歡指點別人怎麼生活的人。

有陳默那話放著，苗苑放量大採購，東西還沒買齊她就意識到今天光靠她這麼個孕婦是運不回家了。不過怕什麼呢？苗苑瀟灑的打了個電話回去：請來個壯勞力！結果兩個壯勞力一起到了。苗苑左看看右看看，一個修長英挺，一個精悍強壯，這兩人往她身邊那麼一站。

活活！那感覺，簡直跟明星似的。

她驕傲的挽著陳默的胳膊，指使陳默掏錢，指揮方進背貨，買個菜而已，活生生在菜場買出了萬丈豪情。

方進不是會客氣的人，他跟陳默尤其不客氣。雖然來之前被爹媽和陸臻都教育過，說今時不同往日了，你兄弟現在也是有家室的人了，別看他當年跟你好得穿一條褲子，可是現在人有老婆了，老婆知道是什麼不？老婆來了，你這兄弟就得靠邊站！

方進當時點頭不迭的說好好好，可一回頭把這些話全賣給了苗苑。他憤憤不平的揮著手說：「你看看，苗嫂，他們怎麼能這麼想妳。」

苗苑嘴角抽搐著笑道：「是啊，是啊，他們怎麼能這麼想我。」苗苑一邊心頭滴著血，一邊被逗得直樂，方小叔還是那麼的讓人哭笑不得啊！

原本苗苑估摸著今天晚上菜得剩，可是那倆男人豁開了搶飯吃，連盆子底都幫她舔得乾乾淨淨。最後還有兩個菜連湯帶水的還剩下點，方進居然拿了個勺子轉輪盤賭，陳默不幸中招，被迫清盤。

苗苑看得冷汗連連，你們何必如此……

方進哈哈大笑，好吃嘛。

家裡多了個人總是會熱鬧點，家裡多了個方進那就不是熱鬧一點點。起初苗苑還矜持著，可是聊著聊著就聊開了腔，這兩個自來熟（註8）聚在一起就是好像彗星撞地球似的，兩雙大眼睛眨得那個閃亮，氣氛那個熱烈。

苗苑直到晚上睡覺時還窩在陳默懷裡笑個不停：「陳默，方小叔真的太有勁了。」

陳默笑著摸了摸苗苑的頭髮，他能看出方進在盡力的取悅苗苑，他也能看懂苗苑在盡力的討好方進。其實那兩個人萍水相逢，會這樣只是因為他，當陳默意識到這一點的時候，心就變得很柔軟。

第二天，陳默請了半天假陪方進去醫院辦手續，各種醫療關係醫保問題都要從北京轉過來，跑上跑下的折騰了一個上午。中午吃飯時方進又搶著結帳，陳默雙手抱胸就這麼看著他，說你現在把錢花光了，我也不會再給你點。

方進眨巴一下眼睛，把錢包又放回兜裡，三秒鐘後他忽然一把攬上陳默的脖子說真好。陳默正忙著給錢，隨口問什麼真好？方進美孜孜的說咱們兄弟倆又湊一塊兒了，真好！

在接下來的時段裡，方進詳細的暢想了一下未來。比如說，他準備也在西安城裡安個家，娶個像苗苗嫂那麼漂亮的老婆，生個像隊長那麼威風的兒子。然後，他和陳默兩家人，就像親兄弟那麼處著，兩個兒子也要像親兄弟那麼處著……生活有滋有味有奔頭（希望）。

陳默聽著方進海吹胡侃，轉眼間已經細數三十年，低頭失笑，嘴角勾起柔和的弧度。

下午方進討了苗苑「人間創意」的店址，說是要去給苗苗嫂捧個場，陳默回到隊裡給方媽媽與陸臻打了個電話，報一聲平安放心，只是臨了沒忍住，他還是問了：「隊裡……現在會有問題嗎？」

陸臻唔了一聲，沉默半晌後問道：「方進說的？」

「嗯。」

「他怎麼說的來著，是不是特憤怒。咱們讓人給黑了？誰誰誰特看我們不爽什麼的？」陳默含糊應聲。

陸臻忽然笑了：「得，憑方小侯那個腦子也只能理解到這一步了。」

「那到底……」

「這麼跟你說吧，最近上面在換屆，時候到了嘛，一代新人換舊將，一朝天子一朝臣。可是嚴頭那個脾氣你知道，吃不得半點虧的主，你得說他說一百句好話，才能給他一個字批評。夏明朗名氣太大，又是嚴頭的嫡系，麒麟上下鐵板一塊。是利器，可是擱誰手裡都不舒服。所以，早晚的事，總得抓住點什麼，好把這塊鐵板打開，再拼起來。」

陸臻的聲音頓了頓，語速忽然加快：「所以剛好就這一次，好操作嘛，在定性上一偏就過去了，指揮官失誤造成重大傷亡事故。其實他們這次是衝著隊長來的，誰都沒想到小花會出面，也沒誰想到他能平得下來。其實我有勸過他，只是……只是他後來也說服我了……」

「你別內疚。」陳默忽然說。

陸臻哦了一聲，半晌沒說話。

「我知道他怎麼想的，他是相信隊長，他不是為你。」因為我們都相信隊長，勝過自己。

「他媽的。」陸臻抽了抽鼻子：「夏明朗給你們吃什麼藥，一個兩個都這話。」

「隊長現在怎麼樣？」

「會好的！」陸臻咬緊牙。

「我找時間過去看看？」

「不用。」陸臻很堅定的打斷了他：「隊長這裡一切有我。」

陳默沉吟了一會兒：「那徐知著呢？」

「休息，暫時住在我一個朋友那兒，我那朋友老出國，房子挺大的空著，所以生活方面應該沒什麼問題。別的嘛，你也知道小花那人，他自己比誰都想得透，勸他什麼都沒用，只有靠時間了。不過你放心，幾大軍工老子都有人，等過了這陣我再想辦法，小花那麼愛槍，我得讓他一直能摸到。」

「行，有需要隨時找我。」

陸臻隔著遙遠的距離輕輕嘆了一聲說：「默爺……」

「嗯？」

「有你們在真好。」陳默一瞬間感覺到眼眶裡有點辣，其實他不能做什麼，其實陸臻也不需要他做什麼。可是，在這樣的時候，這樣的困境，在我這樣的焦慮，在你這樣無力的時候，知道還有你們在真好。

戰友！

陳默掛了電話站在窗邊看出去，操場的士兵們正在熱火朝天的操練著。他忽然想起了很多事，從第一次受訓到正式入隊，從他死磕上夏明朗比槍法時對方無奈的表情，到方進探頭探腦的看著他說，陳默你一句話說三個字以上會死麼？有很多東西，擁有的時候都不覺得，有了對比之後才明白。所以直到離開之後陳默才意識到，曾經的那個地方，那裡所有的人，給過他怎樣的包容與尊重，他們都寬容他，真正喜歡他。

陳默還記得他離開的那天，隊裡人在野外跑越野，他背著全部的行李從車上跳下去加入他們。最後全隊上

下近百號人陪著他跑了一整天，從深山送到國道，整整一百公里。

那是陳默有記憶以來第一次流淚。

什麼是兄弟，一起扛過槍，一起打過仗，一起流過血，一起亡過命，最後……也能一起面對時光的摧磨與命運的捉弄。

註8：自來熟：意思就是兩個人第一次見面就像老朋友一樣談天說地，沒有那麼多煩瑣的禮節和顧慮。也指一個人很開朗熱情，很隨和，不怕生，在什麼場合都能吃得開，可以很輕鬆自如的和別人打交道。

說起來現在方進是陳默在管著，可其實陳默工作忙，陪著去醫院做康復什麼的，前前後後也就陪了兩、三次。再往後方進自己也不幹了，說小爺我有手有腳四肢健全，也就是一個胳膊比起原來無力了一點，可照樣撂挑三、兩大漢，你擔心我什麼？陳默一想也對，方進不去欺負別人就挺好了，難道還擔心他被人欺負？

陳默起初一直很擔心苗苑和方進會處不好，假如這兩人也鬧得勢同水火，那他還真不如去死一死。但事實上，情況出人意料的好，這兩人似乎是迅速的結成了死黨。

有一次，陳默回家看到苗苑與方進兩個窩在沙發上聊天，方進主講說得眉飛色舞，苗苑抱著她的大兔子，眨著精亮的大眼睛興致勃勃的看著他。陳默頓時生出一點興趣想走近聽聽，沒想到兩個人立馬就停了。

苗苑掩飾性的咳了一聲，說道，陳默先去忙你的，吃飯我叫你。

陳默有點鬱悶，因為他們聊天都喜歡避著他，那鬼鬼祟祟的樣子讓他直覺認定不是好事。果然，當天晚上苗苑就把他剝光了在燈下一個一個的數傷口。陳默異常的胸悶，心想他媽的要你多嘴。

夫妻倆既然是最親密的人，裸裎相見時不免擦槍走火。陳默的氣息漸漸粗起來，苗苑在眼角眉梢也帶了一點意思，懷孕兩個多月，各項檢查都正常，按理說是不需要嚴格禁慾了。

可是苗苑一想到一牆之隔的方進，就……女孩子嘛，總是矜持，她抬手斜斜一指，陳默會意，只是更加胸悶了。

基本上，只要是方進還瞧得上的，就沒有他處不好的人，所以沒過多久他就順利打入苗苑的社交圈，而且

人氣比陳默要高得多，一群人吃喝玩樂打牌看片，跟陶冶和程衛華都混了個臉熟。有時候陳默在書房寫計畫總結，忽然聽到客廳裡一陣笑語喧嘩，有一種莫名的溫暖在心頭化開。

當然陳默也有不工作的時候，偶爾幫苗苑看幾把牌，或者坐在旁邊泡杯茶看電影。但是真身上手是沒人肯幹的，因為陳默記牌太牛了，一把牌摸下來對方手裡拿著什麼牌全記得八九不離十，跟他打升級，那真是找死。

時間總是過得很快，瑣碎而熱鬧，天就這樣慢慢熱起來，於是苗苑也漸漸覺得實在是有點不太方便了。

本來五月初時天氣還涼快，可是沒過太久西安城裡就漸漸烈日炎炎似火燒。苗苑回家第一件事就想洗澡，洗完澡穿上睡衣多爽快？可是現在家裡還有個單身男人借住著，這個這個……她是和方小叔關係挺好是不錯，雖然方小叔人也挺好是不錯，苗苑還是覺得這太彆扭了，而且再怎麼說方進也是一個成年人了，總不能一直在別人家裡住著吧？

苗苑知道方進和陳默的情份不一般，說句不好聽的，跟太后鬧翻了沒關係，跟方進鬧翻了估計陳默得跟她急。苗苑思前想後還是挑了個睡覺前聊天的機會比較委婉的表達了一下自己的意思，枕邊風嘛，就是這麼吹的。而且把關鍵字鎖定在雙方都不方便，雙方都得彆扭身上，同時再扯一下方進的未來計畫等等……其實，要說這事苗苑還真多慮了，陳默是沒想過讓方進搬出去，那是因為他根本沒這意識。

他跟方進曾經在一個屋裡住過十年，住到幾乎可以無視的地步。而且男人嘛，畢竟要生活得粗糙些，尤其是對於陳默這種只有關上房門在臥室裡才會發情的雄性生物來說，方進這種存在的違和感更是降到了最低。

可是現在苗苑一說，他也覺得挺有道理，的確，對於苗苑和方進來說是挺不方便的。所以方進似乎真應該搬出去，因為當然的，總不能讓老婆搬出去。

陳默這人辦事一向乾脆，而且如果對象是方進的話，那更是連想都不必想，心裡有什麼都能照直說，第二天早上他就讓方進出門附近轉轉，租個適當的房子準備搬家。

方進乍一聽，眨巴了半天眼睛，玻璃心了。

其實方小侯天不怕地不怕，照理說不應該這麼脆弱，可英雄有落難時，虎落平川總是需要更多的一點愛。於是，當是時，方進心中充滿了與古往今來所有看著大哥成家立業，回顧己身兩廂空落落的好老弟一般的酸楚與失落。他含糊的嗯了一聲，鬱悶的，有點小不忿，帶著些小不平。

可是心裡再不忿再不平，房子還是要找的，方進在網上發了一個求租的文章，溜噠出門去找仲介。按陳默的意思是這樣的，你反正也不怎麼會做飯，以後飯還是在家裡吃，你就近跟人合租，佔個房間就成了。

以後飯還是回家裡吃……方進心裡嘀咕著，有種說不清道不明的糾結，他一會兒覺得陳默真是好哥們兒啊，啥時候都不忘了自己，一會兒又憤憤然，心想，爺難道沒地方吃飯嗎？當然，午飯從來都是自己解決的，方進隨便找了個街邊小店吃了一份葫蘆頭泡饃。部隊食堂很少會去做豬下水這種麻煩的食物，方進一嚐只覺得好吃又新鮮，一碗沒夠還又多要了一碗。

天還是很熱，午後的陽光明晃晃的照著人，整個城市有一種騷動的氣息，有如熱戀。

方進百無聊賴的站在街邊看著來來往往的行人，他想起了陳默，想起了夏明朗，想起了陸臻……忽然很想找個老婆成個家。是的，人人都需要有那麼一個家，一個可以回去的地方，有個人對你噓寒問暖，不離不棄。

苗苑因為心裡起了想讓方進搬出去住的念頭而略懷愧疚，晚上買了不少肉食，就等著方小叔做完復健回來驚嘆一聲，歡呼雀躍。

可是等啊等啊，陳默都到家了方進還沒回來，苗苑一時詫異，陳默想了想說：「他不會還在找房子吧。」

苗苑一愣：「什麼房子？你跟他說啦？你怎麼說的？」

「就是找房子搬出去，就是妳昨天說的，畢竟住一起不方便。」

「你你……」苗苑咬牙切齒的指著陳默的腦門：「你個豬頭，你不會說得委婉一點嗎？你不會說我要生小孩了，我要……」

「妳要生小孩，還要好幾個月。」陳默莫名其妙。

苗苑被哽到，她悲憤的瞪著陳默瞪了三秒鐘，長長嘆出一口氣說：「果然，靠你就完了。」呃？

陳默頭頂上打出一排問號。

「方小叔一定生氣了。」苗苑很沮喪。

「方進不會的。」陳默很篤定。

「他一定生氣了！我跟他那關係本來就難處，你還給我得罪人！」苗苑哭喪著臉：「我大哥結婚，我醋了很久，我三姐有了男人就不理我了，我又鬱悶了很久，只有玉姐結婚還算開心，不過……唉……」

「方進不會的。」陳默溫柔的摸了摸苗苑的臉。

「那他怎麼還沒回來？也沒個電話什麼的！」

陳默一愣，很顯然以方進的個性，很難因為找房子而誤了吃飯。

「算了，反正，唉……」苗苑嘆了口氣，去廚房做飯。

陳默默默的跟進去，默默的幫著洗菜，苗苑轉頭瞥他一眼，心想，當然方小叔人是不錯的，可……到底還是兩人世界好啊！她一邊幸福的唾棄自己一邊無恥滴甜蜜著。

方進不在，苗苑把雞凍進了冰箱，做了兩葷一素一個湯，正吃著陳默的手機就響了，苗苑停下筷子看著陳默。陳默的手機平時基本就是啞的，但是只要一響就基本沒好事，全是工作，臨時任務。

陳默接電話時看到是程衛華心裡就有點奇怪，電話一接通，程衛華壓抑著古怪的笑意說道：「你兄弟在我這兒！」

「哦？」

「方進，方進是你兄弟吧？在我這兒呢！」

「怎麼了？」

「打架，啊不對，打人……」程衛華終於忍不住哈哈大笑：「果然是你陳默的兄弟啊……」

陳默無心聽他廢話，匆匆扔下一句我馬上過來就掛了電話。

「出什麼事了嗎？」苗苑看著陳默匆忙起身準備出門。

「程衛華說方進跟人打架，扣在他那兒了。」

「啊？」苗苑一下就站起來了：「你看你看，我說方小叔生氣了吧，你你……我跟你一塊兒去。」

陳默拗不過她，又著急去警察局，只好帶上苗苑一起。

一路上苗苑就在唸叨，方進一定是心裡不痛快，今天早上你讓他走，他不開心了，他脾氣那麼好的人怎麼會跟人打架呢？陳默你等下一定要怎麼怎麼BLABLABLA，等下一定要讓老程怎麼怎麼BLABLABL……

陳默被她唸久了自己也開始疑惑，不會吧，方進？不至於如此吧……

警察局裡還是一片鬧鬧哄哄，陳默本以為就打個架嘛，能有多大陣仗。過去一看，好嘛，整個小會議室都被占滿了。方進一個人坐在角落裡悶著，陶冶攔在他身前，另一邊男女老少起碼杵著二、三十號人，都是回民，一個個情緒激動，老何和程衛華正唾沫橫飛地做著安撫工作。

方進一打眼看到陳默進門，剛想站起來，對方就又炸了。陶冶連忙把人給拉回去，陳默眼角一挑，視線射過來，方進看了他一眼，又鬱悶的退回去了。

苗苑左看看右看看一臉的茫然，不過眼看著方進全須全鬚的連個油皮都沒擦破一塊，可是對方人堆裡倒好有幾個小夥子鼻青臉腫的。

程衛華那誠懇嚴肅的表情一轉頭面對陳默時就憋上了一臉壞笑，三言兩語的介紹了一下情況。才知道原來是方進跑去清真館子裡要葫蘆頭吃。夥計當場就怒了，吼著說沒有。方進一時沒轉回神，就挺不高興的，「沒就沒唄，兇成這樣，再說了多好吃的東西啊，怎麼就沒有呢！」方進那聲兒還不小，結果廚房的聽不下去了，拎著菜刀跑出來說就是沒有，你砸場子啊！方小侯啥時候受過這種氣啊，一伸手就把刀子卸了。

「結果，就這樣了。」程衛華幸災樂禍的攤了攤手：「要說你這兄弟真是不得了，那一條街都是回民啊，回民多團結啊，他往人家店裡要葫蘆頭吃，那不找茬嘛，讓人罵幾句也是該的！可偏偏……唉！一一〇接警過去的時候，半條街都追著他打，一個個讓他拿衣服捆了扔地上，我操！牛B！」

「他不是故意的。」陳默說。

「對啊，他是不故意啊！剛剛讓我勸著也道過歉了，可是人家就是不服怎麼辦吧！」

陳默慢慢皺起眉，苗苑心想靠你就完了，她連忙跑過去道歉說好話，我們家方進出手沒輕沒重不是故意的，我們家方進是外地人他不懂你們的風俗……哎呀，這位大哥，你放心，醫藥費我們會付的。

對方吵了半天終於遇到有正主出面，馬上裡三層外三層把苗苑圍住，老何攔在旁邊說，不要激動大家不要激動……

方進終於忍不住跳起來拍桌子：「老子說沒打你們就沒打你們，我說對不起了沒？我道歉了吧！是你們攔著不讓我走！」

「沒打……還敢說沒打！都打成這樣了！我們要驗傷！」那邊不甘示弱。

陳默忽然轉頭看了方進一眼，方進心頭一凜，陳默已經踩上桌子，側身飛踢居高臨下的向方進撲過去，方進機敏的往後閃，一眨眼的工夫兩個人已經對了好幾招。整個會議室的人都倒抽了一口氣，安靜下來。

陳默一路踢，方進一路退，會議室裡的椅子被踢翻了一地，陳默忽然往前搶了一步，方進下意識的抓起一把椅子往上擋。

直腿劈掛！陳默右腿高抬過頭頂，自上而下的垂直劈下去，方進手上的椅子從椅背到椅面自間碎裂，活生生被劈成了兩半。

所有人都震驚了，連大氣都不敢喘。

陳默甩了甩腿，擰身平踢，足弓背起像鞭子一樣抽過去，方進還是退，跟陳默對了一腳，借力又退出去好幾步。忽然眼前一花，一個人影閃過來，氣急敗壞的大喊：「住手！」

陳默一腳側踢堪堪踢到一半，嚇得魂飛魄散往旁邊倒，方進拼了老命搶上來幫他一把，生碰硬擋，兩個人都跌出去好幾步。那場面看起來苗苑簡直就像傳說中的武林高手，內力無敵周身環繞起無形的小宇宙，把兩位武林高手生生彈開。

「妳沒事吧？」陳默連忙從地上爬起來，緊張地捉住苗苑的肩膀。

「我沒事！」苗苑怒火沖天的把人甩開：「你說你這個人怎麼可以這樣！啊？你憑什麼打方進？有你這麼當大哥的嗎？」她指著陳默吼，渾然不知自己在鬼門關上走了一圈。

陳默無奈的僵著臉，不知道自己應該是什麼表情。倒是方進慌忙從後面扯苗苑：「苗苗嫂，沒關係，真的，默默他……」

「你別怕！」苗苑回頭按住方進：「你放心！有我在，我看他還敢不敢再打你。做錯事不能好好說話嗎？一動手就打人，一動手就打人，會打人了不起了麼？有你這麼教育人的嗎？啊？將來孩子生了你是不是也打算這麼打他？我警告你陳默，你將來要敢動我兒子，我跟你沒完！」

陳默苦笑，求救似的看向程衛華。

程警察呵呵笑了一聲，拖長了聲調說道：「看到了嘛？這才叫打架！人說沒打你們，是沒打吧！真打了你們一個兩個三個還有命在嗎？我真受不了你們，也真好意思，都是大老爺們，這麼多人打一個都打不過，還拖家帶口的往局子裡鬧。我要是你們，我自個關門哭去，丟人吶！」

自然馬上有人反駁，可是聲息小了很多。

要說剛剛陳默和方進那一架打得的確懾人，在加上方進這樣也算是被自己人教訓過了，怎麼著面子也給足了，苗苑好言好語的又再賠了些錢，老何和程衛華一起幫著說好話，終於把人給哄了出去。

苗苑唬著臉回來，像個老母雞似擋在方進身前，兇巴巴的瞪著陳默。

老何冷眼旁觀，藉口還要辦手續把陳默拉離風暴中心。

「唉，不是哥說你啊！」老何一路走一路嘆氣：「你這脾氣，大舅子怎麼能打呢。」

陳默一愣：「那不是我大舅子。」

呃？老何腳下一停。「那是我老戰友。」

「啊？」老何驚了。

「哎！」程衛華從後來追上來，彈指拋出一塊碎木片：「可以啊，膽兒夠肥的啊！敢砸警局啦！」

「明天賠給你。」陳默隨手接下。

「得了吧！你少噁心我啊！」程衛華大笑，一把攬上陳默的肩膀：「話說，苗苗今天，真的，讓我大開眼界。」

「小姑娘人蠻好的！」老何語重心長的嘆氣：「陳默，你有福氣啊。」

陳默輕輕點頭。

有福氣的陳默少校，在回家的路上被人蠻好的苗小姑娘給嚴重的鄙視了。苗苑拉著方進說我們坐後面，我們都不陪他坐一起。這種人沒人跟他坐在一起，太過分了，哪有那樣子的，自己人打自己人，胳膊肘兒還有往外拐的，反了他了……

方進聽得心裡倍兒爽，又想樂呵又感動，還偏偏不敢笑出聲。

陳默終於忍不住解釋道：「我打不過方進的。」

「你胡說，你怎麼可能打不過方進！」苗苑憤怒了。

「我真打不過他，我身上功夫都是他教的，我出手他就知道我要幹嘛。」

苗苑大驚。

「基……基本上，大概。」方進結結巴巴的解釋，他小聲耳語：「其實默默是在跟我一起嚇唬人。」

「真的？」苗苑將信將疑。

「剛才那情況，不讓他們看看，會難脫身。」

苗苑想了半天，漸漸有些不好意思起來。

「以後我和方進動手……不，以後任何人動手，妳都不許靠近。」

苗苑不情不願的哦了一聲。

「聽到沒有！」陳默提高音量。

「你又兇我！」

「不是……」陳默連忙放棄：「妳今天嚇死我了。」

方進忽然震驚的瞪大眼睛，剛剛怎麼了……我沒聽錯吧！默默說他嚇死了，啊啊啊，陳默說我今天嚇死了！太陽打西邊出來了，方進有種全身在起雞皮疙瘩的感覺。

可惜另外那兩人渾然不覺發生了什麼，苗苑伸手繞過座椅按到陳默的肩膀上：「對不起啦！」

陳默側過頭，臉頰貼著苗苑的手背：「我差點踢到妳，怎麼辦？」

「對不起啊，陳默，我當時氣糊塗了。」苗苑這會也後悔起來，背後冷汗直冒，孩子懷著兩、三個月還不太明顯，她老忘記這事，太不應該了，這是多麼不容易才懷上的寶貝。

方進不由自主的慢慢往車門上縮，縮到沒有空間了就貼在門上。他有點唾棄自己，怎麼就真木得像個木頭一樣，還是最近心情太沮喪了只關心自己。丫這兩個姦夫淫婦的都甜膩成這樣了，那粉紅色的泡泡簡直能閃瞎他的狗眼，他居然也能一直視而不見？這麼大個燈泡也虧得苗苑肯容他。

太沒有革命自覺性了，方進心想，就算人家不讓你走，可是這小倆口郎情妾意的這麼成天看著，那不是找虐嗎？。

單身男士方進在一天之內第N次發出了求偶意願。

葫蘆頭事件就此落下帷幕，只是給新城區警局平添了一條傳奇。陶冶收拾著粉身碎骨的椅子一邊感慨：「老程，你跟陳隊長打過那麼多次還沒死，真是個奇蹟啊……」

陶冶的話音未落，便看到檔案科新來的小美女微微一怔，表情從迷惑到猶疑，從猶疑到驚嘆，從驚嘆到驚豔……程衛華左右掃了一眼，對著陶冶挑了挑眉，露出半點極度風騷自得的笑意，陶冶頓時很想找面牆去死一死。

苗苑把這個故事告訴了蘇會賢，蘇會賢把這個故事告訴了章宇，然後在章宇充滿了崇拜的目光中心頭微微一動。

剛好，章宇與人合租的三居室北屋那位小哥跳槽去了北京，方進身無長物不用自己開伙，十平米的一個房間完全夠用，而且地段優良租金便宜。於是，當章宇驚覺這樁交易試圖表示反對的時候，方進陽光無敵燦爛的笑臉瞬間秒殺了他。

就像所有異性戀的男人對美女通常都沒有什麼抵抗力一樣，所有同性戀的男人對帥哥也是沒什麼抵抗力的，即使沒什麼肖想，擱身邊瞧瞧也是好的。

蘇會賢心中竊喜，自以為得計。

可惜，神在半空中懶懶的打了個哈欠，凡人若都得心想事成，在天上看戲的還有什麼意思。

方進的傷好了一些不用每天都去醫院做復健，但是轉業的手續還在辦，終日裡無所事事，結果陪苗苑去做產檢的事就著落給了他。苗苑平添了一個勞動力加排隊陪聊天的，心情很不錯，方進陪著也挺樂呵，好像這樣一來，娃兒生出來他也有功了似的。

天氣就這麼一天天的熱起來，只是從三月起，就再也沒下過一場雨。乾旱這種事與洪水、地震不同，慢火煮青蛙，總是煮著煮著才發現，到發現時也已經晚了。

到了七月底天熱得像流火一樣，毒辣的太陽抽乾了一切水分，人走在明晃晃的大街上，一個個被曬得乾枯焦黃，像秋天的枯葉。

天乾，熱辣，燥……人的怒氣一日日在聚集，情緒不穩，火災頻發。一會兒東家不小心點了個鍋子，趕明兒西家燒了半拉廚房，救護車滿街跑。

七月剛起頭，城裡需要出動陳默他們去維持秩序的中型火災就起了兩次，一次半夜被叫走，苗苑心驚膽戰的守到天亮，陳默回來時一身煙薰火燎的氣味。後來苗苑在報紙上看到後繼報導，聽說犧牲了一個消防員。回家後苗苑無意中提起，問陳默記不記得那人，陳默想了想，搖頭說沒印象，他們只負責周邊。

苗苑嘆了口氣，說真可憐。轉眼她又忘卻了，畢竟那只是死在報紙上的人。

天越來越旱，上級要求軍隊配合救災，陳默的五隊第一批就被派了出去。陝西省南部多山，山脈宏大，奇峰迭起。這些年，政府有錢都在造GDP，農村的水利建設乾燒銀子不見響，大把的資金投下去GDP上也不顯數字看不出政績，所以大半都荒廢了。旱時村裡的水井乾枯，都要靠人從遠處的機井裡背水回去喝。深山小村沒什麼田地種，平時村裡的青年勞動力大多外出打工，留下的全是老幼病殘，在天災面前脆弱無依。

陳默這一走就是三個禮拜，開始還堅持一天一個電話，後來實在是手機信號不好，通訊時有時無。雖然救災送水幫忙疏通水利這事沒什麼大風險，可是苗苑想起來還是焦心，一有電話過來就抱著千叮萬囑的，陳默笑著說好。終於忍不住了，苗苑撒嬌說你什麼時候能回來啊。陳默想了一會兒說過兩天吧，有個事要回來。苗苑就成天盼著那兩天快過去。

結果那天回來的時候已經是深夜。陳默回總隊述職，說明災區情況，送回傷病的士兵，調配後繼物資……亂七八糟的事全撞在一塊。苗苑在家抱著手機等得心急火燎的，脖子都伸長了一個釐米，可是轉念一想起鄭大哥家美麗的嫂子穆紗，又覺得自己其實也挺幸福了，才多久啊，還沒到一個月呢。

陳默忙完正事就馬不停蹄的往家趕，早就過了半夜，整個社區裡都安安靜靜的，整幢樓只有自己家裡亮著燈，所有的燈都亮著，在漆黑的夜晚顯得那樣通明。

陳默有些心疼，又覺得歡喜。

剛聽到門響，苗苑就跳下床去開門，陳默已經自己開門進來了。玄關處的燈還亮著，那是苗苑最喜歡的晶瑩的暖黃色的光，籠了陳默一身的溫柔，靜靜的看著他笑，眼角眉梢都是疲憊盡頭的舒暢與安穩。苗苑往前又走了一步，笑著說：「回家啦！」

陳默看著她點了點頭，很兇的抱過來。

任何人灰裡泥裡幹上大半個月不洗澡身上都不會好聞，苗苑笑著躲，說髒死了，陳默卻不依不饒得吻上了她。乾裂翻皮的嘴唇很粗糙，舌頭滑膩，可是……那卻是陳默的味道，苗苑慢慢閉上眼。

有時候，重要的不是什麼味道，而是什麼的味道，白酒永遠都沒有橙汁好喝，可是白酒更醉人。苗苑被放開時微微喘著氣，腦子裡一片空白，有暈眩的錯覺。

陳默彎下腰抵上她的額頭笑道：「我回來了。」

「好臭！」苗苑紅著臉悶笑，誇張的捂住鼻子。

陳默全身上下都是泥，一層層板結在作訓服上，活生生把從林迷彩染出了荒漠色。苗苑推著他去洗澡，作訓褲脫下來居然是硬的，筆直的站在客廳裡，看起來簡直有點驚悚。不用上肥皂，清水兜頭澆上去，陳默全身上下都流起了黃褐色的泥漿水。

苗苑驚得駭笑不止：你怎麼能髒成這樣？

就是這麼的髒，災區水源金貴，連喝都不夠，用來洗衣服洗澡那根本就是罪惡，每天能有半杯泥湯水刷牙抹個臉都已經幸福的人生。

苗苑按住陳默的肩膀讓他坐下去，倒了洗髮水在手中揉出細白的泡沫。

盛夏的深夜，氣溫比白天降了不少，清涼的水流經過皮膚時也帶走了躁熱。苗苑的手腹輕柔的在陳默頭皮上打著旋兒，洗髮水一開始不起泡，不小心添多了點，細膩的泡沫大團大團的淹沒了手背，沿著陳默的額角往下滑。苗苑拿了花灑（蓮蓬頭）過來沖洗，小心的避開眼睛的位置。陳默安靜的看著苗苑，像一個乖巧的孩子那樣隨她擺弄。

陳默又黑了很多，原本就瘦削的五官越發鮮明立體，突現出眼睛的輪廓，漆黑狹長，眼角隨著眉峰一起微

微往上挑，有種冰冷鎮定的威嚴。

「瘦了！」苗苑說，聲音聽起來很不開心，有些委屈的樣子，她拿了搓澡巾幫陳默擦背，手掌下的肌肉硬得捏不動，。

「會長回來的。」陳默說。搓一遍，沖乾淨，上一次肥皂，再搓一遍……苗苑忽然笑起來：「我好像在殺豬。」

「呃？」

「刷乾淨了宰來吃！」

陳默輕笑：「太硬了吧。」

「口感好。」苗苑笑得很歡樂。

陳默轉頭看著苗苑說一起洗吧。苗苑臉上一紅，粉嫩剔透的像一隻成熟的蘋果。四個月的身孕平時看不出，可是原本平坦的小腹已經微微隆起。陳默半跪在苗苑面前慢慢探出手去，手掌貼合著生命的弧度，那是無可形容的安寧與滿足，他側過臉，把耳朵貼在苗苑小腹上。

「聽不到的，還沒四個月。對了，寶寶B超（超音波）的照片我給你洗了一張小的，等會兒給你帶走，放在錢包裡。」

「有，能聽見，跳得很快。」陳默指著苗苑的肚子說：「我是你爸爸。」

苗苑忍不住笑噴了：「行了行了，別傻了。你什麼耳神，聽診器都聽不到，得拿那個，那個……什麼來聽。」

「我能聽見。」陳默抬頭微笑，目光如水。

很多年以後，苗苑想起那個夜晚都覺得非常不真實，那樣的燈光，那樣的水色，那樣溫柔的陳默。

有時候一瞬間的了悟足夠讓兩個人消磨一生，有時候，一個夜晚的一抹微笑，足夠讓一個人死心踏地一輩子。

陳默最近忙上加累，回家好好洗了個澡，身心放鬆沾床就睡。倒是苗苑熬過了頭反而一點睡意都無，就著明晃晃的月光傻氣十足的欣賞了一會兒自己老公，輕手輕腳的跳下了床。

夏天的太陽起得早，陳默醒來時滿屋子都是香甜的氣息。空調不知道什麼時候已經停了，可是房間裡並不熱，乾爽明快的陽光穿過紗窗，有無數細微的塵埃在空氣中浮動，泛著金砂一樣的光彩。

空氣裡洋溢著某種醉人的甜美，像是牛奶與焦糖熬成的蜜，又跳躍著檸檬的歡樂氣息。陳默推開房門出來，香氣又更濃鬱了幾分。苗苑蹲在烤箱前面唸唸有詞，陳默從身後抱住她，苗苑回頭揚起臉看著他笑，隨手抓起一個貝殼小蛋糕遞到陳默嘴邊，滿眼的幸福與期待，一如往昔。

陳默看到料理臺上排著整整齊齊的保鮮盒，裡面裝滿了金黃色小巧玲瓏的貝殼小蛋糕——瑪德琳。陳默記得他翻譯的蛋糕書上說，這是代表美好回憶的蛋糕。

「怎麼不睡呢？」陳默很心疼。

「沒事，反正睡不著，給你弄點吃的帶回去，讓成大哥和原傑他們也都嚐嚐。你什麼時候走？」

「八點集合。」

「哦，那你再回去睡，時間到了，我叫你。」

陳默搖了搖頭，輕輕吻著苗苑的後頸說：「不了，我陪陪妳。」

「你啊，越來越會哄我開心了。」苗苑低頭笑。

等陳默洗漱完回來，苗苑已經給他泡好了一杯檸檬紅茶，白骨瓷碟子裡放著新鮮出爐的瑪德琳蛋糕。陳默看到苗苑低下頭，用裱花袋把蛋糕糊擠到模具裡面去，後頸彎出婉約的弧度。

認真的女人最美。

陳默回到山區後給苗苑打電話報平安，順便告訴她蛋糕已經被哄搶一空。苗苑在電話另一頭笑個不停，她說你記得把保鮮盒搶回來，有盒子在就成，沒盒子以後就不給做了。

陳默笑著說好。

門外的日頭毒辣的像火一樣，白晃晃得曬得人頭暈眼花，陳默合上手機，在這無比躁熱的日子裡，笑容寧定。

天氣預報說未來的一週之內都沒有下雨的指望，半個中國哀鴻遍野。城市裡對缺水的感覺要淡薄一些，可是苗苑還是自覺地開始節水。她一想起陳默那件絕對洗不出來的作訓服就覺得水龍頭裡嘩嘩放著的是陳默的辛苦，很罪惡的感覺。

天氣太熱，苗苑停了大半油膩飽滿的蛋糕品種，開發了很多乳酪水果沙冰（冰沙）項上，生意雖然比起春天要差些，也還過得去。倒是蘇老闆的會賢居生意一落千丈，天都熱成這樣了，川湘萊口味濃重又油膩，自然不討人喜歡。苗苑很有些憂心忡忡的，蘇會賢居然也不急，笑著說夏天從來就是淡季，靠夜宵生意做個保本就成，趁這機會給員工們培培訓放放假也挺好的。

夏天已經到了，秋天還會遠嗎？當牛做馬的日子就在眼前了。

日子仍舊過得平淡，報紙上橫陳著各種各樣的壞消息與形形色色的官樣文章，不時讓苗苑看得欷歔不已，時間就這樣按部就班地掠過去。又過了一週多，苗苑看到報上呼籲乾旱地區要注意嚴防山火，以免災上加災，日前某某山區突發火災，所幸武警消防部門及時趕到，營救出大批的村民，可是仍然付出了一人死亡多人失蹤的慘痛代價。

苗苑看到「武警」二字下意識地就去撥陳默的手機，卻關機了。山區裡信號不好，陳默為了省電沒信號時就會關機，畢竟有時候找個充電的地方都不容易。

苗苑拍拍臉頰，忽然覺得自己真是傻了。武警消防部門！那跟陳默他們就不是一回事嘛。他們是去抗旱的，救火這種事哪輪得到他們管呢？

苗苑聽到烤箱裡發出滴滴的報警聲，輕鬆地笑了笑，把報紙折起來放在一邊，可是當天下午，成輝的成大嫂一個電話打過來，瞬間粉碎了苗苑所有的輕鬆自在。成大嫂的聲音焦慮而遲疑，她說：「陳默出事了，他們男人的想法和我們女人不一樣，成輝是讓我再瞞著，可是我覺得妳得知道。」

苗苑腦子裡嗡的一聲，頓時什麼都聽不清了，她想到剛剛看過的報紙，可陳默不是寫在報紙上的名字，陳默是她心裡活生生的人。苗苑茫然地張了張嘴，啞著嗓子問道：「什麼事？」

成大嫂頓時聲音哽咽，她結結巴巴地說：「那裡失火了妳知道嗎？但……我具體也不知道，妳得找管事的人去問。」

什麼是管事的人，什麼人能管這個事，這個苗苑不知道，但是方進非常清楚。他聽著苗苑七零八落地解釋情況，臉色刷的一下變了，立馬帶上苗苑直接闖武警支隊駐地，登記進門後也不找人問，就挑看著最像的大樓進去，一路大搖大擺，居然也沒人攔。

政委辦公室的門口掛著鮮明的牌子，方進敲了兩下門之後直接開了進去，坐在外間的是一個瘦瘦的中尉，有些不悅地抬頭看過來：「你找誰？」

「我找支隊政委，政委在嗎？」方進四下一看，拉著苗苑直接去推裡間的門，中尉連忙跟過來，「哎，你這人怎麼回事，怎麼亂闖亂闖的？」

方進輕而易舉地把他撥到一邊，帶著苗苑搶進了門。

「怎麼了？」辦公桌前兩杠三星的上校困惑地看過來。

「蔣政委，這兩個人硬要闖，我攔不住……」中尉急著解釋。

「我們是……」方進大聲嚷著試圖蓋過他。苗苑怯懦無力的聲音夾在中間，卻最終壓住了所有，她說：「我叫苗苑，是陳默的妻子。」

蔣立新頓時變了臉色，他連忙走過去握住苗苑的手用力搖了幾下：「我，我叫蔣立新，是陳默的領導。」

方進忽然安靜下來，所有暴厲的焦躁的氣息好像都被大風刮走了，一絲一毫都沒有剩下，飛揚的眉目凝固出空洞與茫然。苗苑不知所措地看了方進一眼，卻發現後者此刻顯然沒法幫自己說話，她鼓起勇氣說道：「所以，你能告訴我陳默現在怎麼樣了，對嗎？！」

「對對對對……是的，是的，這個，妳先聽我解釋。」

「我不要聽你解釋，你先告訴我陳默現在怎麼樣了。」苗苑急得要命。

「苗苑同志，妳先冷靜，先冷靜下。小張，去給他們倒兩杯水來。」

蔣立新引著苗苑坐到桌前的椅子上。苗苑緊緊地咬住下唇，心裡有非常不好的預感。

「首先，我要代表總隊領導向妳表示感謝，感謝你這麼多年來支持陳默的工作。陳默同志是非常出色的軍人，是黨和人民的好兒子，是我們支隊的驕傲……」

「到底怎麼了！」苗苑皺緊了眉頭，淚水被固執地鎖在眼眶裡。

「當時的情況是這樣的，我們把大批群眾轉移出來之後，在清點人數的過程中，有群眾反映有幾個孩子在火災發生之前，去後山的滴水洞取水了。當時的情況非常危急，但是有些群眾情緒已經失控了，如果我們不出面，他們很可能就會在衝動之下做出盲目的犧牲，當然為人父母的嘛，我們也要理解，所以在這種局面下陳默同志身先士卒，勇於承擔責任……」蔣立新的聲音抑揚頓挫，非常富有感染力。

「他是死了的那個還是失蹤了？」苗苑斬釘截鐵地打斷他。

蔣立新一愣，好像滿腔澎湃的激情被忽然卡住了反應不過來，愣了幾秒鐘後，他閉了閉眼，有些無力地吐出兩個字：「失蹤。」

「那為什麼還不去找？」苗苑拍著桌子站起來，「為什麼要瞞著我，陳默不見了你們居然瞞著我？為什麼！如果我今天不來問你們打算瞞到什麼時候？為什麼？」

「不不，妳先冷靜，先冷靜……聽我說，這個，這個妳真的是誤會了。」蔣立新連忙又從桌子後面繞出來，他按住苗苑的肩膀讓她坐回去，微微彎下腰，拿回居高臨下的角度，「我們一直在尋找從來沒有放棄過，

在這方面妳要相信組織，相信黨。不是刻意要隱瞞什麼，主要是考慮到妳現在的身體狀況。另外，關於這個事情，組織上非常重視，事實上，我們已經迅速做出了書面的初步處理意見，我們也正在考慮找個適當的時機通知妳，還有陳默同志的家人。」

蔣立新從桌邊的資料夾裡找出一份，鄭重其事地遞給苗苑。苗苑接到手裡匆匆翻了兩頁，扔回桌上。

「就這樣嗎？就這樣？我那麼寶貝的一個人，我連給他泡杯茶都要吹涼了再給他，生怕他燙著……我這麼寶貝的一個人，這麼這麼喜歡的。我把他交給你們，你，你你現在就用這麼一張紙，告訴我……他沒了？」苗苑仰起頭看著他，明潤的大眼睛裡湧出淚水。

「怎麼說話呢，組織上這麼安排也是為了你們好。今天上午黨委還開會討論要把陳默同志樹為典型重點宣傳，妳現在這樣鬧，傳出去影響多不好，這不是給英雄抹黑嘛。」張占德送水進來就站在旁邊聽，聽到這裡終於忍不住了。

「我不要他當這個英雄，你讓他回家好不好？」

「妳，妳這人怎麼回事啊！這件事組織上該怎麼處理就會怎麼處理，又沒虧待了妳。蔣政委現在工作這麼忙，還這麼耐心地跟你解釋，妳還這樣鬧，妳，妳……妳到底想要怎麼樣啊？」

「我要你們都去找，我要你們把陳默還給我。」

「妳！」張占德一時氣結。

「小張！你先出去，一會兒有事叫你。」蔣立新眼看著苗苑臉色不對，連忙喝止。

「苗苗嫂！」方進走過來按住苗苑的肩。

「方小叔，你看他們……」苗苑覺得胸口發悶，那麼無力的感覺，連呼吸都沒有力量，心臟在喉嚨口急促地跳動。

方進在苗苑肩上握了握，一點點的壓力，帶著某種鄭重的味道，把苗苑驚慌失措的心臟又重新壓回胸膛。方進見苗苑漸漸平靜下來，才轉過頭去看向蔣立新：「上校，我叫方進，是陳默的老戰友。」

「哦，這個……」蔣立新臉上緊繃的線條放鬆下來，還好對方終於還有一個可以平靜對話的人。

「可能您不瞭解陳默但是我瞭解，陳默不是一個會被一把火困死的人。」

「可是，我們真的已經……」

「所以我希望您能給我開個介紹信，我要自己去找。」

「這……」蔣立新微微皺起眉，開始認真地打量起方進。眼前這個小夥子穿著最普通的黑色短袖T恤與寬大的牛仔褲，看起來幾乎有些落魄。出身行伍是一種氣質，像陳默那樣的軍人即使披塊麻袋在身上都能站出兵器的感覺，可是……這個方進，事實上，剛剛他們進來的時候，蔣立新都沒有意識到這曾經是個軍人。然而現在仔細看，這個濃眉大眼的小夥子擁有一種剽悍鎮定義無反顧的眼神——這是兵王的眼神，淬過火的自信。

「行」蔣立新好像終於下定決心了似的重重一合掌。他寫好介紹信，拿出去叫小張去敲黨委的章。

張占德憤憤不平地抱怨：「這家人真是，太多事，您看那個女的說的話，也太不懂事了吧！」

蔣立新瞪了他一眼：「就那麼個小丫頭，剛結婚老公就沒了，還帶著身孕，她能有多懂事？你還指望她給你說什麼？謝謝黨和人民的培養，陳默犧牲了很光榮是吧？你呀，寫文章寫得腦子都鏽掉了。」

張占德平白挨了一頓訓，也不敢反駁，連忙拿著檔就走了，回來的時候臉拉得更長，原來黨委辦公室管公章的那位辦事員已經下班了，公章全鎖在抽屜裡，一時也拿不出來。

方進盯著他看了會兒，卻沒有再堅持，只是扔下句話說：「我明天早上再來拿」，讓張占德大大地鬆了口氣。

苗苑沒有再說話，目光凝定著，好像已經失了神。方進小心翼翼地跟著她走出支隊駐地的大門，苗苑漫無目的地往前走，忽然停下來，撫著肚子說：「寶寶，剛剛動了。」

「嫂子……」方進的眼眶一下就紅了。

「陳默會沒事的嗎？」苗苑專注地盯著他。

方進低頭躲開苗苑的視線：「嫂子，妳……妳先別太難過，寶寶……對，妳要想想孩子。妳放心，就算默默……就算是陳默有什麼萬一，有我方進一口吃的，就絕餓不著你們。」

苗苑「哦」了一聲，很輕很短，像嘆息一樣。過了一會兒，她握住方進的手說：「方小叔，陳默一定會沒事的，我們回家吧！」

方進有時候覺得妳鬧出來，妳哭得淚流成河，妳大呼小叫，妳折騰得他焦頭爛額……這都沒關係，這都比現在這樣憋著好。苗苑動作遲緩地發著呆，煮一碗湯，看著鹽罐和糖罐分辨了半天。方進著急地圍著她轉，他說沒關係我不餓，您歇著吧。

苗苑搖了搖頭說不行，把你餓著了，陳默該不高興了。

都不知道要幹什麼，更不想吃什麼，食不下嚥，味同嚼蠟，方進和苗苑相對坐著，房間裡靜得可怕。時間好像變得很慢很慢，太陽花了個世紀才真正落下地平線。沒有人去開燈，遠方的霓虹散漫地照進來，留下綽綽的陰影。

苗苑忽然小聲說：「方小叔……」好像某種緊繃的平衡被打破，苗苑的眼淚迅速地漫出來，無聲而洶湧。

「啊……」方進連忙問。

「我去睡覺了。」苗苑泣不成聲。

「好好……」方進愣了一會兒方才如夢初醒，他跳起來把燈從客廳、走廊一直開到臥室。

苗苑很努力地看著他笑了笑，「不早了，你也早點回去睡吧。」

「哦！」方進用力地點著頭，卻在玄關處坐下來。背靠著大門，兩腿攤在地板上。往前看，穿過飯廳與客廳鏤空的隔斷，穿過客廳的落地玻璃窗，他看到角灰藍色的天空，那種屬於城市的曖昧不明的沒有星星的天空。

此時此刻，苗苑站在窗前，與他看著同一塊天幕，她記得那是陳默喜歡的位置與姿勢，每一次當陳默要想事的時候，他都這麼站著，然後……他就知道該怎麼辦了。

也不知道過了多久，忽然有門鈴響起來，一遍又遍。方進愣了一會兒才想到去開門，蘇會賢站在門外，眼神憂慮：「我聽小八說陳隊長出事了。」

方進愣愣地看著她，用力捶了捶腦袋，才想起來似乎是章宇打電話說自己晚上不回去了，讓他記得鎖門，然後……他說了什麼？

蘇會賢看到方進直愣愣的眼神一時有些誤會，連忙解釋說：「我剛剛在跟人吃飯，我打苗苗的手機也沒人接，我就直接過來了，也沒來得及回去換衣服。」

方進這才注意到她穿了什麼，白色的薄披肩下面是藕粉色的絲質小禮服裙，妝容精緻清淡，一切剛剛好，是柔和而富於健康血色的紅。方進忽然有一種很想哭的感覺，這女孩明眸似水，彎彎的娥眉凝起關切的神彩，好像你什麼都可以向她傾訴，她會溫柔地看著你，好像她什麼都懂。

「苗苗，苗苗嫂在裡面，妳幫我去勸勸她……」情緒來得太快，方進連掩飾都來不及，眼淚就滾了滿臉，他胡亂地用手抹，一手指向了臥室。

「哦……哦哦，你你，你沒事吧？」蘇會賢嚇了一跳，她來時光惦記著苗苑就沒顧得上考慮方進，冷不丁這麼一號壯漢在她面前痛哭，這讓她完全不知道應該怎麼辦才好。

「我沒事，沒事，苗苗嫂在裡面……」方進閉上眼睛，把蘇會賢往裡間推。蘇會賢有些不放心地看了方進一眼，小心翼翼地敲響了臥室的門。屋裡沒有動靜，蘇會賢輕輕打開門，看到苗苑站在窗邊，月光穿透了她，像一個縹緲孤單的影子。

「苗苗？」蘇會賢心懷忐忑地繞到苗苑面前去，雙手捧起她的臉。

苗苑失散的焦距花了很長時間才凝聚出焦點，她用力彎了彎嘴角說：「蘇姐姐。」

蘇會賢用力把她抱進懷裡，過了好一陣，漸漸有灼熱的液體燙到她的肩膀。有些話不用說，有些事情無法安慰，有些悲傷只能獨自品嚐。人……總是事到臨頭才會發現，最難受的時候，是一種連氣都要喘不過來的沉悶的空虛。懷了孕本來就容易累，苗苑這天情緒大起大伏，體力早就不支，哭著哭著終於支撐不住睡了過去。

蘇會賢給苗苑蓋上毯子，把空調調高了兩度。

可千萬不能生病啊……孩子經不起折騰。

蘇會賢把苗苑料理好了才覺出累，她去洗手間匆匆抹了把臉出來，聽到方進坐在長窗邊小聲地哭。蘇會賢是個女人，她知道女人哭的時候希望別人幹什麼，可是她不確定男人的想法。事實上，她從沒有見過一個成年男人這樣肆無忌憚地表達自己的哀傷。

「你……還好吧！」蘇會賢小心地蹲下去與方進平視，把紙巾盒遞過去。

「沒事。」方進搖頭，胡亂地抹了一把臉，「有菸嗎？」

「呃……有，有！」蘇會賢連忙去玄關處拿手袋，細長的薄荷菸遞到方進手裡才發現突兀，臉上頓時尷尬起來。方進卻渾然不覺，叼了一支出來點上，深深地吸了口，菸霧噴出來，只有極清淡的菸草味。

「挺淡的，」方進看了一眼，嘴角扯出一個笑，「不過，總比沒有好……妳，妳住哪兒？我送妳回去？」

「我今天不回去了，陪你們。」蘇會賢在旁邊的沙發上坐下。

方進一愣，眼睛眨巴了半天才慢慢地「哦」出聲，他又深吸了一口菸，粗嘎著嗓子說：「我跟陳默，我們認識很久了……」

「哦。」蘇會賢很認真地看著他，輕輕點頭。

那天晚上，她聽方進坐在地上說了一夜的陳默，直到天亮時才朦朧睡去。

5

苗苑感覺自己做了一個很長很長的夢，夢裡她披荊斬棘走過千萬里的路，踏過千萬條的河，她翻過雪山，殺掉大龍，搶到寶物……最後，她的王子卻睡死了，怎麼吻他都不肯醒。她夢到陳默穿著最帥氣最帥氣的武警禮服，就像娶她的那天一樣帥，他躺在透明的水晶床上睡得無比安靜。

她覺得生命就像一個荒唐的旅程，和夢境樣的荒唐。甚至更荒唐的是，當你用力睜開眼，夢境就會散去，可是現實還會繼續。命運就像一張漆黑的大嘴，在你不知道的時候「啊嗚」一口咬下去，乾脆俐落地把你的幸福一刀兩斷。

苗苑在夢裡哭得很傷心，淚水打濕了半幅枕巾，可是她仍然固執地閉著眼，因為睜開眼睛的現實裡看不到陳默。她慢慢蜷縮起來，雙臂抱緊膝蓋，蜷曲成胎兒在母體中的模樣。

如果沒有陳默了，如果真的沒有了……苗苑忽然開始搞不清楚心痛是什麼樣子的，那種感覺不同於她以往經歷的任何悲傷，那是一種沒著沒落的空虛，彷彿墜落懸崖，風聲在耳邊呼嘯，是如此恐懼最後粉身碎骨的時刻，卻一直落不到底。

就著這樣蜷曲的姿勢，身體內部的中心有一個什麼東西溫柔地動了一下。

苗苑忽然停止了哭泣。

她慢慢地用力地把手掌探進大腿與小腹的間隙裡，她是那麼的專注，以致於她甚至忘記了可以先把膝蓋放鬆點。手指微微彎曲著，掌心貼合著那道細膩的弧度，讓她想起那個夜晚，陳默溫柔地看著她，像午夜的星空，寧靜而深沉。

然而此刻……已是清晨。

無論一個人如何的快樂與悲傷，太陽總會落下，並且一樣地升起。明潤金黃的朝陽一點點地越過窗櫺，陽光像一方金色的布，一寸一寸地往前蔓延，覆蓋窗邊的桌子，地上的亞麻毯和床邊巨型的大兔子……苗苑沒有動，陽光就這麼爬上了她的臉，穿透薄薄的眼瞼在視網膜上染出滿目血色的紅。她終於忍受不了，艱難地睜開眼睛，光線像針一樣刺痛了她，然而那一瞬間湧出的淚水讓陽光反覆折射，苗苑看到半個房間都沐浴在一片燦爛的金色火海中。

那天早上，蘇會賢與方進被陽光和苗苑同時叫醒，他們看到苗苑珍重萬分地撫摸著自己的小腹，用種毅然的語氣說：「我想過了，無論是男是女，我都打算讓這個孩子叫陳曦。」

苗苑堅持給他們做了早飯，蘇會賢在吃飯時小心試探著問，妳是不是應該給伯父伯母打個電話？苗苑露出恍然大悟的表情，蘇會賢這才相信她不是有心要瞞著，她是真的慌昏了頭。苗江與何月笛大清早的直接就被這通電話給嚇出精神了，苗江搶了話筒過去寶貝囡囡地哄個不停，何月笛扯著他出門叫計程車直奔最近的機場。

蘇會賢看到苗苑掛了電話，獨自打開電腦給父母買機票，她用一個手指一下子輸入密碼，緩慢而平穩，一次又一次，卻沒有出錯。

「你大嫂是個了不起的女人。」蘇會賢小聲說。

「嗯！」方進點點頭，「妳還沒見她昨天多厲害，一個上校被她訓得頭都抬不起來。」

苗苑買好了機票又坐著愣了一會兒，視線慢慢地轉到方進臉上：「你等會兒要去拿介紹信對嗎？你說過的，陳默不會被火燒死。」

「不是，我不是這個意思，」方進慌了，「我不是說陳默燒不死，我是覺得，如果是陳默的話，他會看得出來究竟怎麼著了，如果那真是個死地，他就不會去了，畢竟他們要救人對吧，也不是什麼絕命任務，當然，我不是說陳默他貪生怕死……」

「方進，幫我把陳默帶回來，我在家等你們。」

方進一下就啞了，過了一會兒，他把嘴緊緊地抿上，然後說：「好！」

蘇會賢在猶豫要怎麼通知韋若祺，畢竟這是個絕頂的壞消息，如果韋若祺一怒之下口不擇言，和苗苑在這樣的風口浪尖上再吵起來，這種時刻，任何語言都是刀子，刀刀都會摧人心。可是正在她猶豫不決中，韋若祺卻首先接到了來自軍方的正式通知，針對陳默的典型宣傳已經開始啟動。

韋若祺端坐在高背椅上，面無表情地聽張占德陳述整件事，那種冰冷的眼神讓小張後背直冒冷汗。韋若祺有一瞬間的恍惚，然後世界再度回來，她用很清晰的聲音說：「我希望你們暫時別通知我丈夫，不能讓他知道這件事。」

「為什麼？」張占德脫口而出。

「因為他兩年前因為腦溢血住過院。」韋若祺忽然覺得心煩意亂，她得去看住苗苑，如果那個小丫頭經不住事，嚇到了陳正平，又害自己流產的話，那麼……這個家就徹底完了。

得益於現代快捷的交通，韋若祺與苗江、何月笛夫婦幾乎是同時到的。在這樣的時刻，所有人關心則亂，苗江只是匆匆與親家點了個頭，就連忙趕到臥室裡去安慰苗苑。苗苑趴在父親的肩頭失聲痛哭，苗江心疼得直哆嗦，寶貝囡囡地哄著爸爸來了，沒事了，爸爸來了……

而何月笛則被韋若祺拉到書房裡密談，房門剛關上何月笛就覺得莫名，而韋若祺一臉嚴肅而緊張地盯牢她：「我們家老陳的心血管不好，陳默這事我得先瞞著他，所以……苗苑她……」

「妳放心，放心啊，大姐……妳放心，總之妳說怎樣就怎樣，我們全力配合。」何月笛一疊聲地應承，也有些語無倫次的。

「那那，那就好。」韋若祺仍然一臉的焦急，「現在，現在苗苑肚子裡的孩子……幾，幾個月了？一定要讓她小心啊！一定要小心。」

何月笛愣了愣，心中微妙地一動，卻道：「大姐，妳放心，陳默那麼機靈的小夥子不會有事的。」

韋若祺一直盯著何月笛看，見她神色間有遲疑心裡馬上打了個突，索性就把話題挑明：「親家母，妳也知道我就這麼個兒子，所以如果陳默真的有什麼萬一的話，我請求你們一定要讓苗苑把孩子生下來。」

「這，這事我做不了主。」何月笛有些遲疑。

「妳是她媽，妳怎麼會做不了主？如果萬一陳默有什麼，這孩子就是我們陳家唯一的骨肉，於情於理你們都得把孩子生下來吧！」韋若祺一下就急了。

「於情於理，生與不生都應該由苗苗自己決定。」

「這怎麼可能？！這是我們陳家的孩子！我知道妳擔心什麼，你們別瞎操心。我們養，我和老陳養，不勞你們，也根本不會拖累上苗苑。」

何月笛深吸了一口氣，煩躁地走了兩步：「我們現在不談這個行嗎？」

「這本來就不是一個可以談的事！這孩子你們必須生下來，這是我們陳家的骨血，最後的希望了，你們怎麼能這樣呢？做人不能不講良心吧？！」韋若祺又急又怒。

「這不是良心的問題，這是原則的問題。孩子是苗苗的，她要生，我們做家長的沒二話，而且我們能生就能養，生了也就得自己養。但是苗苗現在還小，妳也是經歷過社會的人，妳也知道，一個女人帶著個孩子和不帶孩子天差地別，所以如果苗苗覺得養不起，承擔不了，我也是個做媽的人，我是苗苗的媽媽，她要放棄我也不會攔著她。」無論是比調高還是比氣勢，何月笛自認也不會輸給誰。

韋若祺瞬間臉色鐵青。

正所謂兩宮皇太后，這都不是省油的燈，而且早就心結深種，平常矛盾不爆發只是因為相隔千里不碰頭，現在這火燒眉毛的要緊關頭，空氣一點就著，三言兩語不合，馬上吵得雞飛狗跳。

蘇會賢在外面聽著不對開門進去，就看到兩人臉紅脖子粗吵得不可開交。蘇會賢一下愣了：「妳……妳們……怎麼啦！」

「妳問她！」韋若祺轉頭怒目而視，「妳問她還是不是人？我兒子生死未卜，她居然要把我孫子給流掉！」

「妳胡說八道！」何月笛不甘示弱，「妳是人，妳太是人了，還沒生就惦記著怎麼搶了！」

蘇會賢被這兩人一瞪自己嚇得退一步，苗江在臥室聽到不對馬上趕過來。何月笛氣得臉色青紫，扯著苗江胳膊：「你瞧瞧，你瞧瞧，在我面前都這麼橫，回頭指不定怎麼欺負苗苗，這丫頭……我早說了，這種人家，這種人家不能嫁……你看現在，將來可怎麼辦啊……」

何月笛說著說著聲音越來越低，眼淚直直地流下來，止都止不住。苗江連忙攬住她柔聲哄著，先把人送出門去交給蘇會賢。他回頭看了眼韋若祺，韋女士正一眨不眨地瞪著他，眼神憤怒得像是能投出把刀子來。

苗江長嘆氣，給自己摸了支菸點上，深深地吸了口，低聲道：「我知道，我們都是做爹媽的人，我知道妳心裡難受。」

韋若祺冷哼了一聲。

「陳默這孩子我是真喜歡，不怕妳笑話，我這路過來，我都哭著過來的。可是，怎麼說呢……人吧，說得再好聽，那都是有私心的，我們，我和月笛是苗苑的爹媽，妳能明白吧，就像妳是陳默的媽一樣，所以有些個心情，真的，希望妳也能體諒些。」

「你……你什麼意思？」韋若祺臉色大變，這下徹底地慌了。

「沒什麼意思，就是大家彼此體諒些，行嗎？」苗江煩躁地揉著胸口，「是，出事的是妳兒子，可那也是我女婿。我女兒……說句不好聽的，才多大啊，二十五歲，就成了寡婦……我不是跟妳訴苦，我這苦跟妳不能比。可是，真的，大家都不好受，妳就別逼我們了，行嗎？妳就別這樣，看著誰都想佔你們陳家的便宜，行嗎？」

「我什麼時候逼你們了？是你們現在要殺我孫子！」

「誰要殺妳孫子了？我說妳這人能不能別把人想那麼壞啊？妳有沒有眼睛自己不會看哪？妳看苗苗現在哭成那樣，妳讓她不要孩子可能嗎，她能跟妳拼命。我女兒嫁到你們家，大半年啊。我都能看出來她有多稀罕陳默，妳看不出來，妳是陳默的媽妳看不出來……我這個做爹的，心寒哪！」

韋若祺張口欲言，苗江忽然抬手止住她，「別說，什麼都別說了，說不到一塊去。妳跟我……就是站兩邊的，註定了的。至於這孩子，我自己的女兒我知道，一定會生，但是生下來也是苗苗自己養，就這樣……咱們都別爭，就這樣！」

消息傳得很快，像爆炸一樣，一傳十，十傳百，然後匯到一起像洪水那樣向苗苑湧來。

沫沫挺著八個月的大肚子親自上門，王朝陽和小楊關了店門過來陪她，陶冶說姐妳餓了吧，我下午給妳去買大刀涼皮，正宗的，妳多少吃一點，程衛華說有事您說話，隨叫隨到，成輝打了電話過來，聲音哽咽，他說弟妹我對不住妳，不過我們還在找……

陸臻的電話是下午到的，帶著疲憊的沙啞不復當年清朗的音色，他的聲音很沉，只說了三句話——他說，嫂子妳放心，默爺不是尋常人，我們都相信他。妳跟陳默結了婚就是我們的嫂子，兄弟們一直在。寶寶什麼時候出生？我得過來看看，將來這孩子一切開銷我負責，我這輩子指望自己估計是不成了，可我真的特別喜歡孩子，您就當成全我，讓我當這個乾爹。

苗苑抱著聽筒淚如雨下，除了「謝謝」她連一個字都說不出來。在那一瞬間她想到了方進，想到了陸臻，想到程衛華、成輝和陶冶。

一直以來，她都覺得陳默是個不通人情世故的木頭，堅硬的、硌人的木頭。永遠處不好人際關系，沒有朋友，淨會得罪人，沒有人關心他，沒人喜歡他。是啊，靠他就完了……可是，直到今天她才發現，那個沉默的男人有多麼寬厚與善良，在他如山的身影背後，悄無聲息地站立著那麼多人，那麼多頂天立地的男人。那是曾經他施出的情分，最後，都將回報給她。

那個男人即使真的離開了，也在保護她。

沫沫擔心苗苑一直半躺在床上對胎兒不好，生拉硬架地把人架到客廳裡。寬心的話說了太多，苗江此時已經想不出來還有什麼好安慰，只是貼近她身邊坐著，讓苗苑把頭擱在自己肩膀上。電話鈴響了一次又一次，苗苑一直哭個不停，聲音越來越低，漸漸聽不分明，像一隻嗚咽的貓咪。

韋若祺靠窗邊站著，心裡煩躁不堪。平心而論，她才是這個屋子裡壓力最大的人。她的兒子生死未卜，她的孫子生死未卜，她的男人似乎也將會因此生死未卜。但是韋若祺一直沒哭，她甚至連眼眶都沒濕過，因為來不及，太過心焦，在這樣的生死關頭，誰有那個閒情逸致還能坐下來哭泣？

苗苑斷斷續續一直不絕的哭聲終於激怒了她，韋若祺不滿意地沉聲喝道：「哭哭哭哭！妳就會哭，哭有什麼用，妳除了哭還有什麼用？」

何月笛霍地站起來，苗江連忙把自己老婆拉回去，何月笛狠狠地瞪了苗江一眼，把臉別在一邊生悶氣。

「哭為什麼要有用？」苗苑彷彿如夢初醒似的慢慢抬頭看向韋若祺，「為什麼連哭都要有用，高興了就笑，我現在難受我哭，為什麼要有用？妳沒哭，妳沒哭有用嗎？也沒用。」

韋若祺喉頭哽，被問住。

「媽，我們別吵了行嗎？妳不愛哭，妳就這麼待著；我想哭，妳就讓我哭一會兒。陳默在的時候我就特別不想跟妳吵，將來陳默要是不在了，我們就更沒什麼可吵的了。就算妳還是陳曦的奶奶，我也是陳曦的媽，可將來，我們到底還是要生份的。」苗苑忍不住，眼淚又簌簌地滾下來，「陳默要是真的不在了，我們就別再爭了好嗎？已經沒有人會把我們再拉回來了，我們再這麼吵下去，就真得散夥了。」

韋若祺想說，散夥就散夥，難道我稀罕妳？可是這句話在喉頭滾來又滾去，到底沒有吐出口。對啊，孫子還在她肚子裡呢，得讓著她。韋若祺這樣向自己解釋。

據說等待是人生最初的蒼老，苗苑覺得自己在一夕之間已經老去。下午三四點鐘的時候，部隊方面忽然把電話打到家裡，張占德說搜索已經有了一定的進展，讓他們趕緊去市公安局法醫處。韋若祺乍然聽到「認屍」那兩個字胸口如遭重擊差點當場暈過去。

苗苑擱下電話愣了好一會兒，站起來說：「媽，要不您先歇著，我去。」

何月笛握住苗苑的手說我陪妳，王朝陽連忙去門口穿鞋準備下樓攔車……呼啦一下子屋子裡的人走了個精光，韋若祺時傻住了，露出無措的神色。

苗苑把自己直捧著的紙巾盒遞給韋若祺：「我們先走，這屋留給妳，妳要是回爸那兒去，就幫我把門帶上。」

韋若祺猶豫了很久，似乎不知道怎麼辦才好，慢慢接過了紙巾盒。苗苑卻忽然張開雙臂抱了抱她，輕聲說，「陳默會沒事的，我們會好的。」

韋若祺的臉色一僵，等她感覺彆扭時，苗苑已經放開她匆匆出門去了。

苗苑他們一行人趕到市公安局時，才發現那裡早就人聲鼎沸。程衛華接了電話立馬就從分局趕過來，到得比他們還早，一百八十五公分的大個子，手長腿長，極為惹眼地站在走道裡，一伸手就攔住了苗苑。

「老程！你別給我……」苗苑急得滿頭浮汗，氣急敗壞地大聲嚷著。

「我幫你看過了，沒有。」程衛華慢慢扶住她的肩。

苗苑聽了一愣，驀然聽到停屍房裡哭聲震天，好像全身的骨骼都散了架子，腳下一軟，差點滑到地上去，程衛華連忙扶她坐到牆邊椅子上。

「這是好消息呀來，給哥笑一個。」程衛華蹲下來逗她。

「對！是，有道理。」苗苑閉了閉眼睛，把眼眶裡那點潮意忍回去，笑得很用力。

有時候沒有消息就是好消息，苗苑馬上就想走，好像只要離開這個可怕的地方，陳默就會好好地完整地站在她面前而不是躺著。可是還沒有走到拐角就被人叫住了，據說是還有一具屍體到六點半的樣子就能完成屍檢，不如在這兒等會一起看了，也免得明天再來一次。

苗苑仰著頭說好，她怎麼努力都沒有看清那人的面目，眼前只有白大褂發青的白，可是她卻忽然強硬了起來，大刀闊斧地指揮起大家的去向。

小楊哥你帶我爸媽去吃飯。蘇姐姐妳待了一天了快點回去，店裡肯定一堆事。沫子妳八個月的大肚子跟我湊什麼熱鬧，趕緊讓小米來接妳。等她安排到程衛華的時候，老程搖頭笑了笑說，我陪妳。苗苑愣了一下，忽然脫力坐下，說，好的。

這種時候苗苑最大，她說什麼都會被執行，何月笛即使一千一萬個不放心也還是被苗江拖走，只是臨走時苗江用力握了程衛華的手，討了電話仔細保存。陶冶下班後果真去買了涼皮過來，辣裡帶酸的好筋道，苗苑雖然沒什麼胃口也著實吃了幾口。擁在走道裡的人一個一個地散了去，終於有穿著白大褂的人出來，程衛華給陶治使了個眼色，小陶馬上按住苗苑，程衛華已經先人一步搶到白大褂面前。

「老程。」苗苑大急。

「我先幫你看一下……」程衛華涎著臉，也不顧別人掙扎像押犯人似的把白大褂押進了停屍房。苗苑急得要命，偏偏小陶力氣大，她一個弱女子無論如何都掙扎不出去。

不一會兒從裡間又傳出哭聲，苗苑一聽就知道不是程衛華，馬上心裡大定。白大褂面無表情地拿了資料夾出來提問：「陳默有沒有鑲過牙？」

「都跟你說了不是他，你小子犯什麼軸啊陳默比我還高點……」程衛華著急地跟出來想拽他。

「老程，燒成這樣子人是會縮……」白大褂顯然也無奈了。

「那個……人……」苗苑忽然大聲喊了出來，「他身體裡有沒有彈片？」

「沒有，沒探到有金屬。」

苗苑輕輕呼出一口氣，用力地搖了搖頭，說：「不是他。」

「聽到沒有！這才能做準。」白大褂反手把程衛華拍開，「人家當老婆的不比你知道得多？」程衛華沒好氣地對他亮了一下牙，又連忙衝過去安慰苗苑：「沒事的，啊，相信哥，你們家陳默是誰，對吧！」

「是啊！」苗苑輕輕點頭，「那程哥我們走吧。」

「行！」程衛華轉身走了兩步才發現苗苑沒跟上來，一回頭卻看到苗苑還坐著，陶治站在旁邊一臉的茫然。程衛華心中一慟，知道她現在腳軟，站不起來。他連忙回去叉腿癱坐到苗苑身邊，頗有些無賴地笑著：

「不行，哥累了，陪我休息會。」

陶治聞言大驚，臉上露出匪夷所思的表情，咬牙切齒地暗地裡狠踹了他一腳，程衛華眉峰一挑，一聲不吭地忍了下來。

苗苑低頭絞著手指，小聲說好。

苗苑聽到裡間的哭聲越來越響，帶著某種歇斯底里的味道。一個看起來足有三十出頭的女人淚流滿面地從裡面飄出來，跌坐到苗苑身邊，苗苑從口袋裡抽出張紙巾遞給她。女人隨手接過，連頭都沒抬，自然也沒有說謝謝，她哭得太過投入。

苗苑把整包紙巾都拆開，一張一張慢慢地遞給她。

張占德抱著一大疊檔從另外一間辦公室裡走出來，走到她們身邊時一停，眉頭皺起似乎是想開口，苗苑搶先一步瞪住他了，那是沉默的逼視的目光。他微微一愣，似乎是想起了這個女孩著實不好惹，頗有些無奈地嘆了口氣坐到另一邊去等待。

從小到大，苗苑都特別不能理解一句話「遇難者家屬情緒穩定」，她覺得那怎麼可能，人生有很多事情是無法靠想像的，只有事到臨頭才知道是什麼樣。所以，在災難面前，外人都應該閉嘴。因為你不是她，你沒有資格說我懂，我知道應該怎麼樣，知道什麼是對！

沒有人，有權居高臨下地說出那句話：請妳冷靜點，節哀順變！

此時此刻苗苑對這個悲傷的女人有一種發自內心的憐惜，她那樣固執地陪伴著她，直到夕陽日暮。女人在哭累了之後，斷斷續續地與苗苑說了很多話。她說自己叫金曉勤，今年二十六歲，她說起她的男人，他叫曹修武，是一名士官，二十八歲；她說起他們的女兒，今年才三歲，她說到家裡新買的房子，還有三十五萬塊錢的貸款，她說起父母的病，說起婆婆馬上要開刀的費用……苗苑默默無言地聽著，伸手攬住她瘦弱的肩膀。

苗苑忽然意識到自己的幸運，即使陳默真的不在了，她還有強而有力的可以支撐她的父母，她的公婆即使態度惡劣但畢竟從來不是負擔，她還有那麼多的好兄弟。

苗苑溫柔地小聲與金曉勤說著話，留下了自己的聯絡方式，她說「妳要是手頭不方便了，來找我，我給妳湊點。」

程衛華寬容地看著苗苑做這一切，同時按住了陶冶別去催她。

從公安局裡出來天已經黑透了，苗苑堅持要回店裡去，她想做事，回家就只能哭，可是哭久了也真的沒意思。回到店裡才發現大家都在，一個個如臨大敵地看著她。

苗苑虛弱地笑了笑，拿了乳酪出來熱著，她漫無目的地揉著麵團，最後做出一個心形的麵包。通身鑲著火紅的辣肉鬆，內餡裡填著兌了青梅酒的鮮奶油乳酪。這是怪異而動人的食物，一口咬下總會讓人想流淚，無論是因為辣椒還是微醺的奶油。

苗苑把這個作品命名為——愛，她找了空白的板子出來寫廣告詞，她說這是為所有死在報紙上的人做的麵包，她將把這款麵包所有的收入都送給這次山火裡犧牲的戰士。

所有人都很高興，畢竟在這種時候苗苑肯轉移注意力就是好事。王朝陽和楊維冬忙著幫苗苑大批量生產；程衛華打電話給他的狐朋狗友勒令他們明天過來買麵包，陶冶則火速地把新產品拍照修圖傳上網，還配了感人的心情故事，只不過隱去了陳默失蹤的部分，苗苑關照了這事還不能提，因為陳正平的血管不好。

苗苑一直忙到深夜做得異常投入，方進打了電話過來說他已經到了，下午上山看過，感覺他們之前可能找錯了方向，所以一切還很有希望。苗苑一疊聲地道謝，猛然回頭看到架子上佈滿火紅色的心，只一顆顆緊密地挨著，都在「怦怦」地跳動，彷彿她內心的期盼。

那天晚上苗苑睡得很熟，早上何月笛進去看了她兩次她都沒發現，兩位老人家略略放心了些，可是想起陳默又是一陣酸楚。

而同一時間，韋若祺看著當天的晨報暴跳如雷，陳默的名字與人並排出現在都市報的頭版，還被加粗顯示，報導正文用一種她閉上眼睛也能背出來的語氣書寫著焦慮與讚美，而韋若祺只想著怎樣才能有合理的藉口毀掉這些報紙。張占德顯然無視了她的意願，或者說，在他有限的工作經驗裡還沒有遇上過這種不想上報紙的家屬。

「愛」賣得非常好，超乎尋常的暢銷，苗苑他們做了一夜的麵包在一個上午就被搶購一空，還有人在網路留言打聽曹修武家的帳號，說也想給這家人直接匯點錢。苗苑連忙撥了金曉勤的電話告訴她這個好消息，金曉勤很疑惑，專程趕來店裡張望，卻看著鋪天蓋地的大紅心泣不成聲。

6

一切似乎都很順利，然而這樣的順利代表著無望的等待。苗苑一刻不停地做著麵包，王朝陽只能拼命地拿孩子做藉口讓她休息一會兒，可是第二天，報紙上的一篇社論吸引了苗苑全部的注意力。

這是一篇評論員文章，援引了一些網上言論在談中國的慈善狀況，那些句子苗苑都沒有看得多明白，可是她只看到了一處，「人間」的「愛」被提及了，而且是反面事例。筆者用一種尖銳甚至不無惡意的口吻質問著這種活動應該由哪個部門監管，由何人審批，善款的帳目何去何從……苗苑一下就氣炸了，那種居高臨下冷靜自持的路人態度氣得她全身發抖，從報上查到編輯部地址就馬上衝到街上叫車。

王朝陽嚇得連忙追上去，又生怕會吃虧，一邊攔著勸阻，一邊給程衛華打電話。

苗苑這會兒連臉都青了，平素再好說話不過的女孩子，此刻倔強得像一頭牛。王朝陽根本拿她沒辦法，只能眼睜睜地看著苗苑威風凜凜地站在編輯部門口大聲質問：「這篇東西誰寫的？！」

辦公室裡有幾個人抬起了頭，一個臨近的男人慢慢地探頭過來看了一下，問道：「怎麼了？」

「我問這個，誰寫的？！你們憑什麼這麼寫？」

「有什麼問題嗎？小姐，請注意妳的情緒，都像您這麼過來鬧我們還辦不辦公了？」一個看起來像主管模樣的人從裡面繞出來。

苗苑深吸了一口氣，拿筆把那段框出來給他看：「我是『人間』的老闆。我想知道你們憑什麼這麼寫，憑什麼污蔑我在騙錢。都沒有人來問過我怎麼回事，你們覺得有問題，你們覺得不對，你們為什麼不直接來跟我說，你們覺得我做得不好，你們有更好的辦法可以告訴我，為什麼要把我想得這麼壞？」

主管匆匆掃了一眼，微微冷笑著看向苗苑：「小姐，我們是記者，這裡是報社我們是媒體，懂嗎？我們不可能找到一個問題就直接通知當事人，這是政府機關的事，這不是做新聞。我們的工作是要以點帶面的，我們這是在正常行使媒體監督權。而且麻煩妳看一看內容，我們只是在質疑。就表面的現象，對可能的問題做些推斷，這根本就不能說是在污蔑。」

苗苑氣得臉色通紅，張口結舌地瞪著他。主管顯然也覺得區區小事，糾結無益，轉身就想走，苗苑忽然出聲叫住了他：「你活著一定特別不開心吧。」

「妳這人怎麼說話呢？！」主管臉色一變。

「一定是的，你這樣活著肯定特別不開心。像你們這種人我都看煩了，你們看到什麼都不好，想到誰都是壞人，社會只有陰暗面。碰到什麼事都淨往壞裡想，說話陰陽怪氣，好像覺得自己特別有本事特別能，好像除了你們最高尚，剩下的全世界都是笨蛋、小偷和騙子。好像只有你們知道什麼是對的，你們站在那裡指手畫腳，正事什麼都不幹。但其實你們什麼都不懂，你們憑什麼？你們根本不知道我遇到了什麼事，根本不知道我是怎麼想的，你們有什麼資格評論我？」

王朝陽插進來小聲說：「她丈夫就是陳默，你們昨天才在報上寫的那個武警少校，失蹤了到現在都還沒找回來，你們還給英雄的家屬潑髒水。」

主管先生顯然吃了一驚，臉上一陣青白，變幻了幾種表情之後神色忽然嚴肅了起來，「這個，既然是這樣，那妳們就更應該注意點自己的形象嘛。妳看妳現在這樣大吵大鬧的，多不好啊，多給烈士的形象抹黑

啊……」

主管的話還沒說完，苗苑忽然暴怒，眼淚嘩地流下來，眼前模糊一片。她隨手抄起一個馬克杯砸過去：

「你才烈士！你胡說八道，陳默不是烈士，他不會死的……」

主管先生嚇了一大跳，連忙往後躲。苗苑那杯子砸得沒有半分準頭，低低地直奔了地面，嘩啦碎了地。

有鬧起來的，就有看熱鬧的，辦公室裡的人一個一個地都抬起了頭。

有人說哎呀，怎麼這樣啊，這女人真潑。有人說幹嘛，妳神經啊，妳老公被人咒死了妳開心啊……也有人說嘿，這回搞笑了，後續報導怎麼寫啊，英雄的妻子說你再敢說我丈夫是烈士我就扁你！馬上有人搭話，好標題，頭條啊！

苗苑拳頭緊握地站在那兒，流著淚的大眼睛裡滿是火光。

「妳妳……妳別撒潑啊……」主管指著苗苑結結巴巴地嚷嚷，「妳妳，妳再這樣我們就報警了，啊……」

「別，別……哥們兒，別麻煩了，我就是警察。」程衛華氣喘吁吁地從門外閃進來，掏出證件一亮而過。主管先生只看到警徽一閃連名字是誰都沒看清，他正在詫異，就看到程衛華低頭問苗苑：「他們欺負妳？」

「他咒陳默死。」苗苑咬牙切齒。

「行，兄弟哎，對不住了。」程衛華舒展了一下指節，向主管走過去。

那人顯然是被嚇著了，戰戰兢兢地往後退著問，「你要幹嘛？」

程衛華隨手從桌上抽了一大疊舊雜誌，以一種常人根本無法看清的速度擋在主管先生的下腹部，然後一下膝擊重重地撞了上去……

「走吧！」程衛華把雜誌一扔，若無其事地拉著苗苑離開，丟下身後目瞪口呆的眾人與某個哀嚎倒地的身影。

「剛剛怎麼回事啊？」程衛華把苗苑拉上車才開口問。苗苑一聲不吭地把報紙塞給程衛華。

「我操他媽的！」老程看完臉色鐵青，一邊嘀咕著罵街，一邊拿手機撥號，「別怕啊，這種人老子有的是辦法治他。」

「算了。」苗苑抬手按住他。

「算什麼算？」

「算了程哥，麻煩！」

「怕麻煩是吧？」程衛華轉了轉眼珠，嘴角一勾帶出一點陰損的笑意，「我教妳個辦法，一句話的事。妳就把這張報紙給妳婆婆看，妳跟她說懷疑妳就是懷疑陳家，懷疑陳家……嘿嘿！反正妳婆婆現在就是個炸藥，一點就著，就憑她老人家那手腕保管這小子屍骨無存。」

「算了真的。」苗苑擦了擦眼淚，「我知道的，跟他們計較沒意思，他們也是混口飯吃。其實我挺可憐他們的，你說一人，成天把事想得這麼壞，活著得多糟心啊？我們都犯不著去扁他們，真的，他們自己活得難受著呢！今天這事要擱平時我都……都不帶答理的，也就是趕上陳默不在，我心情不好。我就是生氣，你讓我罵完了，我也就舒服了。」

「那妳舒服我還沒舒服呢……」程衛華看著苗苑的臉色，半響嘆了口氣發動車子，「得，早知道剛才就多揍幾下了。」

程衛華開車把人拉到「人間」，卻只開了後座的門對王朝陽說：「妳先回，我帶苗苗兜個風去。」王朝陽生怕苗苑回到店裡又下力氣死幹活，巴不得有人拉著她出去散散心，馬上千恩萬謝地下車走了。

苗苑一聲不吭地坐在副駕駛位，神色有些木然。天還是那麼熱，猛烈的陽光火一樣傾倒下來，讓人無處可藏。程衛華在城裡兜了一圈都沒有找到可以停車的地方，索性直奔郊區。

陝西多山，出城沒上高速，七繞八繞地就繞進了山區。車子開進林蔭密佈的地方，關了空調降下車窗，久違了的自然的清風拂過苗苑的臉，讓她呆滯的眼眸顫了顫，慢慢轉過臉去看向窗外。

程衛華找了個合適的地方停車，從車載冰箱裡拿了兩罐可樂出來。苗苑乖乖地接過去，也不喝，只是緊緊地在手裡攥著，一聲不吭地坐在路邊，夏蟬在她頭頂瘋狂地鳴叫著。

程衛華煩躁地在她身邊走了幾個來回，忽然停下來，從錢包裡抽出一張照片遞過去：「我老婆。」

「哦！」。苗苑有些意外，從沒聽說過。

「走了很久了。」

「呃？」

「是我害死的！」程衛華垂下頭。

「啊！？」苗苑嚇了一跳，「你別胡說。」

「是真的，我那時候很傻，什麼都不怕，什麼人都敢得罪，結果報復在她身上。氰化物中毒，她走的時候還沒有二十四歲，就在我們辦喜宴的兩天前。」

苗苑張口結舌，震驚得一個字都說不出來。

「其實妳比我好。」程衛華在苗苑身邊坐下，「至少妳沒遺憾啊，妳對陳默那麼好，不像我。」

「不是的，我對陳默也不好的，我成天跟他吵架。」苗苑的眼眶驟然發紅。

「妳這算什麼呀，女孩子嘛，還能沒點小脾氣，妳喜歡他才跟他吵。我那時候真的……我那時候很年輕，喜歡玩，兄弟堆狐朋狗友，成天瞎忙根本顧不上她。連結婚都她催著辦的，心裡還挺不樂意，我那會兒簡直不是人，有人知冷知熱管著還嫌她煩……」

「不會的，她覺得你好才會催你結婚，她樂意嫁給你就是覺得你好，程哥，真的，你別說了，我知道你比我更難受……」

「不是，妳別誤會。我跟妳說這個，不是……想說什麼我比妳慘什麼的，顯擺老子多堅強多……那啥……」程衛華撓了撓頭髮，忽然解開手腕上寬大的潛水電子錶，露出一道深長的疤痕，「知道割腕是怎麼回事嗎？不是妳想的那樣的，我跟妳講，電視上演的都是騙人的。血管很韌的，水果刀就這麼下去根本割不斷，妳得把旁邊的肉都劃開，然後用刀尖從裡往外挑。」

苗苑嚇得臉色發白，瞪大了眼睛看著程衛華。

「但是沒有用。」程衛華平靜地看向她，搖了搖頭，「連死都沒有用，我試過，所以妳可以不用試了。我到快死的時候就後悔了，就這麼走了，我也一樣見不到她。我爹媽把我拉扯這麼大也不容易，再渾蛋，總不能讓他們白髮人送黑髮人。」

苗苑淚流滿面，用力地點著頭。

「沒有用的，都沒用，別跟電視裡學。胡鬧、喝酒、嗑藥……除了四號沒用過，我什麼都試了，沒用！那種日子，你發洩，亂搞，好像看起來痛快，但是一不開心的，不會讓你開心的，真的，相信我。」

「可是我不知道應該要怎麼辦我好怕，我真的很害怕，我怕陳默真回不來了。」苗苑失聲痛哭。

「妳得給妳自己點念想，妳看這世上這麼多人都規規矩矩地過日子，為什麼？大家不會都是傻瓜。自虐嗎？不會的因為這樣才開心，所以妳也得讓自己開心點。妳別去想周圍的人怎麼看妳，真的，也別怕對不起誰，妳現在只要能保住自己就比什麼都強。而且……妳還有孩子，對吧，妳看妳多好，妳還有孩子，不像我，我什麼都沒有。」

苗苑連連點頭，哭了好一陣才慢慢止住眼淚，心裡卻像是奇蹟般地輕鬆了一些，彷彿由高空墜落，縱使粉身碎骨，也至少已經落到了實地。

「程哥，你也，別太難受了，嫂子在天上看到也不開心的。」苗苑把臉抹乾淨。

「我知道，知道……妳看我現在不是挺好的嘛，對吧我現在挺好，活得挺自在，也開心。所以沒有什麼過不去的事，開心點，陳默那小子我瞭解他，無論他怎麼樣了，他都會希望妳開心點。」

程衛華有些惶然，手足無措間把苗苑的可樂給搶過來開了，這罐可樂被苗苑一直攥著，早就被捂得溫熱，程衛華喝了一口才反應過來，尷尬地苦笑。

苗苑站起來笑了笑說：「程哥，我們回去吧，我晚上買點菜，大家一起吃飯，你幫我把小陶也叫上。」

程衛華按住苗苑的肩膀說好。

晚飯苗苑和苗江聯手做了不少吃的，苗苑給韋若祺打電話說要送燒賣過去，韋若祺連忙攔下了，躊躇了下卻說還是我過來。人很多，熱熱鬧鬧的一大桌，苗江忙著給苗苑夾肉，說多吃點，要補，趁爸爸在給妳多補補。苗苑拉了韋若祺一起坐，韋若祺沒吃什麼，但是也沒離席，有些壓力太大，的確不是一個人可以獨自消化的。

晚飯後武警支隊宣傳科有人打了電話過來，說明天總隊領導要過來慰問家屬，讓苗苑準備一下。苗苑斷然拒絕說不用了，現在沒心思見任何人，見了面也不會有好話，上電視給大家都丟人。對方哽了好一陣。

韋若祺拍一拍苗苑讓她讓開，接了電話過去指名道姓地把張占德狠批了一頓，陳默已經失蹤了，再把他爹嚇死了，這個責任誰來負？那邊聽得音調都變了，連忙表示是自己這邊辦事不力，一定好好批評教育。

韋若祺擱下電話失了好一陣的神，苗苑把蒸好的燒賣交給韋若祺：「媽妳先回去陪陪爸，我這邊沒什麼。」

韋若祺張了張嘴，欲言又止，兩個女人執手相望。苗苑有些困惑地看著她的婆婆，韋若祺有一絲很渺茫的感覺，是對眼前這個女孩的，她有些想不明白那到底是什麼，甚至過了很久之後她才反應過來，那是她第一次好好地……看著苗苑。第一次注意到這是一個人，一個會站在她面前，握住她的手，把一些東西交給她的人。那個瞬間韋若祺有些忘記了，這是她的媳婦，她兒子的妻子。

燈光下，苗苑的神情有種隱約的執拗，雖然那種表情並非冷漠，可是仍然讓韋若祺感覺到無力，那樣的眼神讓她明白……即使在這樣兵荒馬亂的時刻，這個女孩也並不打算撲到她懷裡哭，不打算聽從她過多的指點，甚至是幫助……韋若祺有些沮喪，可是面對這樣的苗苑，她知道自己已經不必再說什麼也不用再做什麼。

當方進說你們一定搞錯了的時候，眼中有一種豪邁的信心，當成輝說我們大概真的搞錯了的時候，聲音裡帶著一種忐忑的期待，然而無論那是怎樣的心情，最後都歸結為一種行動，那就是繼續找。

隊參謀長專程打了電話過來問過進度。成輝說不能放棄啊，放棄了士兵不服，他彈壓不住的。參謀長沉吟著說好，你們繼續，我們要相信奇蹟。

方進說不是奇蹟，我們要相信陳默。

方進在地圖上畫了一個很大的同心圓，然後根據地勢截出一段，他把這片圓環全部塗黑後交給成輝，告訴他這就是重點。成輝一看非常詫異，因為那裡離開出事地點已經很遠，而且完全不是陳默要去救人的方向。

方進在地圖上把原來搜索過的地方都畫掉，他說這一塊你們連根草都看過了，沒有就是沒有，那麼很可能陳默根本沒往這邊走，他中途轉向逃生去了。你們也說了，當時的情況很危險，陳默連一個人都沒帶，如果他不是預見很壞，他不會自己一個人上去。

原傑有些憤怒地說，不可能，隊長不會放棄的。

方進笑了笑，他說你們都不瞭解陳默，陳默最厲害的就是他敢說不。

天干大旱，赤地千里，放眼望去草木枯槁，方進舔了舔乾裂的嘴唇想到一個更為嚴峻的問題——脫水！

於是，搜索重點馬上轉移，成輝甚至關照了臨縣的兄弟部隊也幫忙留心。第一遍粗篩掃過去沒有任何結果，幾乎就是要絕望了，成輝扯下帽子站在方進身邊，臉上被曬得油黑，三天像老了三年。

倒是臨縣的部隊傳了消息過來，說我們這邊剛發現了幾個確定不了身分的傷患，你們要不要來看看。方進飛奔而去，最後終於在縣人民醫院的ICU病房裡找到了陳默。那個瞬間方進興奮得連跳起來的力氣都沒有，好像是脫了力，他連連退了兩步，靠到牆邊。

陪著他起找人的是當地武警的一個排長，名叫彭萊，他從兜裡掏了菸出來給方進：「不急啊，還有……中醫院還有兩個。」

方進虛弱地擺了擺手說：「不找了，就是他。」

彭萊一愣，張口結舌「不，不會吧，我們發現這人的地方離你們那兒好幾百里地啊！」

「是的，就是他。」方進開心地笑起來，那笑容閃閃發亮。

燒傷病人最忌感染，方進被醫護人員攔在病房門外。透過乾淨的玻璃窗，他看到陳默安靜地躺在病床上，彷彿熟睡。但是據彭萊說，發現他的時候，人已經差不多休克了，作訓服被燒得亂七八糟，又找不到證件，只能先送到醫院搶救。

燒傷本來就容易脫水，天又大旱，山上根本找不到任何水源。嚴重的脫水加感染性休克，當時都說救不回來，可是昏迷了兩天還有氣，都在說什麼人命這麼硬，沒想到這就是大名鼎鼎的陳默。

方進偷偷笑，陽光燦爛的臉，沒有一點陰霾。小彭看著他的笑容頓時心情也好了起來，一巴掌拍在方進背上，說吃飯去，你請客！方進大笑，連聲說好。

這地方偏僻，方進原本是想讓苗苑別過來的，可是一個電話過去說陳默還活著，這哪裡還了得，苗苑當天就插著翅膀飛過來了。她生怕這陌生的地方、陌生的醫生照看不好她的陳默，過來時捲了大包袱，ICU從上到

下，連同燒傷科有一個算一個全送了份禮物，全是用象牙色雪紡紗帶綁好的小餅乾，漂亮得一塌糊塗，人見人愛。

值班的護士與苗苑瞬間打成一片，連醫生都點了頭，同意苗苑消完毒之後可以進ICU。

燒傷的病人需要保持創面乾燥完全暴露，ICU裡雖然有空調可是溫度也並不低。在門外時離得遠，只覺得陳默閉著眼彷彿睡得安穩，可是走近才看到那黑黑紅紅的傷痕，苗苑的眼淚一下就湧了出來。

「哎，別哭，別哭。」護士長勸道。

苗苑誤以為哭起來會害陳默又感染，連忙仰起臉，下死命忍住，發出好像幼弱貓咪那樣的抽氣聲。

陳默的眼瞼卻微微動了動，慢慢地睜開，失了焦的視線散漫地望向前方，氣息輕緩：「苗苗？」

護士長嚇了一跳：「你什麼時候醒的？」

「不知道。」陳默極微弱地搖了搖頭。

苗苑連忙搶到病床前，卻不敢碰他，急得手足無措的只想哭，偏偏還不敢讓眼淚流下來。

護士長一邊按鈴，一邊拉過陳默的手放到苗苑掌心裡。苗苑輕輕合掌，感覺到帶著粗糙薄趼的手指在她手中微微顫動，忽然就覺得安穩，視線霎時間就清晰了。

燒傷，被火場樹木砸到造成的開放傷，感染性休克，再加上嚴重脫水，這樣合併起來的複合傷害導致多器官功能衰竭。能醒過來雖然是第一步，卻也是最關鍵性的一步。馬上有好幾位醫生護士擁進來，從頭到腳地檢查陳默。

苗苑心急如焚，伸長了脖子站在他們身後，從那些人影的縫隙中捕捉陳默的樣子。

深二度燒傷的傷口呈現出一種斑駁的黑紅色，彷彿被火神的鞭子抽到，狹而長的一條，肉體分崩離析，從胸口蔓延到脖頸。

陳默抬手扯住白大褂的一角，主治醫生愣了愣，俯下身去聽他說話，半晌，他轉頭看向苗苑說：「妳丈夫讓妳先出去，他讓妳別看。」

「不要。」苗苑捂住嘴，「我不走，我要陪著他。」

醫生有些無奈，輕聲說：「那妳轉過去。」

「不。」苗苑固執地搖頭，「我不怕。」陳默微微曲了曲手指，卻無力把手臂抬得更高，苗苑蹲下身去親吻他的掌心，那麼熱，像火一樣。

陳默顫抖的手指在苗苑唇上摩挲，喃喃道：「把眼睛閉上。」

「我不要。」苗苑終於忍不住，有一滴淚從右邊眼眶裡滑下來，卻看到陳默的手掌艱難地往上移，漸漸覆蓋了她全部的視野。

答應過你永遠不分開，所以永遠不，所以刀山火海也會闖過來找你。

尾聲

人間煙火

五天之後陳默轉出ICU病房直接回了西安，陳正平在塵埃落定之後才得到消息，也還是被嚇得一身冷汗。陳默這名字一開始就是列在嘉獎名單裡的，現在彷彿神蹟般地生還，待遇當然非同一般。

總隊領導指示要上最好的醫生、用最好的藥，陳默畢竟底子好，身體恢復得很快。苗苑聽從了蘇會賢的勸告，把所有「愛」募集到的錢都交給蔣立新處理，果然省心省事皆大歡喜。

唯一一點小插曲歸結在那個二等功上，陳默向蔣立新報告他當時並沒有完成既定任務，無功卻受獎好像不太應該。蔣政委大囧，被他搞得哭笑不得；成輝收到消息暴怒，差點直接揮拳揍傷患；最後還是總隊長一錘定音，他說陳默你不要搞，給你就拿著，哪來那麼多廢話。

陳默當然不是喜歡廢話的人，他索性就連應該的廢話也全省了，什麼報告、報導、學習演講，一概推得乾乾淨淨。可是人是活的事是死的，陳默不幹成輝就得頂上，成指導員氣得青煙直冒。

俗話說一朝被蛇咬，十年怕井繩。或者在曾經的歲月裡，陳默有過無數更艱難更危險的時刻，可是那些韋若祺都不知道，不知道就是不知道，她知道的只有這一次。後怕是慢慢起來的，當時居然也沒覺得十分慌張，甚至擔心苗苑肚子裡的孩子更甚過陳默，現在人回來了，卻知道害怕了，半夜裡驚醒，嚇得一身冷汗。

是陳默還年輕，剛剛立的二等功，剛剛畢業的碩士，如果退出部隊當然不肯放人，韋若祺差點打算動用副省長出面，被陳正平攔住了，他說妳別再做無用功，先去問問陳默。

那是一次正式的家庭會議，韋若祺根本沒指望陳默會同意，可是她有百分之百的把握相信苗苑會站在她這邊。陳默起初靠在病床上一聲不吭，目色深沉，卻褪去了所有的銳利，那是種讓人想要擁抱的柔和的黑。

「如果你們……都希望我這樣，我聽你們的。可是……」陳默溫柔地看著苗苑，「如果妳不做蛋糕了，妳

想做什麼？」

苗苑初時興奮的眼神漸漸沉靜下來，最後她慢慢握住陳默的手說：「我聽你的。」

韋若祺簡直不能相信，她把苗苑拉到走廊裡質問，「妳怎麼可以這樣縱容他？妳是他老婆，妳不能什麼事都聽他的。」

陳正平扶上韋若祺的肩膀，加了幾分柔和的力度，韋若祺忽然感覺無力，那種手握流沙的無力感，越是用力越是無奈，不自覺竟急紅了眼眶。

苗苑沒料到她一向心如鐵石的婆婆也會哭，一時之間也慌了手腳，結結巴巴沒說出兩個字眼淚也止不住地流下來。到最後，她淚流滿面地握住韋若祺的手說：「我們就別逼他了好嗎？陳默想幹什麼就讓他幹什麼吧，他要是樂意不幹這個當然好，可是他不樂意，他真的不樂意那又能怎麼辦呢。」

「妳不能這樣，妳怎麼能這樣？」韋若祺搖頭看著苗苑，卻更像是自語。

「不是啊，媽。陳默今天要是殺人放火，我當然攔著他，他現在也算在幹正事吧。」苗苑倔強地抿著嘴，濕漉漉的大眼睛像含了寶石的光。

陳正平拉著自己的妻子退了一步，把難得柔軟的韋女士攬進懷裡，他意味深長地看著苗苑，半響，笑了笑說，「陳默就交給妳了。」

苗苑有些受寵若驚地點了頭。

為什麼？回家之後韋若祺不停地在問為什麼，夕陽在她身後落下，那是碩大而渾圓的一個球體，將半個天幕映作昏黃。陳正平坐到她身邊去抱住她，他沉聲問：「還記得妳二十五歲的時候在幹什麼嗎？我們二十五歲的時候，世界是什麼樣？」

韋若祺有些茫然。

「時代變了，我們已經老了，老得不知道他們在想什麼了。一代人，過一代人的日子……當年妳媽沒攔住妳，讓妳進了城，現在妳也攔不住陳默。」陳正平攏起妻子額角的碎髮，小心地別到她的耳後去。

紅顏彈指老，三十年前的青春少女，換作如今蒼老的面容。韋若祺終於忍不住失聲痛哭，埋在陳正平的肩頭，那同樣蒼老的肩膀。陳正平慢慢撫著妻子的脊背，輕聲說：「等年底妳也退休了，我們去海南玩吧……」

陳默的傷在一個半月之後徹底痊癒，痂衣剝落，留下粗糙的疤痕。彷彿火焰的圖騰，從胸口蔓延到頸側，最後拉成一條線，消失在耳根處。這樣的傷疤自然是難看的，可是那畢竟是陳默，讓人不敢仔細去看的那個陳默。他有先聲奪人的氣場，於是，無論他的眉目如何英挺，傷疤怎樣難看，都變得不重要。膽敢仔細地看著他，觸摸他每一寸皮膚的……從來都只有那個人而已！

脫下外套，陳默看到苗苑眼中漸漸泛出淚光，沒來由地緊張。居然是有些無措的，陳默輕聲問道：「很難看？」

「不，」苗苑笑了，「很酷。」其實，就像挺著個大肚子能有多好看，可那裡面懷著的是我們的孩子，於是那樣崎形的曲線都成了美，成了會讓人呼吸急促的渴望。所以，不再光潔的皮膚當然是令人遺憾的，可是那下面跳動著的是你的心臟，你還活著，那就比什麼都美好。

苗苑感覺到陳默火熱的胸膛貼到自己後背上，呼吸凌亂，那麼熱，有一些力量在傳遞著交換著，火辣辣

的快感，激得指尖發顫。陳默雙手緊緊地環抱，好像要把苗苑填到自己懷裡去，心臟走失了頻率，七上八下地跳……擁抱很緊，很長久。

接吻很深，很認真。

陳曦在五個月之後正式降臨人間，從娘胎裡就狡猾的孩子，預產期一拖再拖。害得陳默那假一請再請，最後無奈之下又只能銷假繼續上班。最後一次折騰，日子來得非常沒有醫學規律，苗苑躺在醫院裡打陳默手機。那時陳默還在操場上，成輝接的。五分鐘之後，整個第五大隊的廣播同時響起：「陳默同志請注意！陳默同志請注意！你老婆說她要生了，這次是真的！」

陳默嚇得差點自己把自己絆一個跟斗，原傑開了車過來接他，異常瀟灑地一個甩尾急停在陳默面前。陳默毫無人性地把司機扔下車，頭也不回地揚長而去。

都說生產很疼，可是苗苑後來卻印象不深，她只記得迷迷糊糊醒來時，看到一滴一滴緩緩落下來的水珠子。那時陽光反常的烈，從窗子裡照進來，讓透明的水滴看起來晶瑩剔透，折出七彩的光。她順著那水滴的走向往下看，看到陳默趴在她的床沿上，他的頭髮削得很短，露出耳根處狹長的傷痕。苗苑覺得自己那時候應該沒有動，可是陳默還是醒了，很快地醒了過來，迷濛中睜開的雙眼，有種茫然的溫柔。

苗苑靜靜地看著他，那些晶瑩的液體懸在她與他之間，一滴一滴地落下來，均勻而踏實，如光陰流過，年華似水。

她聽到嬰兒的啼哭，床頭飄來雞湯的香氣，她看到陳默輕輕揚起嘴角，她看到陽光燦爛得像煙火，她慢慢抬起手，摩挲陳默的嘴唇，她看到自己站在人間的柴禾堆旁，燃燒著天堂的香料。

番外一

請問，狙擊手是什麼樣子的？

因為那次鄭楷說如果妳不瞭解什麼叫狙擊手，妳就永遠不能瞭解妳丈夫是多麼了不起的一個人。結果苗苑就對這件事上了心，多方求索找了一堆有關狙擊手的電影和電視來看。那部電視長劇是和沫沫一起看的，因為著實有點長，得有個人陪著聊天才能看下來。

不過看完之後沫沫感慨說看來狙擊手什麼的，辦事也那麼瓊瑤啊，也就是打小三的時候可以扛著槍出去。苗苑很囧，默默無言。後來又找了幾部電影，這次沒敢驚動別人，是自己看的。結果苗苑對那些帥氣的大槍啊，神奇的狙擊戰術什麼的完全沒有印象，倒是有一個問題變得嚴峻起來，苗苑感覺到非常有必要和陳默聊一下。

事實上苗苑挑了個好時候——週末吃飯的時候。既不會太嚴肅，陳默也不能說到一半就跑了，苗苑對此很得意。她一本正經地對陳默說：「我最近看了很多有關狙擊手的東西呢！」

「哦。」陳默給自己夾了一塊筍，方才注意到苗苑閃閃發亮的渴望的眼睛，只能又問了一句：「好看嗎？」

「嗯。」苗苑握了握拳。

「看著玩玩也好。」

「可是，陳默啊，我能不能問你一點問題呢？」

陳默轉頭看了看苗苑，笑了：「問吧。」

「嗯！」苗苑興致勃勃地從兜裡抽出一頁紙：「第一個問題，你是最強的狙擊手嗎？」

陳默一愣：「當然不是。」

「呃……」苗苑頓時錯愕了，怎麼……那些電影裡面的男主角不都是爭得你死我活的要做最強的狙擊手嗎？怎麼怎麼……她的陳默說他當然不是。苗苑眨巴眨巴眼睛，耳朵垂下來。

「狙擊是一件很複雜的事，每個人擅長的領域都不一樣，有人擅長打移動物體，有人適合潛伏定點清除，還有人適合全域性的戰場支持，而且就算是在每一個細分領域也還是沒有標準。」陳默想了想，「妳覺得西安城裡哪一家店最好吃。」

「呃……」好吧，苗苑揉一揉耳朵繼續下個問題：「那，有沒有人一直壓著你一頭呢？就是他什麼都比你強一點，你怎麼追都追不上他？」

「有……」

苗苑頓時緊張地盯住陳默。

「我的隊長夏明朗。」陳默說。

「那你會不會很恨他呢？」

「我為什麼要恨他？」陳默詫異。

「因為他……他什麼都比你強啊，那個那個什麼……電視裡……」苗苑的聲音越說越低，電視裡不都是這麼演的嗎？

「可是他真的比我強。」陳默困惑不解。

「行行，我們先不說這個，下一題下一題。」苗苑忽然覺得這個問題腦殘無比，可是眼睛瞄到下題，頓時，啞了。她討好地笑著蹭一蹭陳默說：「那，我們說好最後一個問題了，我問了你不許生氣。」

「妳問。」

「假如，我是說假如，假如說你的隊長，就是夏明朗，就是我要是跟他跑了，你會怎麼樣哈？」苗苑痛苦地捂住臉，從指縫裡偷窺。

「不會的，」陳默無比平靜地說，「他不喜歡妳這樣的。」

苗苑一頭撞到桌子上，她敗了，徹徹底底地。

「行，我們不說夏隊長了成不？」苗苑無力地趴伏在桌上，「咱們換一個說法，要是，這樣，要是哪天我跟人跑了，你打算怎麼辦……」

苗苑話還沒說完就覺得室內溫度急降，她抬頭看到陳默停下筷子，極為嚴肅地看著她說：「我不回答這個問題。」

苗苑頓時大窘，尷尬地眨巴了一會兒眼睛，有些惱火偏偏又覺得甜蜜，半是抱怨半是撒嬌地嚷嚷著：「幹嘛呀，這麼兇！又兇我，將來還不知道誰甩了誰呢，說不定過兩年是你喜歡上別人，就不要我了呢……」

「不會的。」陳默拿起筷子繼續吃飯，「我只喜歡妳。」

啊！啊！苗苑激動地睜大了眼睛：「陳默你再說一次！」

「我說我只喜歡妳。」陳默有些困惑地看了苗苑一眼，彷彿在詫異這丫頭怎麼忽然聽力下降了似的。

「以後啊，別再相信什麼電視劇、電影的，隨便在咖啡店撞一個狙擊手也比他們可靠啊！」

那天晚上，苗苑抱著陳默幸福地感慨。

番外二

我愛妳不是承諾，在一起才是

即使已經無數次地敲開這扇門，苗苑在按門鈴之前仍然習慣性地深吸了一口氣。吳姐開的門，滿面笑容地把人迎進門。

「媽媽……」陳曦飛快地從裡間撲出來抱到苗苑大腿上。

「曦曦，有沒有想媽媽？」苗苑歡樂地把寶貝兒子抱起來，用力親著他的臉。

「有！」

「有多想？」

「很想很想！」

「是想媽媽還是培根麵包多一些？」

「想媽媽多一些。」陳曦毫不猶豫地回答。

「噢！」苗苑故意誇張地點點頭，「那培根麵包就不用吃了。」

呃……陳曦的耳朵垂了下來。

「苗苗來啦。」韋若祺扶著陳正平從裡間出來，點點頭與苗苑打了聲招呼。

「是啊！曦曦又麻煩你們了。」苗苑把手裡的東西交給韋若祺，「我帶了些吃的過來，很好的木糖醇，低糖的。」

「這是店裡新出的一些蛋糕麵包，有專門給老年人開發的無糖食品。」

「麻煩什麼呀，曦曦在這兒，我這兒才熱鬧呢，對吧？我巴不得他一直住下去。暑假怎麼安排的？」陳正平笑著去逗小孫子，陳曦極乖巧地笑了笑。

「我媽說趁暑假回老家住一陣，我爸也內退了，家裡有人帶。」苗苑笑著說。

「哦，那也不能太久了，小孩子不能離開父母太久的。」陳正平頗有些遺憾。

「是啊，爸說的是。也就住上個把月吧，我爸可想陳曦了，一天三個電話，現在都不稀罕提我，只想聽曦曦的事。」

「一樣一樣。」陳正平哈哈大笑。

苗苑留下吃了頓午飯，約定了下次送陳曦過來住的具體時間，韋若祺轉來轉去地忙活著給陳曦裝小書包，苗苑只能也跟著她轉，聽著韋太后反覆不斷地強調著各項事宜。

有時候苗苑會想，這麼多的關注這樣的熱情如果當初能分一些給陳默，或許陳默的個性就不會是現在這樣，也不知道陳正平與韋若祺是否偶爾也會如她這樣遺憾。

可是，每個人都只能在流光中做著自己當時的選擇，那個時候那些人那些事……有些東西是註定的，錯過就無法再回頭，我們在回頭去看時，能做的也不過就是原諒與遺忘吧。

陳曦有如貴族出遊，三個大人忙進忙出才把他的全套裝備收拾好，裝滿一個大大的帆布袋。離開時，陳曦煞有其事地背著他的小書包，站在爺爺奶奶的家門口把兩個老人分別親過去。

「吧嗒」一聲，在蒼老的皮膚上留下一個嫩嫩的口浮水印，陳正平與韋若祺浮出年輕的笑意。

苗苑搖搖晃晃地把大包扔進後備廂，回到駕駛室裡，陳曦已經端坐在副座上給自己繫好了安全帶。

「陳小曦同志，我發現你一去爺爺奶奶家就娘掉了。」苗苑嚴肅地說。

「哪有？！」陳曦瞪大眼睛。

「你看你看，媽媽是女孩子啊，你讓女孩子幫你拎這麼大的包，你就在車裡坐著，你一個純爺們，你好意思嗎？你什麼時候看到你爸爸讓我幫他拎東西？你看，媽媽的手都勒紅了。」苗苑張開手。

陳曦眨巴眨巴眼睛躊躇了一陣，小聲嘀咕說：「可是我拎不動。」

「啊啊，我太痛心了！」苗苑捂臉假哭，「純爺們要勇於接受挑戰，怎麼能還沒試就說自己不行呢？」

陳曦垂頭，粉嘟嘟的小臉上浮出紅雲，忽然扁了扁嘴就要下車：「那我再去拎一次。」

「行啦，這次媽媽就幫你拎了，不過……曦曦不應該對媽媽有點什麼表示嗎？」苗苑用力側著臉。

陳曦連忙跪到坐椅上用力親了苗苑一口，苗苑心滿意足地發動車子開出車庫。

這是一個週末，苗苑訂了晚上六點的機票直飛巴黎，這是蘇會賢舉辦的歐洲十日遊，包吃包住包導遊包代訂機票。陳默是現役軍人出國麻煩，沫沫和小米則帶了全家一起，浩浩蕩蕩地湊成一個八人團。

苗苑在社區門口的路邊停下，指著M記的招牌說：「曦曦啊，媽媽想吃甜筒。」

「哦！」陳曦無辜地看著她。

「可是你看，外面太陽這麼曬，媽媽去排隊的話就會曬黑黑，曦曦去幫媽媽買好不好？」

陳曦轉了轉眼珠問：「可是曦曦不會曬黑黑嗎？」

「但是純爺們曬黑黑才好看啊！」苗苑理直氣壯的，「你看你爸爸是不是黑黑的特別好看？」

「噢！好的！」陳曦興高采烈地撲下車去。

苗苑幸福地吃著兒子買的甜筒，悠閒地隨著西安城緩慢的車流流向機場。

苗苑在地下停車場整理了一次行李，從陳曦的大帆布包裡挑有用的轉移到拖箱。陳曦馬上固執地要求自

己拉拖箱，無奈他站在那兒也就比拖箱高半頭，無論如何都不可能拖得動，陳小爺們頓時沮喪得不得了。還好那箱子有四個萬向輪，最後在陳曦的強烈要求下，苗苑只能把拖箱的把手收起來，讓他直接平推。如此剽悍的出場震驚了沫沫一家，蘇米和米蘇姐弟倆興致盎然地研究起自己家的箱子，小米向苗苑抱拳，感慨：「甘拜下風。」

蘇會賢在歐洲留學經商長久，她安排的行程當然與旅行社不一樣。蜻蜓點水般地參觀了幾個大城市之後，就把人都拉到了奧地利的薩爾斯堡。蘇嘉樹的朋友在薩爾斯堡近郊的阿爾卑斯山腳有一個小木屋，用蘇會賢的話來說，誰知道嘉樹什麼時候又跟人拆夥，所以不住白不住。

薩爾斯堡近郊號稱是歐洲最美的山村，木屋的格局偏小，可是門口有大片的空地，躺在床上就能看到蒼茫的阿爾卑斯山脈。山上林影重重，帶著某種不可抵抗的自然力，雄渾而凝重，彷彿能把人吞沒。

大家果然住下就不想走，後面的行程泡了湯。每天都睡到自然醒，兩位男士帶著孩子們去山裡玩，沫沫幫著苗苑準備食品，她們從小鎮上買來最新鮮的山裡的食材，每天花樣翻新地研究著西餐中做。如此閒情盛景簡直不像人間所有，只是苗苑唸叨了很多次：要是陳默能來就好了。

那日天氣好，天高雲淡藍得壯麗。方進借了鄰居的BBQ架子建議要去河邊釣魚，孩子們一陣歡呼個個爬到方小叔身上撒嬌，方進跟孩子們滾成團，做無力支撐倒地不起狀。蘇會賢微微皺了皺眉，無奈地開單子列表統計BBQ的材料。

釣魚地點是方進探索出來的，放眼望去山極高闊，溪水清澈，有風吹過的時候身後的谷地裡會傳出陣陣林濤，那樹葉嘩啦啦的聲響讓人心曠神怡。方進和小米在河邊釣魚，米蘇與陳曦站在河岸的草灘上嚴肅地討論著什麼，蘇米一臉鄙視地看著那兩個小男生，另外三位女士忙著排列BBQ的材料。

忽然從河邊傳來聲驚呼，方進大呼小叫地跑回來，把一尾活蹦亂跳的鮮魚扔到苗苑懷裡，得意地大笑：

「苗苗嫂，我牛B（厲害）吧！」

「你牛B，你全家都牛B！」苗苑冷不丁讓方進濺了一臉水，哭笑不得地捏腮把魚提起來。

「怎麼弄？烤還是燉？」方進興致極高。

「我來我來我來，你邊兒去，別添亂。」苗苑一掌把方進拍開。

蘇會賢對著方進挑了挑眉毛，方進笑嘻嘻地把臉湊過去：「幹嘛？幹嘛幹嘛？」

「把炭燒起來。」蘇會賢失笑。

方進生上火便順帶著開始烤肉，銀鱈魚與燻肉的香氣裹在風裡飄散出去。大家聞到味開始向中央靠攏，苗苑的手機卻忽然響起來，蘇會賢好奇地拿起來，便看到「陳默」兩個字在螢幕上跳。

「哇，跨洋電話，追到這裡來！」蘇會賢把手機亮給方進。

「接」方進眨了眨眼。

蘇會賢挑眉看他一眼，拇指按下了接聽鍵。

「是我。」陳默的聲音跨過千里還是一樣的穩定。

「報告陳隊長，苗嫂子不在。」蘇會賢輕笑。

「哦，行，那苗苗回來讓她給我回個電話。」

「陳隊長什麼事這麼急，我幫你傳一下？」蘇會賢笑吟吟地瞥著方進，輕巧的一個轉身，把某個著急想偷

聽的猴子甩在身後。

「行，那妳幫我問一下，家裡的米在哪兒，我今天打算在家吃。」陳默說。

蘇會賢一愣，無意識地重複了一遍：「你不知道，家裡米在哪兒？」

「是的，麻煩妳幫我問下。」

「你不知道家裡米在哪兒？」蘇會賢頓時愣住了。

「嗯，我平時不做飯。」陳默平靜地回答。

「陳隊長你這個太誇張了，我也不做飯，可是我就知道家裡米在哪兒。方進……我們家米是不是在廚房靠右邊第二個櫃子裡。」

「哦，怎麼了？」方進莫名其妙。

「你偉大的陳大哥不知道他家米在哪兒。」

方進大笑：「不會吧？」

大家正樂得前俯後仰，苗苑提著魚回來，困惑地掃視一圈：「怎麼了？」蘇會賢把手機遞上去：「你們家那位爺，問妳家裡米在哪兒。」

「噢！」苗苑把洗剖好的魚扔給方進，自自然然地接了過去，蘇會賢好奇地看著她側頭低語，柔聲款款，不一會兒收了線回來，準備研究剛剛殺好的那條魚。

「苗苗嫂。」方進戳了戳苗苑。

蘇會賢笑著問：「陳大哥不知道家裡米在哪兒？」

「是啊，他平時又不做飯。」苗苑理所當然地回答。

「妳呀妳都快把他養傻了。」蘇會賢笑著搖頭，不置可否。

「哎是這樣的啦，我們家廚房挺潮濕的，米都放陽臺呢，陳默在廚房裡找不到的。」苗苑急於幫陳默挽回顏面，她馬上打發了方進去烤肉，低下頭專心料理那尾魚。

蘇會賢看到她眉目低垂，嘴角彎起柔和的弧度，有一種無所思慮的滿足，心裡忽然就覺得柔軟，不自覺地感慨：「真羨慕你們，這麼好，都沒見你們吵過架。」

「當然吵啊，過日子嘛，哪有不吵架的啊，吵完就算了嘛，吵完再和好。」苗苑抬頭笑，笑容明亮而甜美。

陳曦跌跌撞撞地拿了方進剛剛烤好的奶油銀鱈魚過來給苗苑，蘇會賢故意說姐姐也要，陳曦馬上著急了，說我再去給妳拿，妳不要搶我媽媽的。蘇會賢樂了，一本正經地板著臉說我就要這個。陳曦笑嘻嘻地說，蘇姐姐最好了，我給妳拿放很多很多檸檬的，我知道蘇姐姐最喜歡放檸檬了。

蘇會賢大驚，目瞪口呆地看著他，陳曦自以為得計，開開心心地去找方進要下一輪。

「他他他……這孩子怎麼？」蘇會賢震驚地指著陳曦。

苗苑嘆了口氣說：「神吧，還有更神的。上回，好像不知道什麼事我忘了，反正隔個把月才去的他奶奶家，我婆婆就不開心嘛，有點挑，說呀，曦曦你怎麼瘦了呀……你知道陳曦跟她說什麼？他說妳啊。」

「真的假的？他打哪兒學來的啊？」

「是真的！」苗苑痛苦地捂住臉，「這不是我兒子，醫院給錯了……我和陳默都沒這個基因。」

「這這……這簡直是蘇嘉樹啊！」蘇會賢頓時傻眼。

「不會吧！妳別咒他！」苗苑瞪大眼睛，感覺後背嗖嗖地往上冒涼氣。

蘇會賢自知失言，轉而又想起苗苑剛剛說的，試探著問道：「妳婆婆現在好些了嗎？」

「好什麼好啊，還不就那樣。人家活了大半輩子就信這理，妳還指望她大徹大悟給妳變變？妳看，就上個月，也沒跟我們說聲就給陳曦報了一個巨貴的小提琴班。」

「多貴？」

「貴還不是問題哪，問題是陳曦他五音不全啊，當然這也不能怨他，我和陳默都沒有音樂細胞。可是妳，靈著呢，他去上了幾天，覺得自己跟不上，就特不開心……」

「那怎麼辦？」

「還能怎麼辦啊，錢都交了總得學完嘛。然後讓曦曦自己去說，說不想學小提琴，給換了個畫畫的班上著。所以……唉，我婆婆就這毛病，這輩子別指望了。」

苗苑輕笑，卻沒有多少煩惱的意思，「算了，隨她去吧，各退一步唄！反正現在呢，她也知道我什麼脾氣，我也知道她是怎麼一人。大家都讓著點，戳心窩子的事少幹。其實回頭想想居家過日子能有多少繞不過去的事啊，也就這樣了唄，也挺好的。我婆婆那也是一牛人啊，對吧！」

方進那下一輪的銀鱈魚尚在精心調製中，陳曦蹲在地上聚精會神地尋找著可以用來跟蘇米鬥草的草莖，蘇米悄無聲息地走過去，大腳踹在陳曦的屁股上。

陳曦讓苗苑餵得好，肉乎乎粉嫩嫩的一團兒，咕咚一下就滾了下去，一連好幾個筋斗一直翻到坡底。好在草地細軟倒也沒傷著什麼，陳曦沒哭也沒鬧，自己拍拍塵土爬了起來。

但凡是母親，多半就有這種特異功能，無論她當時在忙著什麼，離開她的孩子有多遠，她總能在第一時間發現異樣。苗苑直覺轉頭就看到陳曦安靜地抿起了嘴，黑亮亮的眼珠子一眨不眨地盯上了草坡上的蘇米。

苗苑「哎喲」一聲搶了出去。

「怎麼了？」蘇會賢不解。

「生氣啦，這小子活脫脫就是陳默的種，生氣的樣子跟陳默一個樣兒。」

這事還比較難哄，苗苑用純爺們小丫頭的原理反反覆覆地強調了好幾遍，陳曦終於有些軟化，皺了皺眉頭指著蘇米說：「她不好！」

「她是不好，可是曦曦要跟她一樣不好嗎？」苗苑無奈了。

「她不好就要教訓她，要不然，她就會一直這樣不好。」陳曦鼓起臉頰，異常嚴肅地看著苗苑。

苗苑捂臉：「那你打算怎麼教訓她？」

「我要把她也踢下去。」苗苑強忍住笑噴的衝動，努力嚴肅地繃起臉：「可是曦曦你看啊，如果爸爸單位裡的侯爺咬了你一口，你也要照原樣咬回去嗎？」

「可是侯爺不會咬我的，侯爺是好狗。」陳曦非常氣憤地分辯。

「對對，侯爺不會咬你的，那這樣，踢人是個壞事對吧。」

「是的。」

「那曦曦可不可以故意做壞事？」

呃……陳曦眨巴眨巴眼睛，陷入了混亂的思考中。苗苑長呼一口氣，擦了擦額角的虛汗，太不容易了，才四歲就哄不住了，再長大點還怎麼得了。

蘇會賢一直忍著沒吭氣，轉過身笑得凌亂。

「好玩吧。」苗苑苦笑。

「好玩。」

「想玩吧。」

「給玩嗎？」蘇會賢做狗腿狀。

「想玩自己生一個。」

哦，蘇會賢臉上的興奮迅速地淡下去，眉峰輕顰中有一種難以言說的猶豫。

「我，沒你們這樣的勇氣啊。」蘇會賢輕嘆。

「生小孩需要什麼勇氣啊？閉上眼睛就生出來了，疼也就疼那幾天嘛。妳看方進，多喜歡孩子啊，他年紀也不小了。妳連婚都結了，還猶豫什麼呢？」

「結婚那不是沒辦法嘛。」蘇會賢笑著打岔。

「有什麼沒辦法啊，妳不想結誰還能逼著妳啊？方進還真能打死妳？那都是說說的，他捨得動妳一根頭髮我都跟妳姓。」苗苑眼角的餘光掃過方進在陽光下燦爛歡笑的臉，她有些焦慮地拉住蘇會賢，「我知道妳跟我這種人日子過得不一樣，可是我總覺得結了婚就踏踏實實往開心裡過，想那麼多幹嘛呢？」

「可是妳就從來沒有擔心過嗎？愛情這東西……」

「沒有。」苗苑搖頭，眼神如此溫柔卻有不容置疑的堅定，「我跟陳默在一起五年了，有時候我也會奇怪為什麼和戀愛的時候感覺不一樣了，看著他，我好像也不會激動了。我是不是不愛他了，陳默是不是也不愛我了。可是，無論我怎麼擔心怎麼抱怨，我都相信陳默總是在的，他和我在一起，從來沒有離開過。我不知道別人為什麼結婚，我原來也不知道為什麼要結婚，可是現在我知道了。結了婚．就安心了，命運和另外一個人綁在一起，牢牢地捆住。我知道他永遠不會離開我，無論遇到什麼事，他會傾家蕩產為了我……」

苗苑輕輕微笑，眼角有淡淡的紅，她握住蘇會賢的手：「方進和陳默看起來很不像，可是我知道他們是同一種人。他們不說『我愛妳』，他們說『在一起』，他們答應了妳永遠不，然後就會永遠不。」

蘇會賢低頭微笑，默然不語。

有風從深山谷地中緩緩流淌出來，那麼輕盈，讓髮絲輕揚，帶著青蔥沉靜的樹木的氣息。

方進愜意地亮開嗓子吆喝：「最後一鍋鯉魚啦，放了很多很多的檸檬啦，那個愛吃酸的誰誰誰呢……」

國家圖書館出版品預行編目資料

麒麟：人間煙火／桔子樹著.
第一版——臺北市：宇阿文化出版；
紅螞蟻圖書發行，2014.1
面　；　公分. ——（Homogeneous novel；9）
ISBN 978-957-659-955-2（平裝）

857.7　　102027063

Homogeneous novel 09
麒麟：人間煙火
作　　者／桔子樹
責任編輯／安燁
美術構成／Chris' office
校　　對／楊安妮、朱慧蒨、桔子樹
發 行 人／賴秀珍
總 編 輯／何南輝
出　　版／宇阿文化出版有限公司
發　　行／紅螞蟻圖書有限公司
地　　址／台北市內湖區舊宗路二段121巷19號（紅螞蟻資訊大樓）
網　　站／www.e-redant.com
郵撥帳號／1604621-1　紅螞蟻圖書有限公司
電　　話／(02)2795-3656（代表號）
傳　　真／(02)2795-4100
登 記 證／局版北市業字第1446號
法律顧問／許晏賓律師
印 刷 廠／卡樂彩色製版印刷有限公司
出版日期／2014年 1 月　第一版第一刷

定價 280 元　港幣 93 元

ISBN 978-957-659-955-2　Printed in Taiwan